U0920471

在阅读中展开，人生的可能

CONTENT
肯特文化

暴跌

陈锟 著

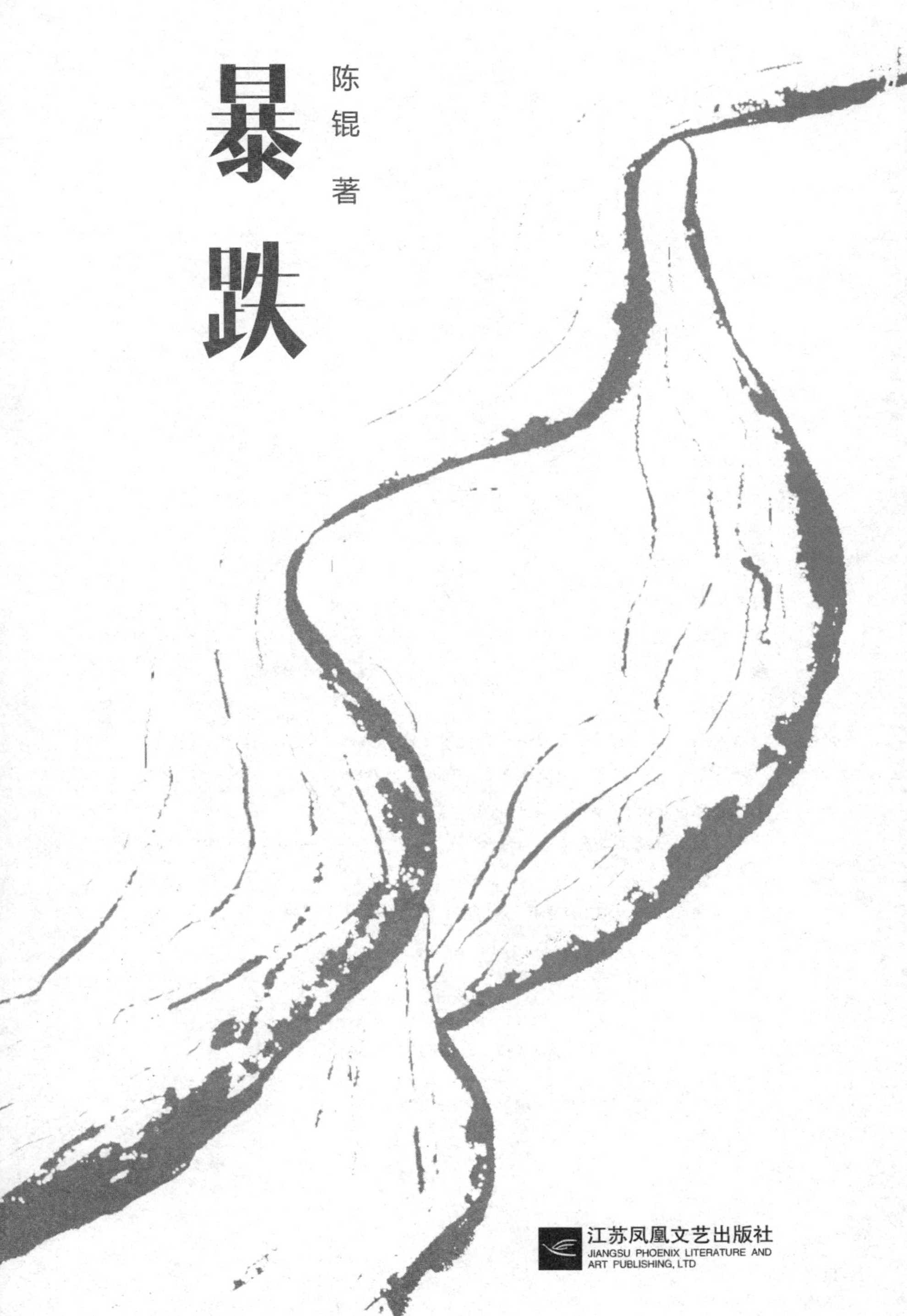

江苏凤凰文艺出版社
JIANGSU PHOENIX LITERATURE AND ART PUBLISHING, LTD

图书在版编目（CIP）数据

暴跌 / 陈锟著； -- 南京 ： 江苏凤凰文艺出版社，2017.11

ISBN 978-7-5594-1315-4

Ⅰ．①暴… Ⅱ．①陈… Ⅲ．①长篇小说－中国－当代 Ⅳ．①I247.5

中国版本图书馆CIP数据核字（2017）第269048号

书　　名　暴跌

著　　者　陈　锟　　　　选题策划　肯特文化
出 版 人　黄小初　　　　出 品 人　柯利明　林苑中
特约监制　郭凤岭　　　　责任编辑　牟盛洁　李　黎
特约编辑　杨莹莹　聂福荣　　营销推广　刘　源
装帧设计　翟程程　　　　封面插画　沉琛忱
责任印制　法成海
出版发行　凤凰出版传媒股份有限公司　江苏凤凰文艺出版社
出版社地址　南京市中央路165号，邮编：210009
出版社网址　http://www.jswenyi.com
印　　刷　三河市华东印刷有限公司　　开　　本　880mm×1230mm　1/32
印　　张　9　　　　字　　数　180千
版　　次　2017年12月第1版　2021年7月第2次印刷
标准书号　ISBN 978-7-5594-1315-4
定　　价　49.80元

目 录

卷一

暴跌

——小说部分

一

注定牛倒霉，这一天。

牛，三十来岁，来自杭州，就读于北京某写作讲习坊。我写道，上午九点光景，牛吹着口哨，独自走了一段路。天气晴朗。杨花柳絮漫天飘飞。路边，一团又一团蓬松的花絮滚来滚去，显得无依无靠。对此，行色匆忙的人们普遍生厌，又奈何不得。牛在想，这道春天的街景，北京的一大特色，倒有点儿诗意。不过，诗意毫无立足之地，在车来人往的大街上。牛挤上了一辆开往通州的公汽。车厢里少见的拥挤，又充满复杂的味道。牛敞开着西装，双手紧抓扶手，以免刹车时撞在别人身上。三个打扮时髦的小伙子在牛的身边磨来蹭去，并未引起他的警惕。好在，乘车时间不会太长。牛宽慰自己，车子一上京通高速，几分钟便可到达通州北苑站。

到了那里，牛采购点东西，还得赶往宋庄——从圆明园迁移过来的画家村，看望一个穷困潦倒的画家朋友。前两天，画家在电话里对牛说，你要的一幅水粉画已描好，还配上了一个很不错的镜框，有空过来拿吧。牛觉得，当场问这幅画的价格，实在太见外，但报酬是一定要给的，只不过是用什么方式给的问题。他知道画家日子过得艰难，一日三餐只拿蔬菜和挂面煮着吃。一星期吃一回猪肉，为的是让干燥的肠胃滋润一下。他无怨无悔，至少在嘴上，在别人面前。他满脸沧桑但脸皮很薄，从不开口向朋友借钱。为朋友创作一幅画，给钱他就跟你急。

画家在北京两个著名的画家村前后生活了八年。他说以卖画为生，声称自己的画，尤其是水粉画，已达到国内一流水平，而事实上，这么多年只向老外出手过一幅画，换得美金五十块。用一般人的眼光来看，现在，他的境遇相当糟糕：在老家离了婚，又辞去了旱涝保收的工作，仅靠原单位分的一间筒子楼出租——两百五十块钱，每月由胞妹汇来（暗中又给垫上一百），也就是说，三百五十块钞票，支撑着一个三十五岁男人的日常生活，包括买颜料和纸张。

两年前，妹妹为他花了一万多块钱，在宋庄购置一座破旧的农家小院（前后有四间房），使之有个安稳的窝。之后，几个画家朋友和农民兄弟，陆续帮之收拾收拾，又添置几件旧家具，安上电话，使得家园像模像样。这种独门独户的小院，令每天穿梭于钢筋混凝土丛林里的都市人无不向往。

北苑站到了。

牛挤下了车。

今天急着赶往宋庄，取画是其次，主要是想看看画家生活的农家小院，顺带考察一下周围环境，因为我们的牛先生，也想在那儿买座院落，落居于艺术气氛浓厚的小村庄。至于那幅画家用心创作的画，牛打算用两种方式予以回报：一是在集贸市场买一袋大米、一只羊腿、一刀瘦猪肉、一筐水果，再到超市选购两桶食用油、一箱加钙牛奶，然后叫上一辆摩的，连人带货运往宋庄；二是到附近的发廊里去侦察一番，看看哪家有为男人服务的小姐——收费合理的话，晚上请画家来放松一回——他上次到讲习坊看望牛，说自己已两年没跟女人那个了，压抑得不得了。好，先去逛发廊。

点燃了一根香烟。见盒子里所剩无几，便想到路边的售货亭里去买盒三五烟。摸摸衣袋，又去摸裤袋，摸了一遍，再摸一遍，摸遍全身——哎呀，牛惊叫一声——皮夹丢了！

呆愣了一会儿。想起来了——出门时随手把皮夹往西装口袋里一塞，而没有藏进内袋，真是太大意了。刚才车上人多，肯定是给浑水摸鱼的“三只手”钳走了。今天，幸亏没在皮夹里夹身份证、银行卡之类的物件。今天的皮夹里有一千三百块钞票和两张电话卡。报警怎样？在派出所里被人家七问八问，又要做笔录、摁手印，想一想，头都大了。

皮夹不翼而飞，彻底败坏了牛的情绪。他没面子去见画家。也就是说，他变得有点死白赖脸，除了空口白话，再也没有东西回报人家。换句话说，没有了皮夹，他就什么也不是了。他觉得自己一无所有。两手空空，在画家面前，算怎么回事？没事，破财消灾，平平安安回讲习坊吧。他不断地安慰自己，裤袋里还有几块零钱，坐公汽返回丝毫不成问题。

这不过是倒小霉。

小小的操场，小小的食堂，还有，一幢小小的楼房，构成一所小小的写作讲习坊，一个小小而又精彩的世界。

没有课程安排，今天，又是四月艳阳天，气温宜人。学员们大都一反睡懒觉的常态，早早地出门，各奔东西了。楼里难得的宁静，好像，静得有些不真实。

穿着软底皮鞋进入走廊，无声无息。临行前，牛跟鼠说好的，自己晚上住在宋庄，感受一下画家村的夜晚，怎么突然折回来了？他没有回自己的房间，而是径直去了鼠的宿舍。

510 室的门虚掩着，里面空无一人。床沿下这双熟悉的皮鞋，一只底朝天，一双袜子团在另一只鞋里。这一切都表明，我们的女主人——鼠，并没有走出这幢楼。她趿着拖鞋能去哪里？牛喝了口桌上的茶水，意外发现，充当烟缸的可乐罐里有只白色过滤嘴。这杯茶还温热的，烟嘴也不是鼠偶然抽的那种香烟上的，因此，他不难断定，这里来过什么男人了。

走廊还是原来的走廊，牛的心情却变得复杂了。待在房门口，看到斜对面 516 房号，使他想到了虎——《新锐》杂志执行主编、著名评论家。小小的文坛，大大的世界，说到虎，几乎无人不知。虎已过不惑之年，是讲习坊特聘导师，自身的水平，在文坛的影响，对女学员的热情，有目共睹。虎一来便是一整天，有时还忙到很晚。家在丰台，夜里赶回去要倒两次车，总是搞得很紧张很疲惫。基于此情，虎请总务喝了一顿酒，便从其手里弄来了这间空房的钥匙。虎的理由是，最近因辅导工作繁忙，隔三岔五要来讲习坊，得有个安静的房间，以便专心看学员们的作品，并与之交谈。自己呢，家实在太远，有时晚了便可在这儿宿夜。

牛走到516室门口，耳朵贴门倾听——屋里悄声细语。一半是耳熟的，是这会儿不希望听到的，但命运存心要捉弄他，让他真切地偷听到了。会不会听错？分辨一下，确认一下——命运永远正确！确定了，热血就往上涌，脑袋顿时发胀，心也跳快了。感到，火从胆边生，胆子突然大了起来。还有，愤怒，冲动——扭了扭把手——吱吱响，门却扭不开，显然是锁着。停。里面也停。出现静场，好像根本无人。

很快，牛找来一条凳子站上去，用拳头顶开了糊着报纸的气窗。这样，鼻子以上部分恰好出现在窗口，基本能看清里面的情形。里面的人，同样。仅仅几秒钟，彼此都明白了。

躺在床上的鼠，勇敢地撑起身，拳头象征性地朝牛击来，并大声呵斥道，下去——不要脸！

难道，同一条被子里是个女同学？牛努力踮起脚，试图叫自己看得更清楚些——被窝里钻出虎半秃的脑袋，脸上是逐渐繁荣的惊恐。

鼠改用同志式的商量口气说，嗨，请你下去好不好？

牛从凳子上下来，什么感觉？好像没什么，只感到两个睾丸有点儿酸。不骗你，就这样。你目睹过自己爱恋的人与异性同床共枕的深刻场面吗？如果没有，坦白地告诉你吧，这种体验的唯一感觉，就是睾丸有点儿酸。

牛用手拍打516室的门，响声很大，惊动了517室的龙。昨晚喝得糊里糊涂的龙，刚刚起床抽了根还魂烟，闻声出来一看，发现牛的神态极可怕，好像跟里面的人过不去，便说你别这样你别这样，来来，到我房里来，有事慢慢讲。

有人说话，好像给牛注入一股力量和勇气，他开始踹门，一脚比一脚有力。龙感到事情不妙，慌忙用身子挡住门面，向牛发出符合实际情况的忠告：这样会引来看热闹的目光！

都来看吧——他妈的！牛大吼一声。

奇怪，一长溜的楼道，两边居然没探出一张脸来。

牛抓住龙的衣襟，将他一把甩开，正要动用吃奶的力气猛踢过去——门，极不情愿地开了。鼠迎面而立，眼光里闪耀着怨恨和无奈。牛闯进去，闻到一股臊气，发自凌乱的床铺。虎立在床边，与牛面对面，相距不过两三步。情敌相逢，一比个头，颇有差异。牛瘦高，精悍；虎偏矮，虚胖。如果一对一动拳动脚，那么，后者根本不是前者的对手。不过，虎颇具君子风度，明知麻烦事临头，也不忘自己的仪表，正不慌不忙、若无其事地系着领带。还面带微笑。牛逼近一步，静静地，睁目怒视。虎不予理睬，略微抬高脸，从心理上俯视比自己高出半个脑袋的不速之客。就这样，他用娴熟的动作给领带打出一个漂亮的三角结，又整好衬衫领口，以掩饰自己的心虚。心虚，还是看得出的。牛的鼻子哼哼两声，分明向他发出了挑战的信号。虎故作镇静，还是面带微笑，甚至，不拿正眼看他，只是轻轻地咳嗽两声，从口袋里摸出一张餐巾纸，吐了口痰。随后，手指一弹，这团脏纸便准确地跌入了垃圾筐。

于是，一记响亮的巴掌刮过面孔又擦过鼻子。

于是，一只鼻孔渗出血来。不多。

于是，出血者转身飞起一脚，踢向牛的屁股。他说，野蛮人，不讲道理的东西，滚出去！并且，挥手驱赶，像对付一条狗。牛躲闪开去，从侧面猛击几拳，把他打倒在地。

起来！牛说，我要揍站着的畜生——给我起来！为什么不起来？是不是接连干了两次虚弱得要命，呃？

我们没干什么！虎说。

他爬起来，站直，不还手，也不怒骂，只有一脸的委屈和哀伤。尽管如此，仍不忘自己的仪表——扶正领带，掸了掸衣袖，用一枚手指堵住渗血的鼻孔。

一男一女在床上没干什么？牛说，他妈的，那干什么？

愤慨至极的牛，拖来靠背椅，举过头顶，欲大干一场。

眼明手快的龙，冲过去拦在他面前，一把抓住了椅子。

文明人，讲道理，上床不一定干什么事。由于手指插在一只鼻孔里，虎说起话来瓮声瓮气，还带点儿娘娘腔——忽然又面带微笑，反复强调，做人要文明、要文明！

鼠给他逗笑了。

好啦！都给你打了，还想怎么样？鼠上前攥住牛的手臂，边说边往外拉，走吧走吧……

龙也趁机劝架。于是，鼠在前面拉，龙在后面推，两人硬是把牛弄出了是非之地。

……牛，你得理不让人，这样大吵大闹，目的是想叫大家都知道，搞臭虎的名声，把我看作轻骨头……你的心理很阴暗，一定要往那方面想……不过也没什么，逼急了大不了一死。你推开气窗的时候，我就有从五楼跳下去的念头……

510室，昔日温馨的爱巢，现在的门，被鼠用钥匙锁住，谁也进不来出不去。甚至，关掉了手机。事态尚未真正平息，风波还会再次掀起，两个人的世界，气氛凝重。得好好谈谈。牛坐于椅子上一根接一根地抽烟，抽得屋里烟雾腾腾。鼠喋喋不休地叙说，就像眼前飘来荡去的烟雾，在他的耳里，眼里，心里，没有留下丝毫实质性的东西。相反。

牛问，你爱他?

鼠答，不见得。

牛问，这件事怎么解释?

鼠答，我想就这么一次，从此同他一了百了。你不要冷笑。我经常会做出很荒唐的事。不过我和他确实没到那一步——以我父亲的健康发誓！不骗你，我心里很矛盾，因为你的身影老是在眼前晃动——我听到门把手的扭动声，就猜到是你……是的，即使那时起来开门，你也不会放过他……我说这些不是请求你的宽恕，而是让你明白，你和他，在我心里有质的区别……你看着办吧……反正我不会跟他再这样了……

以我父亲的健康发誓——鼠突然泪水盈盈。盈盈泪水具有某种魔力，叫你不得不相信，她和虎不过是逢场作戏，调剂一下枯燥乏味的生活，她真正的情感不折不扣地凝固在自己所爱的人身上。我爱你，她说。非常干脆，十分坚定。这还不够。鼠挪动座椅，双掌托住下巴，胳膊肘抵在牛的大腿上，嘴里喃喃有声——牛，看看我，牛，看看我的眼睛。代表心灵的眼睛，布满很复杂的东西，一层又一层。

这正是牛所寻求的。一个男人的寻求。他看到。

不错，鼠是一个聪明的姑娘，知道什么时候让眼泪出面说话，当然，千言万语，都比不上泪水有说服力、穿透力、杀伤力。很有个性特点，也很有心机，这是肯定的。还有她的相貌。玲珑的面孔，玲珑的眼睛，玲珑的乳房。腰身肥壮，天生是副单眼皮，到北京以后去美容院割了一刀，有那么几天，眼睑肿得像水蜜桃。为了让人看到眼睛里有更丰富的内容，变成双眼皮。总之，她并不漂亮，不。她有魅力，挂在脸面上。首先，是那副无所谓的神情，其次是对外开放的目光。当人们与之相遇时，就有将它捕获的强烈欲望。一种将它抓获并且降伏的成就感。男人的感觉，要命的感觉。她的眼睛里还有温柔的秋波，把它吸收过来，然后保存下来，稍稍加固一下，如此而已。如果这是带着流行色彩的爱情，那么，对她的爱情，在你的生命中运作起来，你就会感到疼痛，又说不准具体哪儿在疼痛。

与鼠关系亲密，始于一个传统节日——去年的中秋之夜。这样的夜晚，应当有人打电话来，一声问候，一句祝福。然而没有。这是说，直到夜里九点多，牛都没有接到一个电话。好像跟国庆节挨着边，家乡不大远的同学，老早都回去过节了；剩下的，大都不知跑到哪去欢聚了。孤寂落寞的牛，一反晚睡晚起的作息习惯，想早早上床睡觉，寄希望做两个梦。一是与家人团聚，喝杯老酒吃块月饼；二是与梦中情人团圆，到桂花树下温存一番。突然，楼道拐角处的公用电话开始响个不停，打破了他做美梦的计划。电话是打给他的，并且，是个不肯透露姓名的女人，一口气往下说：过了中秋北方的气温骤然下降，夜里写作必须穿暖衣服，白天要多活动，尽量少抽香烟多吃水果；你并不孤独，因为有个朋友始终在为你默默地祝福——去操场上赏月吧！

电话挂断了。

出乎意料，操场上没有人。月亮的清辉独霸天地，恍如白昼。见牛晃荡过来，一条门卫养的京巴狗掉头而逃，脖子下的铃铛清脆悦耳，全身雪白的毛绒闪闪发亮。嘿，原来，这条小狗觊觎着石桌上一捆放于塑料袋里的烤羊肉串。肉香味在啤酒之间萦绕，八瓶。问题是，几个人喝，这么多啤酒？他扫视四周，还是没发现一个人影。点燃一根烟，等待。

响起几声怪叫，忽然。循声望去，发现操场边的柏树后面探出个大头娃娃，滚圆的大眼眨巴眨巴，黑白分明；恍如梦境，一瞬间，大头娃娃变成了翘辫子姑娘，发出带哭腔的求援声：救救我，大哥！

牛走过去，怯生生的，因为毕竟是夜里，毕竟，周围无人，只看到过一条小狗。近距离一看，那不过是一种小孩子的把戏，逗你乐一乐罢了。识破了假面具，还不知何许人也。

正想发问，只见对方摘下面具，几乎同时，身影从树的另一个方向一蹿而出，把一张面具扣到了牛的头上。

看清楚了，原来是调皮捣蛋的鼠。

这个开端很好，很有意思。意思在于，男女各戴一副假面具——男的变成翘辫子姑娘，女的变为大头娃娃。节目是喝啤酒，吃羊肉串。面具只让嘴巴露在外面，所以嘴巴还是各自的嘴巴，所以，台词可以现编现说。背景是月亮，那个红红的小月亮，它能给人温暖；舞台嘛，圆圆的石桌，腰鼓形的石墩。鼠提议，先一人一瓶，就着瓶嘴喝，俗称吹喇叭。

好，牛说。当然好，鼠说。鼠，生于七十年代中期，新新人类。实际上，同在一所讲习坊吃喝拉撒，几乎是，下午不见晚上见——也就二十来天吧，不过是打声招呼，未曾在一起深入交谈，开怀痛饮。现在才真正让牛认识，确切地说，见识，新新人类的酒量，或者说，喝酒的架势。

鼠说，第二瓶开始边喝边聊，反正我陪你喝到底。

节奏放慢些。牛说，依你看，怎样算是喝到底？

鼠说，趴下，只有趴下才算到底。

不对。有人放声歌唱，有人鬼哭狼嚎，也有人，当众搞下流的动作，真可谓杯中乾坤大，催人换新颜。牛说，本人嘛，越喝越往高处去——现在坐凳，过会儿上桌……

鼠说，那就陪你喝到上树为止。

别以为只有猫儿猴子能爬树。杜康神奇得很，威力大着哩。否则哪来上九天揽月，下五洋捉鳖的豪迈气概！牛说，不开玩笑，我还真喝得上过一次树。

鼠说，喝高的原因？失恋了，还是发财了——听说你干过很多行当，人生经历比较曲折——我对你印象蛮好的呀，想了解你接近你……讲一点听听，好不好？

飘忽于月色中的弦外之音，被牛的感觉之手轻易地捕捉到了。这对牛来说发生得太快了一点。尽管他非常清楚，“想了解你接近你”，纯属一种好奇心的使然——女人想引起男人在意的必然一步，也是第一步，这很正常——非常自然，他和她处于这样的夜晚，远离家乡，在这样的地方，她可以信口说来，可以无拘无束地提问，当然还可以，不负什么责任；他的回答也可以就轻避重，敏感之处一笔带过，不会让自己为难——但他还是觉得这发生得太快了点。

第二瓶对白

……你今年春天刚去游玩过，印象蛮好。不错，现在杭州变大样了。光从外貌上看，变得风姿绰约，现代味十足。但在我眼里，她像个生养过几个孩子的半老徐娘，现在不过是在美容院做了时髦的头型，拉直了脸上的皱纹，换上一件华丽的真丝旗袍而已。（喝酒）你说我嘴损，尖刻？就算是吧。不过，我要告诉你，这叫形象地描绘一个城市。（喝酒）事实如此，绝非强词夺理——我是个用事实说话，有社会良知的作家。（喝酒）第一篇小说嘛，八几年就发表了……〔旁白：他回顾自己漫长的创作道路，看到的是深一脚浅一脚的灰暗足迹。目前在讲习坊，他的写作资历最深，大伙儿选他为班长也是顺理成章。但后来居上者，竟把他的小说看成是一种装饰古迹的文物，使他瘦长的脸上经常布满灰色，好像掉进历史陈腐的陷阱里痛苦地挣扎着。〕（喝酒）那时我在动物园混饭吃，整天跟豺狼虎豹、飞禽爬虫打交道。具体地说，我高中毕业，培训一年，就当上了饲养员。说心里话，我对动物很有“感觉”，还蛮喜欢干这行的。那些年，几乎所有的动物都喂养过，对它们的食性可以说了如指掌。当然，日子最长是饲养一群猴子和一个蛇族馆。不怕你笑话，当猴子王那阵子，还给发情的猴子抓破过裤裆，羞处差一点受伤——它才不管你是雌是雄……（喝酒）其实，蛇倒没有人们想象的那么可怕。我在蛇族馆里反而感到很安全，除了有防护罩，主要是蛇从来不主动攻击人。再说嘛，凶恶的毒蛇并不多，大都是温驯的无毒蛇。比如，貌似凶猛的大蟒蛇，反应却相当迟缓，你在它的后半截拍打几下，头才缓缓地扭过来。要说提防嘛，眼镜蛇倒要提防。它非常敏锐，动不动就会竖起来，向你发出咝咝的声响。不是瞎吹，我听得懂有些蛇的语言。（喝酒）你小时候遭四脚蛇咬过？瞎说八道，四脚蛇绝对不伤人。蛇的食物嘛，主要是青蛙、小鸟儿、老鼠……

……清闲倒是清闲，但责任却不小，要求工作日必须住在动物园。（喝酒）对，我就是从那会儿开始学写小说的。你想想，夜里虎啸狼嚎，猴叫鸟鸣，我孤身一人，不爱看电视，又不喜欢与人打牌或瞎侃，看书或写作，不就是成了排遣寂寞的最好办法吗？嘿，那时候平均五天写一个短篇，产量高得不得了。当然喽，投稿的命中率也低得可怜……〔旁白：尽管如此，他还是发表了两部中篇、近十个短篇，顺利地加入了省作家协会。不过，他对自己在创作上没有突破性的超越，开拓性的进展，常常感到十分苦闷。〕（喝酒）不瞒你说，有一阵子，我迷上了日本的星新一，凡是他的东西都找来读，读着读着，到后来灵机一动，在他的作品里连偷带学，专门写起了小小说；嘿，千把字，隔天一篇，投给各家报纸，像天女散花……〔旁白：那时的报纸副刊大都辟有“小小说园地”，他那种充满生活气息，且有讽喻意味的作品，经常在各报的副刊上亮相，自我感觉比抢到香蕉的猴子还好。〕（喝酒）你别见笑。报纸的影响远远超过某些文学杂志。可以这么说，是报纸改写了我的人生，甚至，改变了未来的命运……来，干掉……

第三瓶继续

……对，是八八年春天。我考进创办不久的《生活报》当上了副刊编辑。（喝酒）不过，现在想来，编报纸条条框框太多，不利于个性的发展，乏味得很。有关那段生活，真没什么值得多说的。（喝酒）你的意思是，我的身份变了，跟人接触也多了，就开始谈起了恋爱？没有，那会儿真的没有……〔旁白：人生的经验告诉他，在对你有点好感的女人面前，少提自己的浪漫史为妙。翻开他的老底来看看，其实，已谈了两个，吹了两个，跟其中一个还有那种关系。〕（喝酒）坦率地说，我正儿八经地谈朋友是在八九年的春夏之交，她小我三岁，执教于一所职业中学……〔旁白：他认为有必要虚构一场令人同情的恋爱，因为那个年纪不曾谈过一次，显然不大正常，弄不好，反而会引起对方某种不健康的猜疑。〕（喝酒）脑筋真灵，被你猜对了……〔旁白：他顺藤摸瓜，循着她的思路编造下去，为的是让她得意一番。〕她真的是一位文学爱好者，业余时间写点小散文，时常给我寄稿，还互通电话。一来二去，我们就在西湖边上约会，开始谈情说爱了。（喝酒）细节就免谈了吧。我要说的是，那阵子整个杭城都非常动荡，机关单位几乎没人正常上班；我嘛，年轻气盛，骨子里爱出风头，遇到某种壮观的场面就会热血沸腾，另外，自以为有点儿文采，出手又快，于是就自告奋勇地给整天在省府广场上嚷嚷的宣传车写广播稿，内容嘛……现在想来都十分幼稚，但当时却不这么认为……（喝酒）那时你上小学五年级？哦，差不多。你没赶上是件好事。事实上，光写写广播稿还不要紧，因为毕竟没有太出格的言论。导致后来出事的直接原因是，我带头在自己的报社大楼上披挂了两条十分抢眼的横幅。一条是“得民心者得天下”，另一条是“坚持到底就是胜利”，电视台都来录了像，弄得影响很大……（喝酒）怎么会忘了谈恋爱？照谈不误。一次，她还买了条香烟给我，以示鼓励和支持……〔旁白：当时他多么希望有这样一个女友啊！〕不久，众所周知，那场风波平息了。然而，枪打出头鸟，我先是被传讯，后来被关进了班房，一蹲就是三个月……（喝酒）你说我女朋友的处境？她当然没事。嘿，她经常送日用品给我，还写信安慰我，开导我，并叫我好好反省，深刻检讨，争取宽大处理……〔旁白：现在他自嘲自讽地想当初——如果真有这么个女友，蹲在里面也是一种幸福。〕（喝酒）至于最后平安无事，重又享受到了自由的空气，主要是我认识态度较好，有积极的悔过表现，其次是报社证明我平时安分守己，那次行为不过是受外界影响，一时冲动而干下的蠢事……

……（喝酒）我一直对报社领导心存感激。后来不是我不想在报社干，而是新闻单位不允许我们这种人继续存在，明白吗？现在想来，闹事的确不好，既破坏社会安定团结，又葬送了自己的大好前程。当时，摆在我面前有两条出路，一是回原单位，依旧当动物饲养员；二是去民政局报到——你一定以为，这还不错——确实不错，内定我去火葬场烧尸体，送灵魂上西天。（喝酒）你别不信，真是这样。我想，回动物园，别说给同事们笑话，就连那群猴子都会发出一阵阵嘲讽；当烧尸工嘛，情愿在家饿肚子、喝凉水，因为吃死人饭会呕吐不止，噩梦不断。不过，现在看来，归根到底，还是自己的面子放不下。所以我哪儿也不去。我主动放弃工作，待在家里吃闲饭，不乱说乱动，行了吧。（喝酒）你说正好有充裕的时间写作？小姐，我又不是无忧无虑的济公，苦恼啊！关在家里不是喝闷酒，就是睡大觉……〔旁白：他的酒量就是那会儿练上去的。〕（喝酒）是啊，我意志消沉，自甘沉沦，沦为一条寄生虫。女朋友的态度？你总是关心我和她的关系……〔旁白：他觉得应当捏造一个爱情的结果了。〕……告诉你，她说我是温室里的一根草，碰到一点风雨就蔫头蔫脑，指责我没出息，怨恨自己当初瞎了眼，看错了人……我还受得了吗？——扑哧一下，吹掉拉倒……〔旁白：他认为这样结果合情合理，能叫她深信不疑。〕（喝酒）没错，我遭遇双重打击，差不多绝望了……好，打开……

第四瓶结束

……（喝酒）是的，我不必在一棵树上吊死，可以另外择业，但你不知道，当时除了动物园和火葬场，没一家单位敢聘用我。在某种意义上，我是那个特定时代的弃儿，只能到外面去流浪，或者说去闯荡新世界……〔旁白：实质上，他是听从伍尔芙小姐关于“一个作家必须拥有自己的一间房和一笔钱”的忠告，把痛苦束之高阁，轻轻松松地出了一趟远门。〕

……不，我不爱吃羊肉串，都由你包销吧……你说得对，正像齐秦唱的那样——外面的世界很精彩，外面的世界很无奈……〔旁白：那年冬天的一个下午，他登上南下的火车去投奔一位经商的表兄。〕事实上，我在广东陆丰落脚之前，还到过厦门、泉州、石狮、汕头等沿海开放城市。总之，我在“寻找”自己，总想找到适合于自己的立足之地，换句话说，找一只完全属于个人的饭碗。

嘿，别说，真是应验了一句老话：身怀薄技走遍天下。（喝酒）除了写作和编报，我没一技之长？唉，你是有眼不识泰山。这个时代，尤其是在南方，写作和编报倒是一无用处。我的特长，也可以说绝技，恰恰是在动物园练就的。（喝酒）驯虎舞狮？错了。那是马戏团小丑们干的。不是自吹自擂，我的绝技比他们更高超，更富有智慧。比如，动物的年龄，怎么看？别说你，我敢说，整所讲习坊，没一人懂。（喝酒）你既然对我在陆丰的生活很感兴趣，当然可以透露一二。这样说吧，我在陆丰与人家合伙，做起了野生动物的生意，主要得益于我一位表兄的引荐，他在那儿开了一家经营项目繁多，内容错综复杂的娱乐场所，所以结识了不少白道黑道和三教九流。他叫我去捧的那只饭碗，可谓是量身定做，再合适不过了。你应当听说过，广州是我国最大的野生动物集散地。一点也不夸张，那儿几个集贸市场里的有些野生动物，比杭州动物园里的数量多得多。（喝酒）你说我具体干些什么？嘿，我是技术员。每次根据要货清单，我负责到市场里挑选年轻的动物，好比挑选童子鸡，以便用同样的进价，到时能卖出最高的价钱。这全凭一双肉眼来识别，需要真本事吧。（喝酒）怎样识别？比如很畅销的穿山甲，主要看它背上鳞片的色泽，黄中微微透绿，表明长年生活于环境良好的山涧里，且年轻，属上品。再比如果子狸，一般都是黑色，区别年老年幼，不是看它的个头大小，而是要察看它两个前爪上的指甲有没有灰斑，有即为老货，属下品。至于蛇嘛，不论养在饭店里还是活动于野外，没有一条是人工繁殖的，全都是野生货。挑蛇就不是它的年纪问题了。蛇大小一目了然，关键是要分辨有毒无毒，毒到何种程度，因为越毒肉质越细腻，口味越鲜美。还有珍稀的山猫、蛙蛙鱼……

……（喝酒）销路嘛，当然不是正常的渠道，因为正常渠道只能赚到正常的钱，就像公务员按月领皇粮。我们的销售客户全部都在海外，通过一条神秘的海上运输线，悄悄地……（喝酒）这哪是走私啊，最多算是不大光明的贸易……〔旁白：他突然意识到，这个话题再深入下去就很难自圆其说了；得慢慢转弯，自然而然地把它岔开。〕不过，在销售之前，对选购来的动物还要集中喂养。这样做，一是因为有些品种的齐全和数量需要收购时间，二是因为交货要等待时机成熟。这一下，我又有了用武之地，因为饲养动物是我的看家本领。当然，不单要按它们不同的食性使之存活，更为重要的是要养足其精神，交货时能让对方眼睛一亮。（喝酒）你想知道海上的交易怎么搞？这个嘛……〔旁白：他伙同人家在海上倒卖野生动物，换取走私外烟和紧俏商品，再运到口岸批发脱手，差不多干了五年。这段充满腥风血雨的惊险历程，为他并不平淡的人生增添了更加丰富多彩的线条。他的机灵劲儿在金钱飘香的海风中发挥到了极致，一次次巧妙地躲开工商的盘查，海关的巡艇，甚至荷枪实弹的缉私人员的追捕……而这一切，万万不能让外人知晓，只能烂在他自己的肚子里。〕我只是干好岸上的挑选、收购、饲养等活儿，下海交易一概不参与，所以有关情况无可奉告。（喝酒）不骗你。其实，这没什么好隐瞒的。就算有点不正当吧，也不过是打打贸易的擦边球，谈不上真正意义上的走私，你说对不对？（喝酒）钞票嘛，当然赚了一把，但并不多，因为我在岸上不担什么风险。话说回来，也没干多长时间；后来有了点钱，就一门心思炒股去了……〔旁白：事实真相是秘而不宣的。因为那些年，他的腰包如同孕妇的肚子日涨夜高，而里面的钱币却有私生子的意味，惶惶不可终日。他的精明在于见好就收。于是五年后，他提着来路不便公开的钱财走进证券交易所，开设了一个炒股大户。他要把八十万元带有血腥味的现钞投进去炒一炒，指望它像热锅炒豆那样蹦出一百六十万元——出自金融机构的钱无疑是香喷喷的，背回家高枕无忧——拥有自己的一间房和一笔钱，美梦成真啦。〕（喝酒）唉，我都喝得快憋不住了……你也是……走，去趟卫生间……你懒得进楼……什么，就在这儿……树后……你敢……我有什么不敢……

在一排低矮的冬青树后面，那墙脚下，还有一丛丛盛开的菊花。一缕缕一缕缕，那香气，顺风而来又顺风而去。

牛率先返回来，坐上石桌，点燃了一根烟。他意外发现，属于鼠的最后那瓶酒还剩一小半。明白了。在他一口一口，实实在在喝的当儿，她耍了小花招，用了点遮眼法。由此可见，她不过是虚张喝酒的声势，实际上是撑不住了。

在溶溶的月光里，牛耸耸肩，觉得自己喝得刚刚好，精神渐入佳境。是不是，自己的叙说带给她一种倾听的快感？牛在想，她能不能成为自己的知音，在不久的将来以一个眼神的传递便能展开心灵的对话？年龄的差距有没有问题？希望一切都没有问题。希望就像十五的月亮，悬浮在天空，映现于眼里。

鼠回来时脚步不大稳，身子在摇晃。牛不问她喝得怎样，以免挫伤她的自尊。她也上了石桌，与牛挨着坐。一张圆桌，正好。一对亲密的同学，就像圆月里的天狗和月桂。而现成的，活灵活现的，在一男一女各自的心里游荡的，说不明道不白的，是什么？忽然间，鼠那沾染着月光的小手闪电般触及牛的面孔，揉来摸去，叫他不禁想起生活中有个女人真是美妙无比。

你太瘦了，鼠说，瘦得让人看了心疼。

牛想起昔日恋人的一句口头禅——爱一个人的滋味就是心疼。接着，真的感到丝丝心疼。他不失时机地握住那只银白灿亮的小手，兴许为了摆脱莫名的心疼。

他说，跟你在一起真好！

鼠撅起嘴巴，冲他的耳朵吹吹酒气。她说，好什么好，你不过是在寻找感觉。呸——都是这副德性！

牛的否认带有明显的学生腔，不，他说我不是那种找感觉的人，我真诚希望我们能心心相印。心疼加心疼。

鼠抽回手，抓来那瓶喝剩的酒，连续不断地往嘴里灌。一下子就完了。她说，哦，又甜又香……哦哦……这才叫好，真正好啊！舌头不大灵了。不过，手还挺好使——举起空瓶，投掷到篮球架上的炸裂声震动了牛的视线。牛发现她的胸脯剧烈地鼓动着，好像澎湃的心潮正在寻觅突破口，而这喷发口似乎就捏于她自己的手中，她只要摊开孤傲的一掌，心潮便会从五指间喷涌而出，与月光为伍。

突然，鼠低下头，躬起了背。打了几个酒嗝，却说不出话来。

很显然，酒醉的难受和生理的痛苦不容她露出太多的表情。但心里一定充满柔情，在这样的夜晚。鼠贴近他，身子像软体动物。感觉得出，不是亲昵的表现，而是需要一种依靠，得到某种安抚。如此情形，在一般情况下，他完全可以搞点小动作，得到些许心理上的安慰；而现在，他的手并没有触及她的敏感之处，只是环绕其腰部，保护般地搂着，以免人一头栽到水泥地上。像一对相依为命的兄妹。然而当她的面颊贴着他的胸怀，微微呻吟的时候，一种很复杂的情感，悄然地袭向他的胸口。他体味着不断袭来的情感，心变得沉重起来。

背我回去，鼠轻声说。像是竭尽了生命之力。

牛略显紧张，但别无选择。别看她个头不大，压在背上却感到沉甸甸的。生命的重量，还是爱情的分量？爱情，似乎早了点，对他来说。当然，事后才发觉，背她上楼的途中，她掉了一只鞋，还往他的肩膀上流下不少口水。美好而又痛苦的回忆，从此开始，却不知何时结束。

就这样，将鼠放到她的床上，牛又帮她擦了一把冷水脸，把枕头垫高些。在给她脱外套之前，他犹豫了片刻。躺在被子里的她，对他那些无言的动作，只有深切的感知，却没有肢体的反应。有生活经验的他，又往靠床头的地上放了一只脸盆，以防万一。她并没有折腾，不一会儿，居然打起了呼噜。这倒是一个新发现，令他开心地一笑。不管怎样，他认为还得观察观察。坐于床沿上看护，他忍不住掀起被子一角，瞄了瞄她那高耸于内衣里的乳房。过去所见的乳房，好像都不是这样。如果说在他生命的历程中曾有一对乳房算得上丰美的话，那就是眼下这对了。剥掉外层，裸露的将有多么鲜美……这使他浑身涌现燥热，一阵阵一阵阵；如果这算是爱情的预热阶段，激情荡漾的日子还在后头；如果将其剥开，偷享新鲜的床笫之欢，会不会被称为乘人之危，会不会被视为无耻之徒，会不会被一口愤怒的唾沫而驱逐出局而贪小失大而羞愧难当而抱憾终生？那么在这样的时刻，只能让自己怦怦速跳的心，膨胀和加重；那么让这颗心继续在欲望的海洋里，浸泡和沉浮；那么留她在梦中。那么，你走吧，带走你想带的一对丰美的乳房。

二

中午十一点半，在烟雾缭绕的510室，牛和鼠展开了一场别开生面的追逐游戏。斗智斗勇，情形如下：牛不停地逼近、追问，鼠不断地躲闪、抵赖，到现在难分胜负，陷入了前所未有的僵局。是啊，再好玩的游戏也有做累的时候，该歇一歇，喝点茶水了。

牛显出一副活不起，又死不了的样子。

这又何苦呢？鼠突发奇想，自己要是能像孙悟空那样吹口气，实施一种魔法，让他在床上睡几天，做个漫长而又奇妙的梦，醒来之后把“这件事”忘得一干二净，那该多好啊。还是想得现实一点吧。比如，趁他不注意，往银耳莲心汤里加进两片安定，多放些白糖，使他吃不出异味……问题是，自己睡眠一向很好，屋里没有此类药片。眼下，看住他，逐渐稳定他的情绪，是重中之重。

鼠说，来，给你续点开水。又翘起兰花指，对牛装腔作势，大意是：欲小解，请用我的痰盂，卫生间暂不能放你去。

原因是，楼道里响起了一阵踢踢踏踏的脚步声。

在牛听来，这些过往的同学，故意弄出较大的声响，目的是为了叫他明白，当时在这过道两边的一间间屋子里，除了罪魁祸首虎，知情者龙，还有为数不多的人潜伏着。他们蜗居在各自的屋里，其实，早已闻到了色情的气味。他们不探头探脑来凑热闹，看笑话，无非是给你一点面子。你活着，你还要做点自己想做的事情，不就是为了一张薄而又薄的面皮吗？你的人缘不错，当然。他们不忍心看到你英雄气短，一副狼狈相。再说，你戴着无形的绿帽子已不是什么新鲜事，今天，只不过，你才发觉自己的头上原来有一圈绿色的晦气，仅此而已。对他们而言，实在没有什么新意，因而没有什么看头。你想尽早摘掉绿帽子，心情完全可以理解，但历史的经验告诉人们，戴帽容易摘帽难。所以说，同学们只是觉得，一个经历过风雨的大男人，他们可敬的班长，可怜兮兮的。你让人暗暗发笑。

都在心里笑——有趣，多有趣的事儿！难道，龙没有把当时的情形向他们描绘一番？——虎站立着，面带微笑——对你最有力的嘲弄！是的，这个你诅咒不解气，剁掉其尘根才解恨的色鬼，他的所作所为，给你造成多少伤害？账是要算的。问题是，这笔账何时清算，如何了结？总之，现在压根儿没有完。有的是时间，没错，得一笔一笔，细细地算。现在，牛的心境并未因时间的推移而发生根本的变化。痛苦仿佛是永恒的。脸上都带着绵长的痛苦。这种痛苦，与其说是悲哀引起的，不如说是遭遇的意外性引发的。不过，一个人痛苦过多，也是一种娱乐。所以，脸上显露出一点儿苦笑。是啊，他带着突发性的痛苦在苦笑。一种既不能掩盖自己又不能袒露自己的痛苦。这就是命运，不可抗拒。想要坦然地面对，只能努力挤出苦笑。他这种努力啊，真是要命！谁知道呢，也许正是为了那个古老的痛苦，有些人——比如我，才会绞尽脑汁地编撰小说。

接着，我撰写道，在苦笑中，牛回想起那“面带微笑”的一幕——对自己最有力的嘲弄，便有点儿悔恨。他认为自己出手不得法，没有切中虎的要害，揍得没劲。要知道，虎流出那么一点儿鼻血，根本不能给你受伤的灵魂解渴。受伤的灵魂，即使虎的两只鼻孔鲜血喷涌，照样不能解渴。没有捏紧拳头对准虎的腰部暴擂几下，把他的腰子打出毛病，叫他以后三天两头捧中药罐而演不好床上戏，这是你的一大过失。

这一想，牛再次感到，郁积于心里的窝囊气，非但没有出干净，反而越积越多，越来越沉重，正在往下流窜——睾丸又发酸了。男人的莫大耻辱。轮到你了！会不会落下难以启齿的病根，还不好说。

牛突然决定，出去买包香烟，当然，借此机会，要好好弥补自己的“过失”。

从牛眼里冒出的一股杀气，被敏锐的鼠察觉到了。她心头掠过一阵恐慌，但表面上还装得相当平静。她警告自己，绝不能放他出门。是的，这种时候，牛只要离开这间屋，指不定会闹出什么撼动讲习坊的大事。于是，鼠说她有两包红塔山。

当然，牛可以说不，不爱抽。但他没有吭气。他暗自吃惊。他十分明白鼠的用意和心思，此时如果他强行出门，她必定会做出偏激而又强烈的反应。这不，瞧瞧她，已经从桌上抓来一把足以致命的水果刀，往自己的袖子上擦拭几下，在两只手上传来递去，像是随意玩弄着，又像是一种血腥的暗示：牛班长，你胆敢抢夺钥匙出去，我就叫白刀子见红！

最后不论哪具肉体让白刀子见红，牛都不愿意看到。因此，他只好找了个蹩脚的外出理由，说食堂已经开饭，他饿了，要去吃一点。

鼠表露一点儿笑容。她说，想吃你不用动，屋里有现成的银耳莲芯汤，放到电炉上热一热……

银耳莲心汤……不过是点心，不能当饭，牛说。

行啦，我的好班长！你别给我找这找那的借口了。说透了，你无非是想趁吃饭时间到食堂里当众叫虎难堪……我告诉你，其实是叫我难堪，使你自己难堪……是的，我承认，事到如今我还护着虎。可你也知道，虎的老婆就在北京一家出版社当编辑，你如果大闹天宫，这事必然会传到她的耳朵，弄不好家庭立即解体……这样就不好玩，太没意思了……

到底年纪轻，嫩了些，鼠扛不住了。开始，招供了。

事实上，牛并没有考虑得这么多。鼠的话正好给他提了个醒，那就是，虎的老婆远在天边近在眼前，以后有必要的话，倒可以在她身上做一篇报复的文章。而鼠的推断也不无根据，按以往来看，一般情况下，虎总是在这里用午餐（食堂为导师另开小灶）；今天的情况虽说有点特殊，但在死不认账的前提下，颇有君子风度的虎，绝不会仓皇逃离讲习坊，给人落下可耻的笑柄。这会儿，牛倒不认为虎在食堂，这鸟人极有可能为了堵住龙的嘴巴，拉他到附近的饭店里喝酒去了。不过，牛能找到。他打算挨家去找。路上可以喝瓶五十六度的小二，活活血，叫拳头充满力度，到时把这鸟人收拾干净。

然而，牛出不去。他怕，怕什么？非常明显。鼠的双手在插电炉、热银耳莲芯汤之前，将这把亮晃晃的家伙插在了腰带里，分明随时准备拔刀一刺。

愣怔着，犯了难，还窝着一腔。

牛，你脸色发青，肯定是上火了……别抽烟了，好不好？来，听话，吃碗银耳莲芯汤——既充饥又清火……哦，给你放点冰糖……我说，不管怎样，你现在先吃一点，吃完了再去做你想做的事也来得及……是的，我担心出事，主要是担心你……是的，虎经常来找我……谁叫你整天封闭于屋里写作……

整天封闭于屋里写作，难道是，牛的过错？是的，是有这层意思。鼠的言外之意，是他不重视，把她忽略了，或者说，是他把偷情的机会拱手交给了虎。乘虚而入，懂不懂？你活该，你命中注定要当几回王八，当然，她没有说出口。她可以说，但她的小命，还有虎的老命，能不能保住，就难说了。牛忽然觉得心很酸，酸在心里头。

似乎，一切都是写作惹的祸。没错，五年的闯荡使牛拥有“一间屋和一笔钱”，接下来，他要写一本“像样的书”了。虽说写作是重操旧业，但时隔多年到底有些生疏，而且又是一本大部头。是啊，他感到困惑。闲置在杭州的那段时期，创作的困惑几乎是与日俱增。尽管如此，他还是时刻提醒自己，这回可不能像炒股那样，带着勃勃雄心，带着美好愿望，盲目地一头扎进去，结果差点被汹涌的股海吞没。

很显然，牛迫切需要到哪儿去听听课，充充电。有一天来到省作家协会，有人告诉他，北京某写作讲习坊正在招收学员；有个热心肠的青年评论家称那里有他的哥们，便马上帮之打电话咨询，得到的答复是：叫他来吧，没问题。

就这样，在桂花飘香的时节，牛置身于北上的列车，再次向江南风水宝地告别，向风烛残年的双亲告别，向自己的过去告别，结伴而行的是，一个五彩缤纷的文学梦。

写作讲习坊，这次开设了两年制班，又称高级研修班。对牛而言，一切费用自理。牛掏出一万二千元交纳两年学杂费的时候，脑海上浮现一个走私伙伴为逃避缉私船的追捕而饮弹身亡的悲惨场面……就在那夜，牛做出了弃暗投明的决定。说实话，他本想再干一年半载，赚足一百万元，图个满堂红……

……牛，坦率地说，有时我觉得你太冷漠，多半日子是阴阴的，缺乏一种明朗的情调，跟你在一起，哪怕亲密无间，我总感到有些压抑……像我这种年龄的女孩子需要欢快，需要释放，更需要激情，这你是知道的……是的，虎的谈吐富有趣味，知识面很广，也舍得花时间来陪我……你听了别难受，跟他在一起，我感到很开心。你指责他从一开始就不怀好意，实在没有道理……不，不是他勾引，而是我仰慕……你在写作上不够关心我，当然我理解你在埋头创作长篇……

牛在写的这部多卷本长篇小说叫作《暴跌》，结构繁复，工程浩大，到现在还没有过半。这不足为怪，就像我目前那样，一边构思一边写作。灵感一闪，我又写道，有一段时间，牛不是上六楼教室听课，就是钻在408室潜心创作，开饭时才能发现他那张灰白的脸上流露一点笑容，而难得的笑容里又包含着一鸣惊人的野心，搞得大伙儿压力重重。

对此，鼠有她自己的看法。她曾在牛面前感叹道，看样子，文学已融入你的血脉，而对我来说成功不成功并不重要……我在复旦大学作家班已混过一年，看到那帮所谓的作家穷得连菜票也计算着花，十有八九的脸上都泛着菜色——唉，这是干什么啊？现在这个开放的时代，好手好脚的，肚皮里还有点墨水，什么事不能干，偏要码这种没有出息的字儿！

大伙儿看到，这个富有灵气的鼠，在怜恤作家的同时流露出了自己的富裕。至于富到何等程度，令人很难测定。反正，她在上复旦之前，家里摆了四桌豪华酒席，邀请亲朋好友来庆贺她的出道，走向作家的金光大道；一年后，她怀里揣着三万现钞，从上海坐飞机头等舱抵达北京，擅自闯进讲习坊的教务处——目的显而易见——遗憾的是作品太少，入学的资格有点欠缺——我们研究一下吧。而她的聪明在于，及时识破了这种“研究”后面的把戏，于是当场点出两百张百元大钞，很随便地往桌上一撒，说人家学杂费一万二，我两万，这八千弥补不够格的欠缺，行吗？

行，当然行。立竿见影，毫不含糊。

当天晚上，鼠用手机打了个长途电话，喜讯便穿越千山万水传到父亲的耳里。那位在苏州城里开设三家上规模的连锁超市、一家四星级大酒店的老板父亲，握手机的手有点儿哆嗦，他用自己的方式表示对出门在外的女儿之关爱，叫她明天赶快去做张银行卡，账号用短信发送给他，以便尽早汇钱入户。爹只有你一个女儿，食堂饭菜不好就去吃馆子。他最后说，小说发表了马上用特快专递寄来。

父亲的殷切期待，让鼠感到，她的写作不光是为自己，更是为老人家，甚至是为他们的整个家业。商场需要装修考究的门脸，老板也需要富有文化味的光彩脸面。

第一篇小说的发表，对鼠来说，不但意义重大，而且影响十分深远。那一天，确切地说，那天夜里，令她终生难忘。白天，父亲用家中保险柜钥匙作为模板，到首饰店里铸就一把象征性的黄金钥匙，然后，用一条极细的白金项链串起来，到晚上，等女儿洗完澡，准备上床就寝之际，不声不响地拿它套在了她的脖颈上。从此，女儿每天都能看到，在自己两只丰盈的乳房之间，隐藏着一笔庞大而又难以计算的家产，还有，父亲积蓄了一生的情与爱。

……我说过，爱一个人没那么容易。对虎，我再次申明，根本谈不上爱。这个你要绝对相信……是的，虎身为导师，对我的小说很赞赏，他把我发表的和未发表的都读了。这让人很感动。我想，你作为一个写作者，一定能理解我的这种感动。当然，他也提出了自己的一些看法，主要是叫我加强个性化的叙述，最好让人一眼就看出，与别人的作品不一样；写什么话题倒并不重要，重要的是会翻新。总之，他的指点使我受益匪浅，有时我真的把他视为导师，只有单纯的敬重。你说，他明知我俩在恋爱还来插一脚，连起码的道德也没有，其实这个嘛，不是道德不道德的问题，而是对一个人欣赏不欣赏的问题……再说，他确实给过我很多的帮助和关照，有时候我一味地拒绝，总觉得过意不去……是的，我和虎出去游玩过……是的，我们有好几个晚上在外面……是的，他一直对我有那种意思……是的，他正在帮我张罗出版中短篇集子……是的，这件事闹到单位，对虎肯定不利——这种事就怕闹，一闹必将影响他的前途，危及家庭……所以，我绝不跟他交往了——如果你真的爱我，就放他一马……我跪下求你，还不行吗？

这时，坐着的牛，一手捂住左胸，脸色由灰转白，额头上渗出一层冷汗。人弯成了弓形，像是坐不住了。

咦，你怎么了？——胸口痛！这里面痛——唷，那是心脏呀！从前有这种症状吗？——炒股时发生过一次。这可不能大意……要不，叫辆车，我送你去医院？——用不着，休息一下就会过去。过去的事让你受气了，但气归气，你可不能拿自己的身体赌气啊！——没事，到床上靠一会儿就没事了。那好吧——慢着，我把被子给你垫上，头别转来转去，背再往上伸一点。依我看呀，饿了也有关系……你一定要吃，哪怕光喝点汤……我试试……啧啧，不冷不烫，刚好……我喂你吧。喏，嘴巴张开来——好孩子！

牛勉强地吃了两口，但咽到半路又突然冒上来，像是被里面的一股气顶出来似的。牛有许多理由可以怀疑，自己的那个病有着奇怪的起因。是的。因此，曾吃过不少苦头。正因为如此，他了解自己的身体状况。没事，他坚信。所以，再次拒绝了鼠送他去医院的提议。鼠知道他的顽固，拿他没办法。干焦急。干瞪眼。心里头，有点儿追悔自己的床上戏。

鼠俯下脸，侧耳听听牛的心脏，又做了几个关切的小动作。她感觉到，牛的心脏在肋骨后面拼命跳动，简直像赛跑一样。其实，牛的难受多半在肺里，他不能叫自己的肺叶舒展自如。沉重的肺叶。他想把一股气赶出来，而这股气在胸腔里像蛛网一样缠绕着。这真是令人难以忍受。他真想死掉拉倒，但，他还得活下去，活到底。这便是活着的痛苦。

牛的痛苦源于精神创伤，毫无疑问。他遭受了多少次重大打击？——炒股时发生过一次。问题是，这一次，没有能力没有力量，好好地有效地予以防范。疏忽了，大意了。

这是说，牛并不了解，当时，中国的股市有七大特点：圈钱，造假，腐败，病态，封闭，赌博，无序。牛只知道，股市是一个合法的大赌场，钱，翻手为云，覆手为雨。于是，抱着一夜之间便可暴富的赌徒心理，凭借着一股勇气，就一脚踏进了变幻莫测的股市。

看了《炒股必读》《股市指南》几本诸如此类的书，牛自以为，炒股比走私简单、轻松多了。至少没有生命危险。

不过，落到炒股的实处，你还得小心为妙。因为，没有人告诉你该买什么股票，也没有人告诉你什么时候该抛掉股票，一切都要你自己做主。还因为，不知什么时候一只业绩虚假的股票，一旦问题暴露，就像定时炸弹开花那样，弄得你满身是血，伤痕累累。这种惨败的景象在股市上常有耳闻，屡见不鲜。一般的赌博有如此可怕吗？在平常的赌博桌上，赢无数，输有底，也就是说，你口袋里的钱输得精光，事先有思想准备，绝不会发生像定时炸弹开花似的惨案。

股市上有这样的论调，或者说挡不住的诱惑：一个人只要有一万元资本，每年炒股翻上一番（这是可能的），十年后，这个人就可以拥有一千零二十四万元，其人生和命运就不言而喻了。这就使人感到，在人间，在这个时代，你难以找到比炒股刺激性更强的东西。生性好搏一搏的人，哪个不跃跃欲试？

当然，股市上还流传着一句警世名言：不要把所有的鸡蛋都放在一只篮子里。意思是说，千万别将你的全部资金押在股市的赌盘上，而要灵活一点，分散投资，或者说投机。这样，即便买错股票，跌入了陷阱，输得干干净净，也不至于酿成大错，输得无路可走，只剩一条上吊跳楼之绝路。

那天上午，牛信心十足地步入某市某证券交易所，把身份证递进交易柜台，叫营业小姐开设个大户，要来账号，随后便从银行转过来四十万元，入账，输入个人密码。办好所有手续后，他就成为一个大户，每天可以进入相对安静的大户室，与人合用一台电脑，像模像样地炒股了。

一连几天，牛坐在大户室里，不动声色，聚精会神地观看着股市大盘走势。其实，电脑屏幕上，那些不断变化的股票名称和数字，弄得他眼花缭乱，根本无从下手。后来，得益于那位同用一台电脑，人们管他叫李大户的一声惊叹——我的天，0518 又涨啦——一知半解的牛，恍如大梦初醒，慢慢地，终于发现，一只标号为 0518 的股票，交易十分频繁，价位一路攀升。奇怪，涨势这么强劲的股票，自己怎么不早发现呢？他找不到答案。因为，答案在惨痛的目光里。而他的目光只洋溢着喜悦，目前。事实上，在这两天股市里，光 0518 一只股票，一枝独秀，一路飘红，往上涨。眨眨眼，又跳高了。这一下，他看得清清楚楚：从十七块四跳到十七块五。一瞬间，一角的差价。如果四十万块钱已全部投入，那一瞬间，产生多少利润？这笔账算起来，让人太激奋了。

话说回来，那不过是蝇头小利。作为一个大户，可不能把这一点涨幅视为福音，老是把喜气挂在脸上。于是，他沉下脸，装作老练的样子，问身边的李大户：

你看这 0518 有什么不对劲吗？

李大户说，一直涨，好像不大正常。

会不会从箱底涨上来呢？

李大户说，我也想过。但就是不见起起落落的现象。

要不，我们先吃它一万股？

李大户说，吃是可以吃。不过，我得再等等看。

牛可不想坐等下去了。他认为，让差不多到手的利润无声地溜掉，是自己一种无能的表现。是一种罪过。不过，从李大户那一脸老谋深算的样子来看，在这张脸皮里面，似乎又有些不可言传的奥妙。他告诫自己，暂时不要轻举妄动。对。你想想，买一万股，将投进去近十八万块钱，这可不是闹着玩的。不妨先到外面去看看散户们的动态，然后再做决定。但这是不能说的。说出来就露了破绽，表明你是个新手，是嫩芽儿——只有散户跟随大户进出，哪有大户去察看散户动向。于是，他只好以上卫生间为借口，出来探测一下大体行情。

营业大厅里人头攒动，神态各异。几乎每个人都盯着数字不断变化的大屏幕，嘈嘈杂杂的议论不绝于耳。不难看出，有的散户还在驻足观望。牛注意到一老一小的对话：

——0518涨得好怪啊！昨天停市还是十七块，现在……老郑，你看，又跳了，都十七块六了！

——是啊！0518已经连续涨了九天，创纪录了。

——妈的，前天我要是买进一千股，到今天抛出去，少说赚了五千大洋。

——我看还会涨，能涨到二十五块……三十块都有可能。

——老郑，你是炒股的老前辈，经验丰富，你要是买，我就跟着你，买多少都跟。

——我就怕这是个套，背后有庄家在操盘炒作。如果真是这样，我们一跟进去，他们就冷不丁来个出货打压，价位直线下跌，收都收不住……

——老郑，一看不行，我们赶紧逃嘛。

——逃？我看只有逃到地狱去！告诉你，如果庄家来它个十几个跌停板，还不把我们全都套死？唉，不瞒你说，这些年我给庄家整得心惊胆战，举步维艰啊！

——老郑，你是一朝被蛇咬，十年怕井绳……你看，又涨了五分！我可管不了那么多，先买它一千股再说。

小伙子撇下老郑，自己匆匆朝交易柜台走去。而在那里，在柜台前，一大帮股民相互拥挤着，手上全都举着填写好的单子，准备下单买进这只 0518 号股票。

有人说，你一旦跻身股市，就意味着天天背负风险；风险的大小，任何时候都不是一成不变。变幻无穷，前途未卜，在汹涌的股海上。没错，不论你买下哪只股票，到最后赚或赔都有可能；至于你抱着赚的愿望选择哪一只，只能根据它当时的走势来判断，然后才能决定买不买。不要忽视，还得凭点儿个人的直觉。这就是赌，输赢在此一搏。

好，赌一把！牛的直觉，或者说预感，就是好。好得不得了，而且。行话叫作利好——有利就好。不要朝三暮四，王顾左右。他想，就买 0518。认定了。

四十万全买？当然。你买得大，赚得也大。他想，要么不赌，赌了就要赌大。孤注一掷，大起大落搏一回。

就这样，牛返回大户室，并不征求其他大户的意见，也未把较熟悉的李大户放在眼里，而是自顾自往电脑前一坐，轻巧地敲打几下键盘——四十万钞票便悄无声息地与苍茫股海融为一体了。随后，椅子一转，面向他人，微微笑着，显得胸有成竹，又有一种稳操胜券之得意。

想不到，李大户说，他刚刚吃进四万股。

牛收敛了笑容，不知不觉地。但他还是不大相信，问对方是不是玩笑话。李大户摆摆手，明确地向他指出，这里开不得半点玩笑，这里是战场，时时刻刻都在拼杀——只有你赔，才有我赚；只有你死，才能我活。

听起来十分吓人，但是，这只是纸上谈兵，实际上，丝毫也吓不着牛。他又开始微笑。是觉得好笑——你李大户经历过子弹在耳边呼呼飞啸，刹那间，身边的伙伴倒在血泊之中的场面吗？在太平无事的大户室里，跟亲历过死亡的他来谈“你死我活”，实在太好笑了。不过，笑归笑，心里不得不钦佩李大户。他想，就那么点工夫，你还在大厅里察风向，看苗头，而人家，已果断地买下了四万股。算算看，多少钱？不，不是多少钱的问题。是多大胆魄的问题。

李大户说，你老兄也很有魄力嘛。

哎。过奖了。不过是先蹚蹚水，试试深浅。

李大户说，看得出，你老兄实力雄厚啊！

雄厚谈不上。怎么说呢？还算扎实吧。在股海上，没有扎实的网具，怎能捕到大鱼？

李大户说，好，说得太好了。那么，网都已经撤下了，我们上哪儿去喝几杯？

走。走着看。今天我请你。

第三天上午，在证券交易所营业大厅里，一股抢购0518号股票的狂风越刮越猛，大有冲破柜台之势。好像左手投进去一块钱，右手就能捞回来两块。电脑大屏幕下，有人甚感欣慰，有人忧心忡忡。有人，追悔莫及：

——0518已涨到二十八块五了，我当时要是狠狠心，把资金全都投入，现在能赚多少啊？

——看它样子，都快涨疯了，而我缩头缩脑的，才吃进两千手，唉，脑子进水了！

——我的钱都死在另两只臭股票里了。有什么办法呢？真是来得早，不如赶得巧。

置身于大户室里的牛，面对如此利好的股市，显然有点沉不住气。他急于想抛出0518股票，率先赚它一把，尝尝赢家的滋味。于是，如意算盘打得滴溜溜：现在抛出去，然后观察观察；要是行情继续看好，你就加大本钱再投入，全部吃进0518，等它再涨起来，哪怕涨五分一角，再抛……这叫作短线，像游击战，灵活机动，打一枪换一个阵地。

且慢！你听：

——三十，三十，三十！

令人振奋的声音是从外面传来的。但还不清楚这一声又一声的“三十”究竟是什么意思。牛循声来到营业大厅，只见股民们像长江之水，浩浩荡荡，一直漫溢至门外。谁都知道，大屏幕上，0518 的价位已经升到二十九块三，并且，仍在一点点地攀升。最靠近屏幕的一群股民，不约而同，再度情不自禁地高声企盼起来：

——三十，三十，三十！

终于，天门大开，财神现身，瞧，满脸红光，向可爱的股民们招手致意——0518 的价位飙升到了三十块。

牛无比惊喜。有那么片刻，他庆幸自己没有抛。否则，一失手而成千古恨。又有那么片刻，他为自己抛的盘算而感到羞愧——别的大户非但没有抛，好像连抛的念头都不曾有过，跟他们一比，你啊，得老实承认，到底还是嫩了点。

这时，有人好像早有准备似的，从挎包里掏出一长串鞭炮，挂到门外的一株树上，然后振臂高呼：庆祝 0518 号股票突破三十大关！鞭炮随之点燃炸响，一阵喜气，一阵财气，在街道上弥漫开来。股民们在鞭炮声中欢欣鼓舞，手舞足蹈——营业大厅简直成了一片欢乐的海洋……

殊不知，一眨眼，财神转个身，变成了一个妖魔，显露一副吃人的嘴脸——情势急转直下，一股悲剧的潜流正在“欢乐的海洋”里凶猛地逼近每一个股民……

总有一天，股民们会幡然醒悟，所谓的股票走势图、K 线阴阳图，等等等等，加起来有十种之多，全都没有用。这些图，全都是股价走势的滞后反映，是庄家欺骗股民的有力工具和手段。试想一下，当股民都按照技术指标去炒股的时候，庄家的心花，怒放到什么程度？如果，庄家与散户（包括大户）用同一种方法操作，那还赚什么钱？

告诉你实情吧——

庄家不是纸老虎，更不是豆腐心肠；庄家是濒临绝种的东北虎，生就一副铜嘴铁牙，他们庞大的资金和卑劣的手段都不是吃素的。他们要吃肉，要喝血，实在不行，骨头也要啃。他们可以把技术图形指标做得漂漂亮亮，诱使你跟风买进，结果呢，被死死地套牢；也可以把技术图形指标做得十分难看，吓得你整天恐惧不安，最后呢，只好割肉斩仓。正反两面，这种微妙的心理状态，电脑怎能反映出来？说穿了，电脑是死的，而人是活的；电脑是由人来控制的，而人是有智慧有思想并且心狠手辣的。特别是近年来，庄家已经改变了操作的策略，专门用反技术操作的方法来欺骗广大股民。你认为某只股票的走势看好，可以跟风买进，庄家正好借机出货；你以为某只股票很难看，是空头排列，只好割肉斩仓，庄家就逢低吸纳，然后大幅拉升，把你气得饭吃不下屎拉不出，只有一口一口吐血。总之，如果用技术图形来指导炒股，散户（包括大户）根本不是庄家的对手，一个个都将成为老虎的盘中之餐。

还要告诉你——

所谓的大盘走势与背后的一双手密切相关。大盘走势仅仅是“大盘走势”吗？事实上，它是一双手，具体说来，是在暗箱操作的庄家之手。庄家，股市上的猛虎，黑道，魔鬼，眼睛红兮兮的，正躲藏在证券交易所的操盘室里，向着操盘手发出一道道杀人不眨眼、喝血不脸红的指令：

——是时候了，我们出货！

——立即抛盘，往下打压！

于是，操盘手在电脑键盘上狠狠地敲击几下——0518 号股票一路狂跌，像瀑布直泻，势不可挡。转眼之间，从三十块跌到了二十一块。跳水了。高台跳水。财神早已隐身，妖魔也不见了。只有股民的情绪，由喜悦的高峰跌向悲惨的低洼。

交易大厅里，大屏幕下，股民们惊慌失措，乱作一团。有人大声喊叫，肯定是庄家出货了，赶紧跑吧！

大批的股民随之拥向交易柜台，喊着嚷着，要求快点下单抛盘。柜台里的营业小姐显得手忙脚乱，满头是汗，在股民们鼎沸的叫嚷声中竭力喊道：

——0518，没看见吗……停止交易，停止了，停止了！

我们的牛大户，当然，用不着挤在乱哄哄的人群里进行交易。此时，他在大户室里拼命地敲击着电脑键盘，想把股票抛出去，抛得干净彻底，但不知怎么回事，一股也抛不出。身边的李大户哭嘴绷脸，像是自言自语：别敲了，别敲了，敲死也不管用——一定是庄家抽水抛盘，跌停板了。

跌停板，也就是说，你欲抛的这只股票，今天跌到此为止，不再交易了。看明天吧。

说不定明天就不跌了，还会涨起来。

但愿吧，但愿明天又是个财神露面的好日子……

即使明天不涨，仍然像目前一样，跌停在二十一块上下，不用算，还有赚。牛安慰着自己。回想一下，涨到二十八块五的时候，自己曾打过抛售、观察、再买的算盘，要不是被那“三十、三十”的企盼声所诱惑，现在岂不是赚海了。那么现在，众人皆输，你独赢。那将是何等幸福！只可惜，幸福擦肩而过，留下一片悔恨之阴影。

现实十分严峻——连续三天，开市就跌停板，没有交易。空前的凄凉。在牛的心里，充斥着一种难以名状的惨痛。股民们何尝不是这样。似乎，只有庄家在放声大笑道——哈哈，套牢了，全都套牢了。

不过，人人都在企足以待，还用各自的方式，或心里或嘴上，祈祷着，期盼着——善良的老天爷尽快开恩，让他们少赔钱，少泣血。别说，还真有那么一阵子，像冬天里刮起一股小南风——小道消息传得沸沸扬扬，使全体股民心头一热——0518 并没有跌到底部，很快就会反弹。尽管如此，牛还是冷静地想道，假如你不改变自己呆板的思维方式，不用反向思维的话，必然要吃大亏。

开市就逃，只要能逃，绝不耽误一分一秒。牛毅然决定，不管 0518 号股票处于什么价位，能抛就抛，不留丝毫。然后开路，一走了之。一了百了。

事实上，当牛登上麦道—82 客机，远走高飞之际，心情异常沮丧，因为储存在银行卡里的钱，不是原先的八十万，更不是，期望中的一百六十万。回顾一下，他在这座城市的停留期间，没有大吃大喝，肆意挥霍，也不曾寻花问柳，为难得的佳人而一掷千金，总之，一句话，算得上一个遵纪守法的好公民。然而，说来非常可笑，笑到最后会使人笑出眼泪——他把自己的巨额亏损，归咎于那个毫无职业道德的饭店老板。那晚十一点多，百无聊赖的他，来到一家饭店的门口吃排档，要了两瓶啤酒、三个菜，其中一个是冷盘——煮螺蛳。用牙签挑出来的螺蛳肉，滑溜溜的，蘸辣油吃，味道真不错。吃完又要了一盘。

约莫半个钟头后，贪吃螺蛳的牛，开始感到整个肚子不对劲，好像是，肠胃之间有几条泥鳅在蹿来蹿去，便走进了附近的一座厕所。原以为，释放一下就好了。料不到，这一去，竟然打不住了。出来才一支烟工夫，又掉头去了一次。谁知，出来没走上几步，又想进去方便。这样下去，没完没了，那还了得！于是，他咬住牙，冒着随时都有可能泄露出来的危险去买止泻药，总算在不远处找到了一家药店——谢天谢地，设有“夜间购药”窗口。但他用矿泉水吞服两粒诺氟沙星之后，肠和胃依旧吵闹不休，而且，小腹部还出现了阵阵绞痛。

当一大卷卫生纸用完，觉得肠子里的货色排得差不多的时候，整个人，好像干瘪了，走路的姿势，如同风中的垂柳。就这样，他借助路边一切可以摸到的东西，搭个手，走几步，歇一歇，就近摸进一家全天候营业的私人诊所，已是凌晨一点多了。躺在病榻上，一位年轻的女大夫来给他就诊——右手的大拇指以他肚脐为中心，摊开嫩滑的一掌为半径，在他的肚皮上来回触摸着，并不断地问他有何感觉。他说这里——肚脐眼偏下一点，老是隐隐作痛。女大夫初步诊断为：急性痢疾，又严重脱水。她必须为病人做紧急处理。于是，开了六种剂量不等的消炎针药，分别注入三瓶盐水里，给他打起了吊针。

不一会儿，牛昏昏沉沉，似睡非睡。

女大夫呢，赶紧到自己的休息室去收看香港电视——赛马，是因为，她通过在香港的亲戚，在一匹枣红马上押了点小钱。当然，她并没有忘记这个急诊病人，时不时地过来观看一下，还摸摸脉搏，问问感觉。

等三瓶盐水点滴不漏地流进牛的血管，差不多到了早晨六点钟。身上补充进那么多的盐水，他感到自己饱满起来，元气也恢复了。只是，小腹部还有点儿隐痛。上了一趟卫生间，又在诊所里来回试走一会儿，他觉得体力没问题，可以正常活动了。因此，他准备配些药，结掉全部费用，先去股市看看行情，然后回住地休息。但女大夫坚决不让他走，她说他这种情况，有可能是阿米巴痢疾（具有一定的传染性和复发性），必须躺在这里边治疗边观察。她特别强调道，起码一个上午，他不准离开这里一步。于是，又给他挂了两瓶盐水。

望着流速迟缓的液体，牛显得很不耐烦，几次要求女大夫放大流量，以便让他快点出去。

盐水滴得快，药效就要打折扣，懂不懂？女大夫说，你回家也是去歇着，着什么急?

四十万块钞票押在股市上，你能不着急吗? 接着，他把实情告诉了女大夫，希望得到她的帮助。

女大夫莞尔一笑，说我这就去股市，帮你看看。

牛这才得知，女大夫也是个股民，当然是小本经济，三天两头买进卖出，做短线，赚差价。

一瓶盐水快滴完时，女大夫眉开眼笑地返回来，带给病人一个好消息：今天股市全面上升，他买的0518，一开盘就稳住了，而且稳得很牢靠。随后，她又郑重其事地分析道，按一般规律，稳住就意味着回升，并且，还会大幅度地反弹。对病人而言，这个消息，无疑是，注入一针兴奋剂，使他顿时来了精神。忽然间，他觉得自己病痛全无，浑身有劲。他耐心地等待着，等待着半天的光阴，像盐水那样点点滴滴地流失。

事后，牛并没有怪罪于女大夫，因为，她当时反应的和分析的，一点都没错。上午0518是有过短暂的稳住和回升，但很快又回落了。等中午一过，牛急匆匆地赶到证券交易所，看到的是一种什么情形啊? 看着看着，使他越发加剧了对那个饭店老板的憎恨，恨得咬牙切齿。有那么一瞬间，他想花钱雇人，把那家饭店和门前的排档砸个稀巴烂，让这个出售不洁之物，令人错失抛股良机的家伙尝尝破产的滋味。这是一种什么滋味啊? 凝望着电脑屏上直线暴跌的股票价位，他突然感到心口发痛，一阵接一阵地发痛。股票的暴跌就像昨晚他进厕所一样，拉了还想拉，怎么也止不住了。好像是，在没有把你掏空之前，任何力量都休想把它止住。老长时光，任凭股民们怎样挤来挤去，他的双腿一动不动，不是不动，而是根本不能动，用炒股的行话来说，连皮带骨都被套住了。他感到胸口憋闷，呼吸都有点困难……

人生无常，原来，金钱也无常啊！

牛在这场合法的赌博中，最后到底输掉多少，恕我为之保密。原因是，他坐于返家的飞机里，眼前，恐怖的情景不断涌现，冒险的生涯，正同泪水，悄然流逝。

三

我要说的是，牛的逃离。

按照牛的经济实力，完全可以在股海里再泡一泡，养精蓄锐，等机会东山再起。打场炒股的翻身仗，不是没有可能。然而，这需要坚定的信心、毅力和勇气，更需要一种大无畏的牺牲精神。精神，关键是精神。遗憾的是，恰恰是这种精神，像一缕烟雾，渐行渐远了。

好像是，到了这种时候，也许是，这种年龄，人应该十分清楚每过一天，甚至，一个小时一分钟，意味着，将失去什么。像一缕烟雾，渐行渐远，原来，是青春啊！这已被他发现了。没错。一种令人多么痛心的发现！痛心吗？是啊，青春绝不会在杭州的某一条巷子里，在老屋门口，像树一样深植于泥土，枝叶茂盛，耐心地等着你。要看到，你的青春，在一九八九年冬天以后，已一点一点地掩埋在浪迹天涯的途中，又一把一把地挥洒于海洋上，翻滚于一浪又一浪的波涛之间。说白了，这次炒股，不过是，你那青春的尾巴最后甩动几下，挣扎一番，就像一条断头蛇那样，无法使生命复原。

还要看到，人生的每一条道，每一段路，都有其适合奔走的年龄段。很显然，这条道路——且不管它什么道路，牛是走到头了。不过，表面上，他极不愿意承认这一点。在他怯懦的心里，实际上，为自己的逃离找了个堂皇的理由——保住这些资本，便能回到梦乡，好好做一场文学梦。

事实证明，梦想是多么可笑。

在所有可笑的过去之中，你发现了多少卑鄙、欺骗和可恶的事情？也许，你想立刻中止青年时代，等待着青春和你脱离关系。也许是因为，望着它虚无的一切，看到它再次捉弄人似的从面前一晃而过，尔后，你自己也紧随其后，跟着而走，不得不走，确信自己的青春已经离去，只好佯装从容不迫地由这条路慢慢走上另一条路，以便说服自己，活下去还有点意义。

正因为如此，牛那吓人的胸口闷胀，内心疼痛，只有他自己才能医治。现在，在510室，他在鼠的床上，半躺半靠，貌似闭目养神，实则是，在心里反复回放着那一幕幕触目惊心的场景。有些淡化了。有些，更为鲜明。

是啊，牛总记着自己倒霉的往事，记着自己所有的不幸，别人无法使之忘怀。这些往事，而且，牢牢地占据着他的灵魂。同时，他对未来还抱有很大的幻想，主要是对鼠的幻想，所以，对自己曾经遭受的屈辱要进行报复。

说到报复，牛自己似乎也明白，那不过是一种虎头蛇尾的英雄姿态。尽管如此，这种英雄，牛还是想充当一回。如果再动用拳头，对虎实施打击，到头来，只能伤其皮肉，而很难触及其灵魂。反过来说，“事后”再穷追猛打，自己给大伙的印象，一定是太野蛮了。好吧，改变一下，来点文明的做法。这个鸟人，当时劣迹败露，还口口声声地宣扬“做人要文明”，莫非，把别人的女友拖上床，正是一种文明的行为？那么，将他的老婆拉进这桩丑闻中来，难道不是一种文明的举措？

牛想，既方便又巧妙。你要做的无非是去打听一下他老婆的近况，择机向她抛出一副有关她丈夫的臭牌—— 一张一张翻开来，让她看清全部的底牌——时间，场所，人证，一应俱全。

牛曾听说，虎和老婆一道来自内蒙古。那个女人还算有几分姿色，只是身体不大好，长期病恹恹的。而虎，在这个病女人面前不单老实，还很乖巧。

好。这正好。因为，医治虎这种好色的毛病，老婆是唯一的也是最好的大夫。而能不能将其劣根彻底铲除，就要看这位大夫的心肠硬不硬，医术高明不高明了。

牛突然睁开眼，嘴角露出一丝笑容，仿佛深重的耻辱终于释然。甚至，还朝守护在一边的鼠笑了笑。

起初，鼠还以为，自己的精心护理使他的心情开始转机，那片压迫着他神经的乌云，已逐渐飘移开去。一种盼望，让他马上恢复常态，包括身体，包括思想。不过，她还得趁机表现一番，让他真切地感受到她的温情和关爱。她是爱他的，这种时候，尤其爱他。好孩子啊，你要明白，刚才她真替你担忧，唯恐你的胸痛进一步发作。你要想到，她为此也感到心疼。你还要猜到，她心里一直在流泪。现在好了，你笑，她也笑。现在呢，你要看到，她一手拿毛巾，一手提暖瓶，接着，往面盆里倒上水；水有点烫，又不想开门去接冷水，只好将烫手的毛巾拧来拧去，同时呼呼吹着热气，结果呢，弄得满脸通红，却洋溢着你终于转危为安的喜气。

鼠拿热毛巾给他擦脸拭脖，真像对待一个刚刚醒来的好孩子，将其面孔擦得红兮兮的。

与此同时，牛对自己的身体状况又解释了一番，他说过没事，瞧，休息一下，真的，没事了。他还拍拍胸脯，摇摇头，意思是，总算甩掉了身上的痛苦。痛苦，指心灵还是肉体？没有说明。也不好说明。但鼠一看就明白，他是在表演，是打着手势演哑剧，连刚才的那点笑容也是装出来的。如果用一把小巧的睫毛钳，扒开他眼眸里薄薄的一层阴翳，就不难发现，所有的痛苦仍然在眼里保存得完整无缺。仔细看，还夹杂着少许仇恨。他使用这种小伎俩，无非是想麻痹她的警惕性。一种和解的姿态里，蕴藏着一个阴谋。忽然间，他的脸上又泛起了阴冷的神色。好像是，阴暗的心理在作怪，使之脸色变得越来越难看，越来越令人讨厌。

演这种戏谁不会呀？鼠想，来个顺水推舟，一起表演吧。

不过，一下子，她还决定不了对现状应采取一种什么样的态度。

也就是说，很难进入一个角色。是的，善于察言观色的她，眼下，仍处于一种模糊的状态。好像是，人们演了一场悲剧，接着就该上演一出喜剧。因此，她只好先把舞台的帷幕拉开——站立在床边儿，一边脱衣服，一边观察着牛的反应。

笑了一下。笑出了声音。是冷笑。他真实的笑声。

看你，笑得怪怪的——好孩子！鼠说，嘲笑，是不是？

牛的身子往上耸了耸，让上半身靠着床背。他没搭理。

不管怎样，这次闯的祸——她认为自己闯祸了，使她不堪回首。但她能够领悟他笑声里的意思。不是笑她轻佻，不是笑她自贱。这笑声，说它嘲笑是客气的。是刻薄，仿佛是，接下来戏剧的开场白。在这狭小的世界里，她不能因他的刻薄之笑而浪费时间。总之，他别想用这种笑来阻止她进入角色。要想挽回局面，她就应该进行某种尝试。于是她轻柔地说：

躺下去吧——好孩子！

身上某种潜在的东西，突然间，居然被她自己的这句话唤醒了。一瞬间，她决定扮演一个温柔多情的角色，便感到兴致勃勃。是啊，人一高兴就会没头没脑。对乏味的牛，她一下子恢复了乐趣，心里重又热乎起来，好像是，点燃了生命中的激情。这使她精神焕发，显露出一种积极进取的欲望。在过去的一段日子里，在牛面前，她几乎不再相信有什么能唤起自己的激情。是因为，牛已经没有激情。有点儿温情罢了。

而此刻，鼠忽然觉得，看来自己是要假戏真做了。

在床上，鼠主动为他宽衣盖被，热情体贴，又深入细腻，表现出握手言和，重归于好的极大诚意。而他，尤其是，当她的激情，在她那对显得十分灵动的乳房的传送下，他脸上的神情，他身体的阴暗角落，仍像一杯温吞水，大有一种坐怀不乱的木然。只不过，在她热烈地抱吻他的时候，感到麻木般的肉体里，那颗心脏倒是在怦怦狂跳。

鼠不知道，这当儿，牛那“文明人的报复”计划，在心里晃晃欲坠，摇动他报复根基的无疑是她的小手，一只曾经沾染着月光而变得银白灿亮的小手，一只现在往他曾经疼痛过的心口上抚来摸去的小手。一只充满灵性的小手。

牛不得不加深思考，如果对虎实施灵魂深处的打击，将其身心彻底击垮的话，会给鼠带来什么，给自己带来什么？假设到了虎被老婆制裁得抬不起头的那一天，到了像丧家之犬那样，无窝可钻的那一刻，鼠，无畏地向他迎上去，大声而庄严地道出“我爱你，我们走吧，走到天涯海角都不怕”，然后，真的手挽手走了，这个世界将变得怎样？世界可能是这样的：虎扬起笑脸，只见前方的路上鲜花盛开！而你呢，你自己嘛，当然，只能在同学们发出的一片复杂的笑声中自动退场。

不，牛不能失去鼠，至少不能全部失去。就像那时将四十万钞票押在炒股大赌盘上一样，即使输局已定也得伺机捞回一点本钱。而爱情的本钱，用什么来计算？或者说，用什么来掂量来丈量来衡量？进一步的问题是，黄金能够斗量，而轻若游丝，又重如泰山的爱情，能量化吗？看来，还是趁早捞根爱的稻草，赶赶你脑子里的苍蝇吧——臭不可闻的念头！

是啊，要明确一点，她是爱你的。要感恩生活。一定要感恩生活啊，老兄！最起码，曾经，她爱过你，并且爱得别具一格，富有鲜明的个人特色—— 一股火热的爱，通过手指头传递过来，传到你那敏感的、气味不大好闻的、自己一辈子都无法看见的部位，难道不记得了？

人未老朽，对爱，不可健忘。

当时，它可是让你回味无穷啊！

现在呢，退一步讲——退一百步吧，即便以后成了路人或仇敌，只要想起鼠的那双小手，你还会感动，一种潜入血液和心房的感动。不过，话说回来，那双小手，如果像现在这样抚摸你的胸口，偶尔还滑到下面来挑逗一下，你的感动就不会持久。值得回味的是，那双小手，在你目光根本照不进的夹缝里——肛门口，不嫌脏，不怕羞地操劳了无数次。

牛的苦痛源自肛瘘——直肠接近肛门处发生脓肿，形成瘘管，恶性发作时便会开口，流出脓血。说起来，这个归纳为痔疮类的小疾患是他平时不大注意卫生，加之长时间坐着写作，致使那里闷热不透气而孵化出来的。它起初像一粒绿豆，红肿而又痒痒的，伴有阵发性隐痛，他还不好意思去医院脱裤子，只是把症状向药店售货员描述一番。结果呢，人家卖给他一盒 PP 粉，叫他在每晚睡觉前，拿一小包溶解于温热的面盆水中，随后，把屁股蹲在药水盆里浸泡半小时。

好，连续五天，他每夜照样画葫芦，殊不知，有一夜竟然画出了一棵绿豆芽——手一摸，差点痛叫起来——原来，那地方不大干净但非常肥沃，豆芽长势旺盛，根茎壮实着哩。第二天扛不住了，别无他法，只好厚着脸皮上附近的医院。那家职工医院里的男大夫，看到这种臭病，不但皱眉头，简直是一脸厌恶。也许是图省事，也许对付这种臭病本该如此——他被带进激光室，先是面壁而立，尔后做九十度鞠躬，双手紧抓床头的铁栏，光腚高高撅起——男大夫握着激光枪，对准那棵豆芽砰砰砰连开三枪，一股浓烈的肉焦味扑鼻而来。

回去休息休息吧，男大夫说。

回到宿舍，牛忍不住用手去一摸，好家伙，那儿成了一个小小的肉坑，还覆盖着一层烧焦的皮肉。他想把这层焦皮扯掉，但刚刚触及，却疼得屁股肉一抖一颤，只好作罢。唉，肉坑就肉坑呗。当时，这一切，都还瞒着鼠。他不想让她知道，是因为，两人的关系还停留在某一特定的时刻拥抱拥抱，亲亲嘴这个层面上，尚未敞开与深入。对自己的臭病，他认为，既然被激光烧出个小肉坑，卧床静养一天，疼痛就会慢慢消失。同住一室的同学问他怎么啦；他只是说有点上火，痔疮复发了。

哦，十男九痔，正常的。

三天后，不料，那个小肉坑里又萌发了豆芽，像是一夜之间突然萌生的。其周围，一摸就知道，红肿得相当厉害！不过，这次再也不能去那家医院白吃皮肉之苦了。

于是，牛根据报纸上“不吃药打针、不手术流血、不影响生活和工作”的广告，在北京的西北角，找到了一家专治这方面毛病的特色小医院。接待他的是一个女大夫。检查完毕，女大夫告之只需做个简单的小手术，没有什么顾虑的话，当场就可做。他呢，对女大夫有种本能的信任感，大大方方地躺上床去，还说他三天前已挨过三枪了，现在不过是吃一刀，有什么好顾虑的！女大夫宽慰道，这种“无痛苦手术疗法”，严格意义上说，是不动刀子，叫他尽可放心。放松放松，她边拍他的屁股边说。不一会儿，进来了一个女护士，将一切准备就绪。

当牛斜着眼睛瞄过去，发现大针筒里100cc像蓝墨水一样的液体，即将直接注入患处时，背脊上冒出一片又一片的冷汗。女大夫预先告诉他，在以后的两天里，他的小便将是淡蓝色的，不过，这一点也用不着害怕。是啊，他害怕的是眼前。果然，当针头扎进那个小肉坑时，他发出了类似于猪遭屠宰那样的惨叫。怎么不打点麻醉药？他埋怨道。这药水里就含有麻醉剂，女大夫解释道。接下来，女大夫用小刀轻巧地划开其患处，拿一条常见的皮筋镶嵌于其中，打了个结，把堵塞的瘘管引向体外——打结的皮筋自动脱落之时，就是病情痊愈之日。总之，他配合得很好，女大夫满意地总结道，手术十分成功。

麻醉剂的药性一过，牛站着疼，坐着疼，在床上，平躺更疼，反过来像狗一样趴着相对好受些。令人难受的是，自己平时最不习惯这种睡姿。总之，床上像是布满荆棘，怎么躺都不太平。真叫活受罪啊，他哀叹道。

在他从医院返回，身子一扭一歪地上楼来之际，恰巧被下楼去的鼠撞见。对他那种在异性面前难以启齿的小毛病，虽说她略有所闻，但终究是一种男人病，她体会不到他的痛苦程度，也就不大重视，现在亲眼见到他这副样子，真是不胜惊讶。她由不得他躲躲闪闪，逼着他道出了实情和现状，随后嗔怪他没有叫她陪之上医院，太见外，实在太见外了。

对了，能吃些什么？鼠急忙问。她首先想到得给他弄点吃的，以示自己的关心和歉意。

他说只能吃香蕉，喝少量牛奶。

保鲜牛奶，她屋里有一箱，开封才几天。香蕉嘛，普通的，外面摊上多的是，要好点的，得去华堂商场购买。

因此，鼠立刻跑出去买回来两大串，足足十二斤。据说是正宗的菲律宾货，个大，色黄。看上去真舒服，吃起来从头甜到脚。于是，鼠坐在床沿上剥开香蕉，自己先尝一小口，然后像哼儿歌那样对他说，来，一口一口吃香蕉；来呀来，吃了一根又一根，拉出大便香喷喷。

是的，大香蕉一根又一根，牛一连吃下三根。不是因好吃而嘴贪，而是硬着头皮往肚子里撑。每餐必须吃饱，使得每天有货色排泄，否则不利于身体康复。没错，女大夫是这么叮嘱的。就这样，牛天天把香蕉当饭，吃得恶心兮兮，肚皮里咕嘟咕嘟吹气泡，时不时放臭屁。

这一来，弄得同宿舍里的另外两位同学哭笑不得。

第一次，鼠认真地对那两位同学说，对不起，请你们回避一下，我要给好孩子烫屁股。

好孩子？没听错吧。两个同学相视一笑，神秘兮兮地退而避之。以后，他们才明白：好孩子是对牛的昵称。

牛倒不好意思起来，裤子脱到一半时显得忸忸怩怩；鼠一边帮他脱一边说，我们都是上帝的儿女，好孩子，别怕难为情。

肛瘘并非细菌病毒所致，而是功能性障碍，所以说，手术后只需一天两次用热毛巾敷贴消肿。与此同时，顺带搞搞卫生，使伤口保持一种洁净的良好状态。

鼠说，好孩子，这么烫吃得消吗？

牛的头脑里充满着热气，丝丝缕缕地从五官里挥发出来，好像全身的精气神都被调动起来，心里只留下甜蜜和愉悦。

鼠说，这样舒服一点吗，好孩子？

牛分明看到，一只沾染着月光而变得银白灿亮的小手，正摊开它孤傲的一掌，把掌握的爱和情化作涓涓细流，渗透到他的毛细血管，使之浑身舒畅和陶醉。

鼠说，你怎么一声不吭，老是阴阴的，像个老头儿？

牛想起叶芝的几句诗：当你老了，头白了，睡思昏沉，/炉火旁打盹，请取下这部诗歌，/慢慢读，回想你过去眼神的柔和，/回想它们昔日浓重的阴影……

鼠说，好孩子，我像个家庭护士吧！

牛说，我爱你！

鼠往他屁股上啪啪打了两下——真是好孩子！

啪啪两下拍打，这个好孩子的感情大门，终于完全敞开了。在以后不长不短的日子里，鼠自由自在地出入他的情感仓库，吃得白白胖胖，好像是，十五的月亮。

是的，牛和鼠在中秋之夜相交相知，又在他的肛病恢复期内相恋相爱，所以嘛，这一男一女的爱情，始终具有菊花的清香和肛门的气味。

深秋某日，牛接到杭州市文联邀请他出席创作选题会的电话通知，也就是说，他的长篇《暴跌》已被市文联列入“重点作品”扶持对象。此次去杭州，主要是向创委会汇报自己的写作进程，同时可领到一笔创作津贴。他向班主任老师说明情况之后，作为班长，又顺便帮鼠请了几天假——她要回趟老家，看看父亲，他与她，同去同回。

当天，鼠和牛分头行动。她去美容店做了个极新潮的发型，并将前面一部分染成金黄色，随后，又买了很多路上吃的东西。牛呢，直奔北京站，买了两张到苏州的硬卧票。

在火车硬卧车厢里，事实上，约有个把钟头，牛睡上铺，鼠躺下铺，彼此相安无事。那段时间，牛只听见，她用苏州话给长江以南的人打了好几个电话，却看不见，她用灵活的手指发出的好几条短信。

次日早晨，随着人流挤出苏州站，鼠一眼就发现，西装笔挺的父亲站在广场的一隅，身边停着一辆凌志轿车。她加快步伐，又频频地向父亲招手。你看，我老爸多积极啊，她对牛说。接着，把手上的东西悉数交给牛，自己身轻如燕地朝父亲飞奔而去。当然，在她拥抱父亲之后，并没有忘记用溢美的言辞介绍紧随而来的牛。好好，欢迎欢迎！父亲微笑道。

鼠坐副驾驶座，一路上不停地问长问短，问得父亲笑口常开，还不时地腾出一只手，摸摸乖女儿金黄的头发。

车子停在了一家叫印度洋大酒店的门口。随后，三人来到了二楼“荷花亭”。先吃点早茶，父亲说。服务小姐沏好一壶明前碧螺春，清香四溢的茶水刚刚出壶，一辆载有几十种小吃的早茶车便推了进来。

牛在南方混迹多年，这种早茶，曾吃过无数次。然而，不知怎么回事，眼下，面对小车里丰富的食物竟然下不了手，显出一副拘谨、木讷的样子。

在火车上你就说饿了，现在怎么不吃？鼠在牛的耳畔轻声说，这是我们家的，你放开肚子随便吃吧。

牛点点头。他明白“这是我们家的”意思，心想一户人家拥有这样一家大酒店，在美国，也够风光了。

而这时，风光的主人，这位老板父亲，陪坐于一边，不吃不喝，也不说话，只是不停地抽着中华牌香烟，仿佛触景生情，正苦苦追忆着自己艰辛创业的一生。父亲不禁想到了老伴的命运。因此，父亲不时看看自己的女儿，看她一边询问牛爱吃什么，一边喜滋滋地在车子上给他端来一道道小吃。女儿贤惠的一举一动，让父亲觉得，酷似她的母亲。要是这会儿，老伴也在场，我们团圆的一家，该是多么快乐和幸福！父亲心里突发感慨，随之想起一些零星往事。

老伴生癌去世那年，女儿虚岁才十二，可怜得让人心疼。他自己呢，正值年富力强，又逢艰苦创业阶段，多么需要纳个贤内助啊。但他最终还是没有给女儿找个后妈。至少，在一般人的眼里，在法律的层面上，到今天仍保持着这种一父一女的家庭格局。那几年，除了钱，能给予女儿的还有什么？他记得，天气好的话，傍晚时分，他总要带女儿在街道上散散步，然后和她一起吃些风味小吃；有趣的是，每到周末晚上，雷都打不动，父女俩必定要喝点加饭或花雕，谈谈心，像一对情投意合的忘年交。这种朋友式的父女关系，一直延续到她羽翼丰满，展翅飞离苏州。他还记得，当年有一时期，女儿变得喜欢遐想，走路时总是昂头挺胸，像个蓬蓬勃勃的大姑娘。看到女儿明显发育，他不是没有考虑过再婚，甚至十分焦虑和迫切。因为，他知道，当小姑娘逐渐成长为大姑娘这期间，应该有个妈妈为女儿的某些事做必要的指点。让女儿孤立无助地对付一些生理上的变化，他这个当父亲的，看了真是于心不忍。不过，再看看，女儿经常往她姑姑家跑，姑侄俩还很合得来，有些成长过程中的困难和烦恼，好像都被一一克服了。于是他想，要是找一个人来结婚，从小就自由散漫且主意老大的女儿，和后妈会相处得怎样呢？相处不好，身心受到一点伤害，这对于女儿或许是世界上最不幸的事了。

父亲当时认为，世上一切的一切，在一定条件下，都可以吐故纳新，唯有自己亲生骨肉不可替代。为了女儿免受伤害，就维持现状吧。他打定主意，在以后漫长的岁月里坚决不做更改。这一点，鼠心里是明白的。如果说，世上有一种天长地久的爱，那么就是她与父亲之间的爱。

看他俩吃得差不多了，父亲叫服务小姐只留茶水，其余统统撤走，包括外人。关起门来，以便自己人好好聊聊。父亲说，现在正是吃蟹的最好时节，得知他俩要来，昨天特意派人弄来几斤太湖野生大闸蟹，个个都是肥壮饱满的雌蟹——中午让他俩吃个够。一听有蟹吃，鼠顿时两眼放光，嘴里啧啧有声，好像蟹儿的美味已从记忆深处涌到了舌头上。她说，遗憾的是，这次只是路过，不能待下来陪父亲，请他体谅。她又说，看到父亲气色不错，精神愉快，自己就放心了。

去忙你的去忙你的，不用管我，父亲说。眼光里却浮动着依依不舍之情。

鼠带给父亲的礼物，是最新一期的《新锐》。在这本杂志里，设有一个“美眉作家群”专栏。而这期的专栏却被鼠独人占有，不单隆重推出她的一个中篇、两个短篇和一篇创作谈，并且还用整整一个版面，刊登其一幅生活照。

这一切，说明了什么？在父亲看来，充分说明女儿已把他的一片厚爱化作动力，结合自己的写作才情和对他的深爱，反过来安慰至今仍孤身一人的老爸。那篇创作谈上有一句话——她大声读给父亲听，让父亲感动得差点流下热泪：我的创作灵感全部源于夜晚的一阵阵凉风，因为那阵阵凉风分明来自姑苏城里，带着父亲深沉的关爱和渴望见到女儿的一声声叹息。

一声叹息。甜蜜的，醉人的。

父亲微微抖颤的双手，表明这份礼物有点沉重，显得十分珍贵。他一页一页翻着杂志，横看竖看，眼光里流露出粗通文墨的遗憾；当翻到印有鼠的照片那一页时，目光久久凝聚不动，忽然间，两块略微突出的腮帮肉，哔——哔——哔，有节奏地鼓动起来，眼光随之越来越明亮——有这么一个乖女儿，真是一生的莫大欣慰！

问到杂志带来几本，鼠说她总共才收到两本样刊，所以只好先拿上一本。父亲看了看封底的定价，问她回去能不能买一些，打个包裹邮寄过来。

可以呀。鼠说，爸，还要几本？

凑个整数，一百本吧，父亲说。

爸，都像你这样，这文学就兴旺发达了。

那，再加一百吧。我给每个员工发一本。

两百本？

两百本。

就这么说定了。两百本杂志，员工人手一册，一睹老板千金的大作和芳容。女儿的荣耀，不单单是。

鼠抿嘴而笑，是一种想笑，又不好意思笑出声来的笑。心里感到十分自豪，又无比幸福，有这样一个父亲。

这时，父亲把目光投向一直默默无言的牛，发现这后生脸上一副倦意，眼神阴郁，以为他昨晚在车上没休息好，便叫他到楼上去开个房间，补个觉。牛凄然一笑，谢绝了他的好意。父亲立即意识到，自己刚才只顾跟女儿说话，而把他这位客人给冷落了。于是，父亲马上提议，离吃中饭还有点时间，开车带他俩（主要是带他）到各风景区去逛逛。这样，尽管是走马观花，但也能起到散散心、提提神的效果。他又着重强调，苏州城里的园林景点星罗棋布，隔几条马路就有一个，玩一圈很方便——都小巧别致，蛮有看头的。

是啊，是蛮有看头的。牛附和道。为此，他加以说明，自己以前曾先后到过苏州三次，市里一些主要园林，像拙政园、狮子林、留园、西园、仓浪亭，都去逛过一遍了。甚至，他还到过远郊的虎丘和更远的东山。后者寺院里的那幅彩色立体壁画，给他留下了极深刻的印象。

你这一说，那是没得好玩了。父亲说，要不，去看看工业园区？那可是新加坡与我国合资的一块美丽的样板。

那儿有什么好看的。鼠插进来说，什么美丽的样板，都是媒体瞎起哄，乱吹出来的。

哎，不能这样讲。父亲说，确实搞得不错。

我倒很想去听一场苏州评弹。牛说，可惜这次没时间。

这么急，一夜都不能留吗？父亲问。

明天上午的会，今晚必须赶回去，牛说。

那是那是。父亲说，下次再来，住上几天，我带你去小书场听老派评弹，味儿十分地道。

你那么想听评弹呀？鼠倾斜上身，靠近牛说，要不我唱几曲给你听听？——不要唱得太好噢！

是吗？牛半信半疑。

是的是的。父亲赶忙为女儿作证，又解释道，在中学时代，暑假期间，她闲着没事，心血来潮，跟她唱评弹的姑姑学过一阵子。用心唱的话，还蛮像回事。

我老爸说的，都听清楚了吗？鼠揪了揪牛的耳朵，又拍了拍他的面孔，得意之情溢于言表。

父亲见状，笑着对牛说，这小囡样样都好，就是有时候爱调皮捣蛋，叫他不要介意。之后，老人家突然抓住牛的手，使劲握了握，说了一大堆感情色彩很浓的话。归纳起来，大意是：出门在外，你比她年长，沉稳，希望在今后的日子里好好照顾她，呵护她——女儿是一盏照亮他晚年生活的明灯。

晚霞即将消失的时候，牛和鼠结束了在苏州的中转停留，准备动身前往杭州。鼠要坐船赴杭，她想体验一下夜里河上航行的趣味。一听将要坐船，牛不禁皱起了眉头，他把鼠拉到一边，背着其父亲，说还是乘客车去吧。鼠反对道，乘车没意思。两人小声地争执了一番，最后还是依鼠之意决定坐船。

于是，父亲驱车把他俩送到码头边，继而双眼含泪，目送着他俩登上了运河的客船。站在甲板上，鼠非但没有流露伤感，反而笑眯眯地送给父亲一个飞吻。料不到，父亲像痴情郎那样，接连回赠给女儿三个飞吻。

牛看得暗暗发笑。

天暗下来之后，刮起一股股小东风。航船开始微微晃荡，沿着乾隆皇帝当年游江南的水路顺流而下。鼠放眼望去，只见满天星辰映现于河面上闪闪烁烁，随波逐流。这情景，好像是，那位诗人万岁爷的浪漫足迹在一路闪光。这不，坐船多有趣啊！鼠闲不住，独自一人，从船头到船尾，上上下下，凡是能进人的角角落落，都去逛了一遍。

牛和鼠乘坐的是头等包舱。票是父亲为他俩买的，价格不菲，舱内设施干净、舒适，还有免费茶水、果盘、瓜子供应。在这样的包舱里，两张铺位，一对恋人，关上推拉门，想在皇帝的足迹上干点不登大雅之堂的事也无妨。事实上，他俩什么也没干。他俩一人占一铺，面对面，中规中矩地盘腿而坐。那是因为，两人各怀不同的心思。一个体会着坐夜船的趣味，一个却回味着夜航的恐惧。是的，对牛来说，是真正的恐惧。当他听到“坐船”这个字眼时，恐惧就开始由心底向全身蔓延。没有办法，他拗不过鼠的固执和倔强，只好跟随而来。然而，一踏上船，他的神经全都绷紧了。所以他哪儿也不去，只是畏头缩脑地呆坐于铺位上。

如此这般，在鼠看来，真是一个缺乏情趣之人。

不过，听说还真有这么一种人，见船就头晕，上船便难受。牛像和尚打坐，还算轻微。严重的，像死了一样。

得找点新鲜的乐子，给他解解闷，让他开心开心。这么一想，鼠便开始酝酿情绪，寻找着某种感觉。

牛点燃了一根香烟。这杆老烟枪，抽了几口，还大声咳嗽。

嘘——好孩子，保持安静，请勿打扰！

当然，你可以竖起耳朵，凝神谛听。听听略带凉意的秋风从普通客舱上，船篷下，吹送来一阵阵玉珠落盘般的铮铮之声，伴随着击鼓似的咚咚之响。这是什么声响，顺风而来，带着水乡的香润和夜晚的神秘？认真聆听。听明白了吗，到苏州因没有听到一场评弹而抱憾的杭州人？好孩子，告诉你吧，那是一对民间艺人弹拨着琵琶和三弦，这种曲艺形式可以称之为弹词开篇。那一老一少，一男一女，也许是受人之聘，到杭州或杭州以外的什么地方去献技卖艺，正练习着一招一式和器乐节奏的和谐搭配。至于唱词嘛，分明早已烂熟于心，眼下只是喃喃有声，做个样子。乘客三三两两循声而来，驻足观看一会儿，又随声而去，嘴里都发出伲伲倷倷之音，好像是踩着节拍在哼唱。看来，在这评弹故乡的河道上，一船人张嘴都会哼上几句。甜润的苏州腔，像绵长的轻风细雨，能提神醒脑。难道不是吗，伲苏州人吵架，也比倷杭州人说话来得好听。

倷，不是很想听吗，好孩子？倷，对我会唱评弹，不是用怀疑的口气问“是吗”？现在，倷给我听好——

琵琶铮铮，三弦咚咚，顺着弹词开篇大同小异的节奏，鼠张开朱唇小口，用正宗的苏州腔唱道：

幽幽水巷水幽幽，我乘小舟水上游；

快桨轻橹拱桥过，碧波清清抖绿绸。

……

于是，一大片绿绸在牛的脑海上起伏不停，滚滚翻卷。令人感到冷冷的，滑滑的。又苦又涩。又咸又腥。这是绿绸的滋味。生命呢，年轻的生命，在绿绸里悸动。是吗？是的。而现在，在鼠的面前，在她甜美的吴侬软语里，牛看到了自己。一个湿淋淋的，狼狈不堪的人。他从自己蓄满海水的记忆底层走出来，就像从绿绸中忽然蹿出的一个浪头，高高的，露着狰狞的面目。死神的相貌，让他看清了。于是，他随着翻滚不息的绿绸而去，走呀走，一直走向那个有死神相伴的日子。那个日子是幽蓝色的。是的，一种跟绿绸比较接近的色彩。他感到浑身弥漫着幽蓝色的烟雾，那是一种凶狂的赚大钞票的欲望。不错。怎么会错？那一夜，他正是，带着这种欲望伙同他人，走私于神秘莫测的海洋之中。白天，那片亚热带洋面上的绿绸，柔柔的，随风荡漾，波光粼粼，绵延无穷。而到了夜里，这片洋面却充满各种诱惑和凶险。一艘船。一艘表面由一箱箱芦柑、杨桃、菠萝等水果伪装而成的运输船，实际上，在舱里装载着几十箱鲜活的野生动物……

子夜时分，洋面上散发着一丝丝一缕缕奇异的气味。稠而不腻，疏中有密，简直用手可以抓住。像水果味。像肉香味。像啤酒味。

伸手抓一把过来，贴近鼻子闻一闻，原来啊，闻出一股浓烈的金钱味。香得刺鼻，刺得你打几个令全身抖动的喷嚏。是啊，赚足一百万，就像是，香精注入血脉，使香气在你的生命中挥发不停。一丝丝。一缕缕。而事实上，这丝丝缕缕的阴雾，不过是一种说变就变，翻脸不认人的春夜之气息，不过是，凶恶而又诡秘的海洋的一副温和之面纱。

这样的夜晚，船只乘风破浪，急速赶往交货（交易）的特定洋面，尾随而来的只有几只海鸥，它们精灵般的小影子，在船后一道雪白的浮沫上翩然起舞，向人们展示着生命的优美和乐趣；还有就是，前面一排排的浪涛不停地扑打着船头，像是要擦亮船之灵魂，那一双永不瞑目的“眼睛”。当时，他无所畏惧地迎风而立，却感到自己十分苍老，一颗怦怦乱跳的心，刹那间，像是跳进了苦涩的海水里——前方突然出现拦截“目标”，如同一群死神从天而降……

唱到兴头上，鼠一手翘起兰花指，一手掰着指头数个数，把绕口令似的弹词弄得有滋有味：

一出门来两条桥，乃好哉，三人背纤四人摇；
出城门来过大桥，乃好哉，大桥底下一树桃；
拿根竹竿来打桃，乃好哉，生的多来熟的少；
一只桃来两只桃，乃好哉，两枝杨柳夹枝桃。
……

……两艘缉私船潜伏在那里，形成南北夹攻之势，想打一场漂亮的伏击战。看来啊，有人事先通了风报了信。没错，任何一桩走私案的破获，都离不开内线的牵引，也就是叛徒的出卖。你一旦被盯上，想蒙混过关是不大可能的。

为了避免迎面交锋，唯一的出路就是掉头而逃。于是，头儿一声令下，加大航速，逃向地形十分复杂的岛屿滩礁，跟缉私船玩起了老鼠躲猫儿的游戏。后者呢，一看你加速开溜，便启航而追，来势凶猛。你逃我追，一路而来。至于后来发生的悲剧，本来是可以避免的，只要听从对方通过扩音器传来的呼叫，停航接受检查，而他们却开始全速逃向缉私船难以进入的避难地带。当时，头儿亲自掌握舵轮，仿佛叫船儿长出翅膀，飞一般越浪而逃，试图甩掉那两条要命的“尾巴”。说来好笑，体积庞大且武装到牙齿的缉私船，航速却不及小巧的走私船。眼看着被远远地落下，忽然从背后传来了枪声——缉私船朝天鸣枪，再次用扩音器一遍复一遍地发出警告：前方船只减速停航，否则，将受到火力的打击。对此，走私船上的人早有心理准备，他们个个都明白，如果停航接受检查，如此数量的野生动物，一箱一箱明摆着，等于是人赃俱全，结果绝不是仅仅没收而已——惩罚的力度大着哩！为头的，吃枪毙也不一定。目前的情形，悲观地说，是横也死竖也死，而拼死一逃，正是向死而生——前景是乐观的！况且，岛屿滩礁已经隐约呈现，正张开着怪异多变的怀抱，欢迎他们像漏网之鱼一样逃进去……一旦逃到那里，便可以阻断追踪者的视线，迅速将船上的那些活口转移至隐蔽的洞穴……

就在走私船准备转个弯，隐没于岛屿后面之际，缉私船再次用火力来进行钳制，胁迫他们停航就范。不过，在尚未查明船上的真实情况之前，子弹似乎全都扫射在了船儿的两侧。而他们，仍然不管不顾地飞速逃离。背后又响起了一阵密集的枪声。船身来了个急转弯，只听扑通一声——牛扭头发现，一个原先站在船尾，老是用夜视望远镜观察着险情的伙伴胸口冒血，踉跄几步，身子随着船的转弯而大幅度倾斜——像一根断木桩那样被甩到了海里……

此时此刻，见牛双眼紧闭，嘴角微微翕动，一副好像听得十分入迷的样子；因此，鼠表现得更加来劲，把《西厢记》里的大段念白都从记忆中掏了出来：

香莲碧水动风凉，水动风凉夏日长。长日夏，碧莲香，有那莺莺小姐唤红娘……红娘是，推动了绿纱窗，香几摆中央，炉内焚了香，瑶琴脱了囊，莺莺坐下按宫商。先抚一支《湘妃怨》，后弹一曲《凤求凰》……数曲瑶琴方已毕，见红日渐渐下山岗。高山流水知音少，抬起身躯意伤惶。红娘是，她历乱忙，瑶琴上了囊，炉内熄了香……

柴油机突然熄火，是因为，船在全速而又慌乱的逃窜中不慎触及暗礁，其毁坏程度如剖肚开膛一般。海水迅猛涌入各个船舱。前后也就刻把钟，只见整条船缓缓地沉入水中，淹没于茫茫夜海。船上剩余的五个人，像是五条落水狗，冒着随时都会被浪潮吞没的危险，向着就近的礁岩游去……

你之所以能活到今天，并不是因为你是强者，而是命运给你提供了一次选择生活的良机。也许，这是你一生中最后一次机会。你必须先向生活低头认罪，然后再认认真真地进行选择，在无数条的生活道路上单单选出一条叫命运满意的路子。回报命运，也就是回报你自己。想到这些，牛不禁微笑起来。好像是，一种对自己的嘲笑。他嘲笑自己美化了过去。而他的过去又只能以恐惧的形式在脑海上若隐若现……

尽管走私船已在海上沉没，缉私船也进入不了那片险象环生的海域，但缉私人员仍然不放弃追查——从船上放下一条小汽艇，在明石暗礁颇多的岛屿之间穿梭不停，观察着出事现场。期间，微型探照灯扫来扫去，察看有没有亡命之徒，逃生之人。还有镁光灯，不时地一闪一闪，像是在拍摄地形。

其实，牛和伙伴们就躲藏在附近的岩洞里。落难之人，大气都不敢出。唯有一道道求生的目光彼此凝视着，各自祈盼着——人人都能见到明天！因为明天就是活着，就能迎来无数个明天。他们被海水浸泡得冰冷、近乎麻木的身子紧紧地贴于一起，却像周围的礁岩那样发不出声音。这种时候，生命还能说什么呢？那个饮弹落海的伙伴至死未发出一点声响，苟且偷生的人还有什么可说！他代表他们死去了，死得干脆利索。看来，死亡不过是几秒钟的事，决不拖泥带水。他的死，实际上让他们看清了自己未来的死法，如果还继续在这条走私路上冒险。他的死，同时又向他们指明了逃生的出路，尽管眼下还被困在死神四伏的洞穴里。

等小汽艇撤离，两艘缉私船先后消隐，他们快速钻出洞穴，翻过荒凉的山头，在岛屿另一边的海滩上，用身上带的钱，高价雇了一条正准备出海的渔船……

船到杭州，是次日清晨。

据说，上午的会议，有宣传部的要员到场。牛必须忍痛割爱赶往开会地点。彼此约好，两天后等鼠的电话，告之坐几次列车返回，牛到城站去迎接，然后一道上他家。作为关系明确的女友，一来，鼠想看看他的居室状况；二来，到不远处去拜见一下其父母——在苏州买的一些孝敬长辈的礼品，先由他带给老人——人未到，礼先至。这一点，鼠比牛做得好万倍。

鼠将乘坐一个小时左右的火车，到达海宁硖石城。此次行程，据鼠说，主要去看望一位在复旦就读时非常要好的女同学（在电话中得知，这位同窗最近出现情感危机，几次萌发自杀的念头，所以趁牛开会这两天，她想陪之叙叙旧，重温暖心的友情，帮之渡过人生的难关），顺便呢，去拜谒一下自己心目中最伟大的诗人——徐志摩之墓。

牛根本料不到，鼠到海宁硖石，并非看望女同学，而是专程来跟虎幽会。

大家知道，一个名为“缅怀新月派诗人”的研讨会，已于昨天下午在海宁宾馆圆满结束。这个规模不大，但档次较高的会议选定在海宁召开，显然跟“新月”主将徐志摩在这里出生，又在这里永久安息灵魂不无关系。今天一早，与会者都已启程，前往名声遐迩的乌镇观光旅游；唯独虎还包了个房间，他借口曾到过乌镇而留下，说是要在这宁静的小城待两天，了解一下徐志摩年少时的生活印迹。

虎在北京动身之前，恰逢牛也将赴杭城开会。其间，虎和鼠怎样热线联络，如何约定，你稍微一想，定能明白，不必由我来唠叨复述。我要补述的是，一个是自己下江南开会，另一个是陪男友下江南开会，两人都一致认为，这是千载难逢的好机遇。于是，一路上，鼠发挥她小说家的特长——编织出那个复旦女同学生动而又悲切的故事，大大牵动牛的恻隐之心，却不起丝毫疑心。不过，顺路来看看父亲，倒是鼠的真实心愿。生性多疑，遇事推断准确的牛，就这样被蒙在了骗局里。而善意的欺骗，在爱情的大杂烩里，可能也是一种调味品。

在宾馆的包房里，鼠首先向虎报告一个喜讯：父亲要买《新锐》两百本。高兴之余，虎还拿姿拿态，说打八折，邮包免费，由编辑部寄。谁稀罕你的优惠呀，定价六块钱，不多不少给你一千二百块钱。鼠说着，掏出早已准备好的一沓钞票，拍在了桌子上。虎说，那好，中午请你去吃好东西。

鼠眉眼传情，又唉声叹气，向虎诉说在讲习坊请假有多难；北京到苏州坐的是硬座，腿也伸不直，几乎一夜未合眼；苏州到杭州乘的又是夜间长途客车，破车子在路上还抛锚，苦等了一个多小时；这一路下来呀，累得腰酸背疼，头晕眼花。

辛苦了，真是辛苦了！泡一泡能解乏——虎边说边搂着鼠去卫生间冲热水澡。这是第二次，可以从容不迫。第一次心急慌慌，发生在他的办公室里。那天下午，她去送照片（就是那帧占用整整一个版面的生活照），他请她坐在三人沙发上，两人喝着茶水聊谈起来。谈到天色朦胧，人去楼空，他便开始动手动脚……她在沙发上被剥得半遮半裸，半推半就地让他草草了事。看得出，弄得他不大快活。

这一次呢，鼠远道而来，并不羞怯地遮遮盖盖，因为思想和心理，老早都准备好了。各自宽衣解带，自然而然，不必多说。需要细说的是，细心的虎，怕浴缸不干净，便垫上一块白浴巾，叫她作半趴半躬状，先给她按摩背脊。用他厚实的掌肌，在她脊梁的两边，一下、一下、又一下，自上而下地按摩。用力不过，轻重得当。同时，热水不停地冲淋，使之全身经络畅通，背板泛起鲜红的一片。感到无比舒畅的她，身心得以全面解放。而他的手，这双灵巧、有力，平时十分善于煽情的手，此时此刻，却没有碰触她身上的任何一处敏感区。这是奇迹。又像是一段神话。是的。是千真万确。一双规矩得令人不可思议的男性之手，又揉捏她的头颈、肩膀，揉得她咯咯笑，捏得她嗦嗦抖。一直低头弯腰，半趴半躬的她，好像是，下意识地，伸过来一只手，搂住他肉墩墩而又毛茸茸的大腿——联想到牛瘦伶伶的腿棒，突然缩回手，一股热血随之涌向脸面——牛呀牛，目前讲习坊的生活条件虽不允许男女共同沐浴，但到何时何地，你也会这样体贴和得法的关怀啊！要知道，能让女人铭记于心的不过是一些体贴关怀的小细节；反之亦然。你以后会给予吗，牛？看看人家做得多好——目光斜斜地仰视，透过雾腾腾的热气，发现虎的脸孔红红的，却显得十分严肃，察看不出淫欲情色——最有力的证据，就是两腿之间那个不大雅观的部件还处于微软状态。

做完这一切，虎气喘吁吁，全身淌汗。他趁鼠照镜子，梳头发的当儿，拿喷头往身上简单地冲了冲，然后用浴巾把她裹住，抱出来，放在了床上。他自己呢，又折回卫生间，在揉成一团的浴帽袋里翻出一粒药，拿杯子盛点水，弄出漱口的声响，其实，是把药吞了下去。

回到床边，按常规，到了床上戏开场的时候。

不，虎可不这样认为。他认为，此时上演床上戏，有失自己的君子风度。瞧他，蹲在床尾，一手牢牢抓住鼠的脚踝，一手给她做足疗——弄得她奇痒无比，汗毛直竖——大拇指使劲点击着脚底的穴位——点得她的另一只脚乱弹乱蹦，最后终于撑起身来，面红耳赤地大声重复道：好了……好了……

虎也觉得，这一下，火候到了，该上场了。当然，即便上，虎也不会使用老掉牙的传统手法。只见他，伸出舌头细腻地舔之，舔得她手脚颤抖不已，嗷嗷叫个不停。

这一切，这一切感受，鼠不曾在牛身上得到过。

事后，虎带着鼠信步来到护城河边，挑选一家木质结构的二层楼饭店，上楼就餐。令人新奇的是，楼里摆着少见的八仙桌、锡酒壶、长条凳。整个格局像老式茶馆。目光透过窗口，能看到河埠上一条条装载着农副产品的小木船正在卸货。虎经人推荐，曾与开会的同行来过一次，吃田螺和黑鱼。这里的田螺与众不同，不但个头肥大，而且，用滴有菜籽油的清水养过三天以上，放在咸菜卤里用文火煮熟，吃起来咸淡适中，肉脆汁鲜，没有半点泥腥味；黑鱼的做法更是独特，先将活鱼收拾清爽，在两边划上几刀，抹上一层细盐，往肚子里充塞姜、葱、桂皮等近十种调料，灌入少许黄酒，拿浸泡过的竹笋壳将整条鱼裹严密，再糊上厚厚的黄泥，放到炭火上去慢慢烧烤——黄泥崩裂开来，即可食之——香，嫩，味道好得没法说。

这样的佳肴，摆上古老的八仙桌，相伴而来的自然是一壶陈年老酒——女儿红。

虎虽是北人，但对柔中有刚的女儿红却情有独钟。抿一口醇香的佳酿，看一眼伸手可及的小情人，这日子，这意境，这感觉，不是神仙胜似神仙。

几杯（旧式二钱花瓷杯）女儿红落肚，鼠容光焕发。她在品尝海宁风味的同时，开始回味床上的好时光，两个人上上下下快乐呻吟的好时光……

说到虎，现在，毕竟已年过四十，这方面不大灵，到床上很难让年轻的女人满意。而这次为了使鼠满意，产生意外惊喜，或者说，让她过后难忘，经常怀念，他除了行使一些非传统手法之外，事先还到保健品店里选购来一种叫“挺三天”的壮阳药，服用之后果然效力奇佳，感觉威武生猛。

在床上，喘息趋于平静，鼠想到了牛，这方面，在他状态最佳之时，充其量也不过十来分钟。而虎，这次磨磨蹭蹭地持续了大约半小时。现在，回味好时光之后，她举杯为自己庆贺——体验到难得的连续两次性高潮——杯中酒，一口闷！

你真是太棒了！鼠不禁脱口而出，不过我只能待两天。

嘿嘿，没关系，来日方长嘛。虎朗笑道，再说同在北京，见面机会有的是。

还有，我爸要来杭州办事。鼠说，很遗憾，我不能与你一起返京，因为还得回杭州和我爸会面，陪他待几天。

好啊。虎说，我从上海走。

就这样，鼠说谎用不着打草稿；虎面对谎言不动声色。在这种偷鸡摸狗，男欢女乐的小舞台上，这一男一女都是好演员。戏要演下去，剧情需发展，还得来一壶酒。因为，后劲缓缓上来的老酒，既是一种模糊的背景，也是一个随机应变的道具，又是一剂催促你进入某种角色的壮胆药。

来，干一杯，女主角说。

为今天，更为明天，干两杯，男主角说。

说到演戏，相比之下，你不得不承认，虎的演技略高一筹。甚至可以说，他的演技到了炉火纯青的地步。

此时，他在心里不难断定，两天后在杭州与她会面的是牛，而绝非其父亲。但他佯装深信不疑，绝不去戳破她的谎言。至于他和她的关系，无论现在还是未来，他都看得十分透彻。比方说，此次她来，无非是对他“隆重推出”的一种报答，也是对“上次”弄得不大快活的一点弥补。这次显然合作得很好。他想，你在享用她青春的肉体和蓬勃的活力之后，还另有所图吗？一下子还真说不清。不过，有一点，是十分清楚的，那就是，你必须真诚地露一手，帮人一把，又得虚假地藏一手，为自己。半真半假，虚实结合，能走到哪步算哪步。可喜的是，在未来的路上，只要你这棵文坛大树不倒，就会吸引来一个又一个，可爱的猢狲。

把那些年轻的女作家，比喻为可爱的猢狲，虎觉得再贴切再形象不过了。而至今为止，他到底和多少可爱的猢狲有过可爱的一腿，实在是记不清了。

是啊，虎不像鼠。

鼠对自己的“每一次”经历都记忆犹新，历历在目。在她的心里，甚至，有一本隐秘的情爱账册。她把跟自己有过肌肤之亲的男同志，在这本账册上一一排队，分别记录，并按顺序编了号。你欠我几分，我负你几许，你我有几多值得共同留恋和怀想的美好东西——账目分门别类，都有或将有详细注明和记载。虎的序号为“4”，目前。

在苏州，当父亲打算开车带牛和鼠去观看工业园区之时，后者竟然出言不逊，并竭力反对。看似纯属个人的好恶，其实大有苦衷和隐情。

隐情在于，鼠曾在工业园区的某间宿舍里，体验到了铭心刻骨却又一去不复返的爱情，而这次爱情又是“开门红”。

那个后生使她见识了“开门红”的壮丽。没错，是壮丽，在她的心目中。于是，他，那个永远使之难以释怀的后生，在其情爱账册上，编号为“1”。

1 号，不可否认，至今，仍在她心里占有极其重要的位置。对 1 号，她爱意浓浓，怀念绵绵不断。

说起来，那时的 1 号，不过是工业园区某电子公司里的一个小白领，主管一方业务。他长得高大健壮，一脸络腮胡子，当然，还有一颗，不为外人所知的商业头脑。所学专业为国际贸易。英文流利，且略懂俄语。这种符合时代需求的优秀后生，肯定不会甘心在一个地方落地生根，仰仗着老板的鼻息，赚两三千块钱一月的死工资，过一辈子平庸的生活。

鼠呢，当时正值十九岁花季，满脑子是幻想的花粉，又充盈着爱情的蜜汁。因为，理想的大学没有考取，一般的大专院校又看不上眼，便索性赋闲在家——沉浸于看小说、听音乐之中。以后的人生之路怎么走，溺爱她的父亲，放纵她任意选择，而绝不指手画脚，横加干涉。当然，她也觉得自己长大成人了，对前途要有所考虑，不能老是躺在父亲富裕的怀抱里吃现成饭。她想自立，欲找一门自己感兴趣的行当。谁都知道，那时工业园区有它自己的传呼台。于是，赶上一个机会，她应聘当上了那里的一名传呼小姐。甜润的嗓音，灵敏的手脚，加之记性又好，使她感到，自己非常适合干这一行。每天听着各色人等的各种口音，非但不厌烦，而且甚感有趣。

有趣，对于她，不管干什么，永远是第一位。

更为有趣的是，在园区里与 1 号相恋相爱了。

恋爱始于一个夏秋之交的夜晚。凉风习习，正是独自到外面遛遛，喝点什么的好时候。殊不知，这一遛，让她撞上 1 号，遭遇了热辣辣、醉醺醺的爱情。要知道，平时在偌大的园区里，彼此相遇，只是互相点个头，一笑而过；而在一个相对窄小的酒吧里邂逅重逢，他那孤单枯坐，喝着大杯扎啤的情形，她那只身前来，孤零零的目光，这目光与那目光碰撞于一起，吸引力就大大加强了。1 号伸手示意，邀她坐于同一桌对面的空位上；她欣然落座，发现他正戴着耳机，脑袋有节奏地轻微晃动着，好像是在听重金属的摇滚乐。要来同样大杯的扎啤之后，她想，这一下算是遇到趣味相投的人了。

于是，鼠从 1 号耳朵里抠出来一只耳机，想与之分享激动人心的摇滚乐。不听也罢，一听却露出大吃一惊的神色——在抒情味十足的乐曲里，飘扬着叽里咕噜的外国话，没有一句中文。不管怎么说，英文还是能听懂几句的。但它显然不是英文……从旋律和唱腔上来推测，应该是原声版的俄罗斯民歌。令人奇怪的是，对那些有着“革命”和“战争”味道的歌曲，1 号不但听得津津有味，而且还如此起劲。一只耳机既然已经塞上，旋即又将它摘下，还给对方，给他的感觉，一定是你不懂得欣赏。她想，那就听下去吧。反正是消磨时光。

一根细细的金属线，连接起一男一女两只鲜嫩的耳朵，而由这根细线传送来的却都是些老掉牙的歌曲。1 号还以为自己碰上了一个欣赏老歌的知音，每当一曲开始，还报一声歌名，像是充当着翻译。什么《共青团之歌》《列宁山》《战壕》《候鸟》，在鼠听来，都是闻所未闻。不过呢，听着听着，觉得有几首还是蛮好听的。

鼠不知道，怀有浓重俄罗斯情结的 1 号，在不久的将来就要奔赴那块被肢解得七零八碎，百业待兴的国土。是啊，当时她怎么可能知道呢？当时啊，对男性懵懵懂懂的她，对爱情充满憧憬的她，只是出于对他的好奇，被一股男子汉的魅力所吸引，一方面想进一步接近他，探测他，另一方面要看看自己与这个长得像大明星施瓦辛格那样的后生之间，有没有像小说中写的、影视里演的、人们嘴上传颂的那种叫“一见钟情”“相见恨晚”的东西？

来，喝酒喝酒，鼠说。

率先喝下小半杯。

好好，喝酒喝酒，1 号说。

只见鼠，又小半杯下去了。

1 号惊讶于这个姑娘喝酒如此豪放，看来呀，自己的酒量难以与之匹敌。这究竟是个什么样的人啊？他的双眼炯炯有神，直逼她的心灵之窗，试图看个明白。而在那个窗口上，分明已蒙上了一层暧昧的雾气。透过这层薄雾，鼠模模糊糊地看到，自己与他之间，也就是在他衣襟敞开的胸怀面前，正闪烁着一片耀眼的东西。像阳光下……什么东西？

直到三天后的一个晚上，在 1 号的宿舍里，在两个人都喝得半醒不醉的状态下，鼠睁大眼睛，发现自己与他之间，在他壮实的胸怀上，亮晶晶的，原来是一片浓密的胸毛——令她怦然心动！

她说我爱你。

他说我爱你。

他们的发音都非常准确，绝没有把“爱”说成“哀”或“唉”，随后，不偏不倚，将这个“爱”停留在各自的舌头尖上，相互传来递去，为下一步做爱而免去繁文缛节，节省了许多宝贵的时间。做爱的时间分分秒秒，迫在眉睫，对于他。

这方面，当然，鼠还嫩得很，根本没有开窍。历经短促的过程，却始终有种淡淡的怯惧和慌张。不过，只要当自己的脸贴近他的胸怀，依偎于毛茸茸之中，就如同委身于大山高坡上的一片青草地，一缕缕醉人的芬芳，一股股撩人的阳气，使之整个人，感到充实，舒坦；她的心，甚至她的灵魂，感到一种奇妙的熨帖，还感到，无比幸福。

总之，这个“爱”说对了，爱他更是爱对了。爱得正是时候。她，对这桩爱情没有一点杂念。

1 号呢，在“这事”发生半个多月之后，才吞吞吐吐地道出自己即将去俄罗斯发展。说来很简单，他有一位很要好的师兄在圣彼得堡开公司，经营家用电器，多次请他过去合伙。护照早已办好，现在只等签证下来。

那好啊，鼠说。接着，长时间的沉默。

1 号说等他站稳脚跟，马上来接她出去，只要她愿意。

鼠还是不表态。

他以为那边目前还有点动荡，物质生活（某些方面），还不如苏州，不是她所希望去的地方。但正是这样，恰恰蕴藏着无限的商机，他可以大显身手。这个道理，一点就通，无需多讲。于是，他给她讲俄罗斯深厚的底蕴，文化的，历史的，工农业的。又着重介绍圣彼得堡这座古老而又充满活力的城市。那儿有尖顶高入云霄的彼得保罗要塞，有清澈的涅瓦河环绕城区，还有著名的冬宫、普希金广场、伊萨基大教堂……

听到这里，鼠低下头，抽泣起来。

他明知故问，你为什么不挽留我?

她哽咽着说，你知道，我留不住你。

于是，他将她揽在怀里，向她保证，到了那边之后，隔天给她打一个电话。不过，要她答应，时机一旦成熟，就跟随他出去，决不犹豫。她说，这要取决于她的父亲。

伟大的父爱，使伟大的爱情相形见绌。

这意味着，从此，两人将天各一方，相隔万里。不过，对于绵绵长长，无穷无尽，能缠绕整个地球的情丝而言，这万里之路又算得了什么? 只要你爱他（她）!

1 号在异邦学车时殁于车祸。那一天，正好出国两个月。

突如其来的噩耗，并没有将鼠击倒。她的第一个反应是，匆匆跑进那家曾与 1 号初次喝酒的酒吧，要来白酒把自己灌得稀里糊涂，然后一支接一支地抽烟。在飘升的烟雾中，她恍恍惚惚，眼里依稀映现一条河……1 号在河上泛舟，一位姑娘站在河边拉着手风琴……突然狂风大作，小舟随风漂呀漂，却一直未漂出自己泪水涟涟的眼睛。

若干天后，鼠想方设法借来许多跟圣彼得堡有关的图片和资料，从中选出一幅较全面反映涅瓦河的摄影图，用碳素笔粗粗糙糙地临摹下来，取名为《流不尽的涅瓦河》，装于镜框里，挂在床头的墙壁上，以表达自己对 1 号的永久怀念。

她清夜自思，1 号是个好孩子，她爱这个好孩子，好孩子也爱她，但爱情通过好孩子来捉弄她，让她倾心于一个走国际路线的年轻商贾。她告诫自己：一定要吸取教训，今生今世，再也不能与这种重钱财轻别离的生意人交友，更不能，相亲相爱！要爱就要长相守，她想。

不久，鼠辞去工作，发誓永远不再踏进工业园区一步。她把自己关在家里，重又看书、听音乐，并开始学写起了小说。

不错，文学是失意、悲伤、落寞者的后花园。我心里在想，小说不属于那些高唱生活和人生赞歌之人。小说的利剑应该直刺社会和人性的黑暗之处。

两年之后，鼠得益于上海某著名女作家的推荐，以“挥一挥手不带走一片云彩”的姿态，迈向一个全新的领地——复旦大学作家班，骚人墨客风情万种的领地。

在复旦，同班的一个小诗人，来自胶东半岛，给鼠的情爱账册上又增添了一笔，编号自然为“2”。不过，这一笔，色彩并不丰富，我也就一笔带过。

我要着重叙述的是3号——讲习坊的牛班长。

那个2号，自从与鼠发生“第一次”那天起，就注定不可能跟她维持较长的关系。因为，那小子在得意兴奋之余，口无遮拦，竟然玩弄一般嬉笑道：还好呀，你不是处女！对这个，姑苏女子还是很在意的。当时，她嘴上不做任何辩解，却在心里铁定了主意：学期结束之时，就是我们分道扬镳之日。

这一点，鼠对牛始终心存感激。是因为，这位牛大哥很尊重她的“第一次”，事情开头落脚，处处都显得小心翼翼，循序渐进，唯恐她一下子吃不消……结果是，让她尝到了如同喝啤酒的滋味。

有2号的前车之鉴，她想糊弄一下牛，便说我刚才痛得直咬牙……你这样厉害——吓死我了！我和你是第一次呀……

牛差点笑起来，以他的人生经验来推断，鼠在这方面绝不是初次上场的学徒工，但他连一丝笑意都未显现，他知道这种时候撕破一个女孩的面子，以后绝没有你的好果子吃。他心里宽容，面上严肃，说好啊第一次，但愿我们都珍惜这一次。这话不管真假，听了总是让人舒服的。鼠用热吻予以回报，并用肢体语言向他表述：好孩子，我们再来一次！

牛并不计较“第一次”还是“第几次”，但他极看重男女相爱的整个过程；在这个过程中，决不容忍另一只脚踩入他俩的爱情轨道。在后来的卿卿我我之中，他还再三表示，过去的事，就让我们通过“第一次”而一笔勾销。从现在起，我把所有的情爱都投放到你的身上。他说，当然，希望你也如此。

这回轮到鼠差点笑出了声。凭她的细致体察，分辨弦外之音，感觉到，牛并非不清楚，而是装糊涂。不过，他的表态真诚可爱，使人没法怀疑和抗拒。只是“希望你也如此”，提得有点滑稽。在她看来，1 号的爱，像极品 XO，所以你没有口福喝一辈子，只能在心里回味回味；2 号的爱，像一种色泽好看其实是用葡萄汁和酒精勾兑而成的低劣酒，所以你一喝就上头，趁早弃之是对的；3 号的爱，像解渴爽口而又便宜实惠的啤酒，所以你长期消受得起，可以成箱地放于屋里想喝就喝。问题是，一个现代女性享受到啤酒似的爱、葡萄酒似的爱、极品 XO 似的爱，为什么不能进一步享有黄酒似的爱、五粮液似的爱、二锅头似的爱？从某种意义上讲，女人拒绝男人的爱是不人道的，接受了男人的爱而不付出爱同样是不人道的。

人的爱与生俱来，生命不息爱情不止。

而同一种爱，又分为不同的层次，就像同属黄酒，有花雕、加饭、女儿红之分，口味不同那样。就拿虎来说吧。在床上，虎的各种动作，好像往她嘴里灌着眼下正在喝的后劲十足的陈年女儿红一样，一口浓香，一口酣畅，一口甘美的刺激。人生需要不断地被激活啊，她想。

想想牛，他自己都死气沉沉的，又淡而无味。不过，还是想他。啤酒嘛。日常生活的必备品。

鼠离开海宁之前，在硖石城里选购了一件昂贵的礼物，也就是当地的拳头产品——航空式水獭领子皮夹克，准备给牛返京时穿上，使他深深地感受到，两天的分离，带给他的是一股暖暖之情意。

要知道，江南水乡虽说凄风苦雨，一片凋零，但是北方，他俩孕育爱情的那个大都市，已雪上加霜，风如尖刀了。

四

北京的冬天，其实，并不像南方人想象的那么严酷和可怕。而北京的春天，有时倒令人十分厌恶——三天两头，刮昏黄的风沙，还有，毛毛虫一般的柳絮，无孔不入；在这样的日子里，你眨眨眼，迎来的却是极其闷热的夏日。今天，四月十八日，当然，这是个极不平常的日子；它像一条春天的尾巴，甩一甩，会不会给人带来新的气象？在 510 室，鼠倒有崭新的期望，她对半躺半靠的牛说，如果你有信心，就让我们重新开始。

牛呢，悲痛的内心经历大半天的闹腾，疲乏了；绷紧的肉体经过一番好言巧语的安抚，渐趋松弛；报复的念头，也像水汽那样，不知不觉地蒸发掉了。归根到底，他不想失去她。就像她把他视为家里必不可少的啤酒一样。而爱上一个“新新人类”，你似乎命定要承受戴绿帽子的痛苦。因为冷静下来，你得老实承认，你和她，存在着生理年龄和人生阅历上的巨大差异。一条深深的代沟，沟里还奔腾着一股时尚的潮流，所以，必将造成两边沟岸上不同的人生景观，不同的生活趣味，不同的思想观念。对绿帽子也有不同的认识。在她们这代女性看来，所谓的绿帽子，就像《上海滩》里许文强先生头上的那顶礼帽，你偶然戴戴，也蛮有绅士风度的嘛。

在生活中，一条鸿沟，两条岸边；而在文学艺术里，能否寻找出或创造出，第三条岸边，让我们在这第三条沟岸上像土拨鼠那样，打洞囤粮，交配繁殖，诗意地栖息？

牛陷入了痛苦的沉思——一个全新的开始，怎么开始？

早在深秋时节，从海宁返回杭州，和牛朝夕相处的那几天，鼠曾饶有兴味地考虑过这个问题。特别是，牛带她去拜见他那白发苍苍的父母，并且在老人家里吃了顿饭，这个问题在她心里更加活跃。虽说没有找到一个圆满的答案，但鼠不得不承认，老母亲给她留下了极好的印象。也许是从小丧母的缘故，在老人家里，她对老母亲格外亲切和关注。慈祥的目光，温和的面容，真心实意的接待，都令人难忘。当听说，为了招待好苏州来的稀客，让其吃到杭州的特色菜——老鸭煲，头一天，老母亲专门坐车到远郊余杭，从农民家里挑选来一只肥壮的老鸭，然后宰杀，戴着老花镜，一根一根拔去细毛（起码半天），将鸭子收拾得干干净净，使她深受感动。饭桌上，她又一次被感动——用正宗金华火腿、鲜竹笋等炖制而成的老鸭煲，全部的味道都在乳白色的浓汤里，坐在一边的老母亲掌握着汤勺，把汤盛到小盅里，等她喝完，问一声好喝吗；——好喝；马上又加上一勺；——多喝点，姑娘；——好的……您也喝嘛；老母亲不喝，看着她喝完，再加上一勺……她记得，连续给她加了八勺，使她感觉到，满肚子都是浓浓的母爱。

这样的母亲，要是以后真能成为我的婆婆，我老爸不但举双手赞成，而且十分放心，她想。这一想，她甚至对牛，产生了一种亲情。其实，在爱情面前，亲情是一种潜在的危险。

不错，那几天，牛表现得像一个兄长。他没有把她关在自己的屋子里，沉醉于“小别似新婚”的喜悦中，而是没日没夜地带着她在外面转悠，走大街串小巷，观看一座座在历史尘埃中奄奄一息的名人古居——苏东坡、龚自珍、潘天寿纪念馆，丰子恺、夏衍、马寅初旧居，等等，等等。对此，她甚感兴趣。然而，来到郁达夫的旧宅前，却令人大为失望。那座小院，当年郁达夫倾其所有而建造，曾是他和汪映霞的爱情香巢——风雨茅庐，现在，门口挂着某派出所的牌子，闪着警灯的摩托车进进出出，全没了那对神仙伴侣的历史遗韵。可悲的还有，一代造桥大师茅以升的故居，是一座老式花园小楼，坐落在西湖边上；幽深精巧的庭院，爬满青藤的围墙……这所原本极为别致的老宅，如今却被改造成了一家现代化的咖啡屋（茶室）。时值秋日高照的下午，两人便在那里喝茶小憩。临窗而望，能看到游船漂荡的湖面；对岸的孤山，也清晰可见。

鼠想到海宁，在那家木质结构的饭店楼上，窗外的河埠上有正在卸货的小木船，自己和虎喝着女儿红……

此时，面对牛，她假装走累了，只管闷头喝茶，懒得开口说话。其实是因为，一种不容曝光的复杂情感，正堵塞在胸口。隐蔽的情感，堵得难受。茶泡于玻璃壶里，可随时斟在小瓷杯里端来喝。看她喝下，牛立即给满上。这使她想起老母亲不断为自己添加鸭煲汤的情形……好像是，在那种复杂的情感里，有一些歉愧，对那位在心里头把她视作儿媳妇的老母亲。要是姆妈健在，获知你在海宁的所作所为，有何感想？即使姆妈一无所知，你在她面前，是怎样一种心态？该不该，向在人间的老母亲，向安眠于九泉之下的姆妈，做一次忏悔，以求得良心的安宁和心理的平衡？越想越复杂了，真是。

鼠还在想，天下所有人的忏悔，即便当时是诚恳的，也很难保证在以后的生活中不再重犯。因为你是一个复杂的人，有你自己独特而又复杂的灵魂。此时此刻，你的忏悔，你审视和处罚自己，在良知上，作为一点回应，我们生活中铁面无私的法官——上帝，将会理解你，原谅你。当然，自我处罚是默默的，疼痛的，但它无疑是一条通向自我安慰的捷径。

说的不是悔恨。不，绝对不是。对。要悔恨，这类的女人和男人到处都有。太多了，在社会的各个领域。只是不大好，你和虎那样做，真是不大好。难道，由此以后，把虎从你自己的生活里，情感中，一点一点抹去，彻底抛掉？

好像不会。暂时还不会。暂时，在某些方面，你还得依附他，正如他要缠绕你。一种需要。取长补短，相互依存。

一壶还未发酸的黄酒，得有人品味。

一壶香味正浓的黄酒，要让它发挥最大的效力，为你。

你呢，不过是向黄酒展示你不知疲倦的青春活力。不要被灌醉。保持神志清醒。你知道，这种酒宴将在何时收场。

鼠琢磨着自己这些不健康的念头。她认为是不健康的。这些念头使她心烦意乱，因为面对面坐着喝茶的是牛。问题是，牛怎么也像你那样，一声不吭？她想，他对你的海宁之行，有什么猜测和感知？她想透视一下，在他沉默的背后，有没有阴暗的怨恨和正在悄悄拨打的算盘？也许，他只是受到了你这种低沉默然的情绪之感染。也许吧。

是啊，一个活人，真正能透视的还是自己。光是自己。清晰可辨，你的情感历程，一步、一步，又一步；或者说，1 号、2 号、3 号、4 号。乱七八糟的脚印，模棱两可的轨迹，一次也不曾有过。看清了你自己，还得分析一下 4 号——虎。作为一个已婚男人，又是文坛上一壶后劲十足的老酒，无非是趁妻子不注意而跟你来点风流韵事。喜新厌旧，人的本性。他绝不会因你而抛家别妻，全身心地投入。不过是，在迈入中年门槛之际，遇到一个有求于他的女作者而捞点情感的外快。稍稍变化说法，叫作顺手玩玩。不是玩弄，而是他的第二职业，业余活动，付出了一定的真情和劳力。她认为所有这些，都是作为"新新人类"所必然遭遇的危险或机会。应该是机会。但她也意识到，在这种机会里暗藏着某种危险。当然，那也包含着激情得以释放的乐趣，一种获得满足的痛快。

不过，眼下在牛面前回顾这些，她感到羞愧。

有一个奇怪的现象，那就是，在杭州这两天，牛居然没有和她做爱，使她感到很是孤独和难熬。

于是，在一个夜里，新的疑问产生了。面对她完全开放的怀抱，他为何没有性冲动？难道，在她离开的那两天里，他跟旧情人夜夜厮混，已搞得精疲力竭？不至于吧。但她感到有点恐慌，因为她每有性欲冲动，总会想到以往生活中尝到过的各种“酒”的滋味，至少自她的“第一次”以来，那欲念，总是与某种“酒”的刺激有关。她难以入睡。在她身边，他好像是一种摆设，一个有点儿温度的物件。哪怕是一种跑气的啤酒，喝几口，也能解渴啊。而他近乎和同性共睡的样子，一下子，让她觉得，自己好像失去了曾经共同生活过的健壮热情的男人，现在能回忆起的只是个没心没肝的背弃者。是这样吗？如果是这样，她将蒙受奇耻大辱，并意味着，以后她得依赖另外的男人来“苟合偷欢”。他到底是事出有因，还是本身的性欲衰退？

她认为，自己不便追问，也不好过分强求。有些东西的流露，必定有它真实而又复杂的内涵。像自己对他的歉疚。

后来，她意识到自己已陷入谎言之中而不能自拔，意识到自己必须坚持这种认识：自身强烈的欲望不单单是性，而是由生活中的一切感情饥渴日积月累所造成的。在她再次爱上一个男人之后，她就会恢复正常，成为一个蓬蓬勃勃的女人，也就是说，她的性欲会和男人的情欲相协调，并共同消长。甚至可以说，女人的性欲是为男子所包容的——如果他是个真正的男子的话。她始终天真地以为，年龄的差距不是问题。

所以说，要重新开始。这一次，鼠说到做到。至于做到什么程度，还要视客观情况而定。

现在，从表面上看，牛一副半死不活的样子，实际上，他的心理活动一直不曾停止。他思考着“重新开始”的可行性和必要性，还有，也是最重要的，自己将用何种心态去迎接开始之后的漫长岁月——如果她还像以前那样，还发生像今天上午那种事？结果呢？结果，悬而未决。

楼道里来来去去的脚步声，这会儿在牛听来，好像是在提醒他：我们都察觉到屋里情况不妙，需不需要帮助？不管事实怎样，牛还是在心里感谢同学们的好意和不来敲门打扰；同时，也请同学们放心，他经历过人生的风风雨雨，有能力处理好自己的事。现在，牛最需要的是平心静气地思考，相对的平心静气，他现在不是借助吸烟发泄心中的悲哀和缓解胸口的难受，而是撅起嘴巴吐出一只接一只的小烟圈，眼神跟随烟圈悠悠扩散，试图将如烟的往事看个明白……

在过去不长的日子里，这个510室，牛和鼠的爱巢，又被同学们誉为“香气扑鼻的文学沙龙”。一位本城的同学长期住在家里，只是到有课程的时间才出现于讲习坊，最多是中午到屋里来休息休息；另一位是挂挂名，其实加盟于一家影视文化公司，在那里写着长城一样雄伟的电视连续剧，平常根本不见其踪影。因此，原本三人一间的屋子，实际上成了鼠炒菜煮饭、谈情说爱、聊天聚会的欢乐世界。讲习坊出过禁用电炉的布告，行政处的人也会偶尔来巡视查房，但风声总是比影子先到，同学们集体的智慧使之无法抓到一点真凭实据。当然，巡视人员也知道食堂的饭菜不合这些来自天南地北学员们的口味，有时即便发现炊具（有的宿舍里还有单眼煤气灶），只要当时不在使用，也就睁一眼闭一眼。

所以，各个屋里开小灶已司空见惯。

鼠的烹调技艺得到同学们的高度赞誉。凡是她请客，菜不论是自己做的还是现成买的，餐桌上的人都赞不绝口。夸得她眯眯笑。笑得她越发热情好客，使得510室经常聚集着吃白食的男男女女。也许是出自水乡的缘故，她对淡水鱼情有独钟，简直是百吃不厌。常做的拿手菜是酸菜鱼。因为这道菜无需油煎和爆炒，只要买条收拾好的活草鱼和一袋酸菜鱼底料，再配些作料，放入锅里煮一煮就行了；怎样煮更好吃，倒有点讲究，这就是一种只能意会而不可言传的厨艺。聚餐一般在晚上。一来该回避的“耳目”都下班回家了，楼里没人管；二来“自己人”可以完全放松，气氛更加自由。在这之前，她通常还会在外面一个固定的熟食摊上买来大半只连头颈的鸭子（摊主自称正宗南京盐水鸭），油炸花生米半斤，作为下酒的常规菜。酒水嘛，屋里备有足够的瓶装加饭和啤酒，喝者悉听尊便。白酒不进门，这是她的原则。另一条原则是，餐桌上有两样东西不准别人抢着吃。一是鸭脖子，她自己要吃，光爱吃这个——买这煮那，弄得辛辛苦苦，能啃到鸭脖子就像是最好的报偿；二是鱼头里一丁点儿脑子和两只眼睛——苏州民间有种说法，鱼脑提神，鱼眼补脑，她早早地把它们弄了下来，放在一只汤匙里，留给因勤奋写作而姗姗来迟的牛班长。

同学们眼痒得不得了。

这帮不把中国作家放在眼里的年轻的中国作家，吃饱喝足之后，开始高谈阔论，既向博尔赫斯、卡夫卡顶礼膜拜，又将福克纳和海明威拿来做比较，几乎一致认为，前者作品的艺术价值略高于后者。吃了鱼脑子的牛，冷不丁跳出来，说他喜欢海明威的小说——《过河入林》谁真正读懂了?

出现尴尬的冷场。

龙十分善于打圆场，连忙把话题引入国内目前很走红的女作家15号之身上，他说拿她的长篇《月亮飘过草原》跟艾特马托夫的《风雪小站夜》来对照，很多情节有雷同，表明她深受俄罗斯文学的影响但缺乏独创性。

鼠立即予以纠正——艾特马托夫不属于俄罗斯，他的小说根本不灵。她又说，“后现代”鼻祖纳博科夫才是俄罗斯的骄傲，可惜他后来变成了一个美国佬。

探讨这些没意思。有人提议，我们唱歌吧，来几首俄罗斯民歌。得到广泛响应之后，有人去背来了吉他；有人找来一本《外国民歌二百首》，挑选着大家耳熟能详的俄罗斯民歌；有人拉灭日光灯，点燃两支蜡烛，并用蜡油使之沾牢在桌子上，说这样围坐哼唱如同篝火晚会。

曲目选定为《三套车》，因为大家都会哼唱几句。

牛自告奋勇地弹奏起吉他，拨弄的是和弦，音阶虽不准确，但节奏分明，勉强适合于伴奏。

龙顺当地抓住了旋律，展开沙哑的歌喉，用低沉而略带沧桑的男中音领唱：

冰雪覆盖着伏尔加河

冰河上跑着三套车

大家拍着手齐唱:

小伙子你为什么忧愁

为什么低着你的头

是谁叫你这样伤心

问他的是那乘车的人

此时此刻，谁也没有注意，坐于阴暗处的鼠，仿佛面对冰雪覆盖的涅瓦河，听着伊萨基大教堂上丧钟长鸣……一行泪水正在悄然流下……

等同学们星散而去，鼠对牛说，你弹琴时的神情真好玩，当时我真想往你的脸上——就这样……摸摸你……我的心被冰雪般跳跃的音符打动了，不知不觉流出了泪。

这才是女作家敏感而又丰富的情怀，牛想。他无论如何也想不到，其实，那是她怀念初恋情人的一种托词。

是啊，这些年来，1 号的身影一直落居于鼠的心房里，还时不时地冒出头来，窥探她的情爱举动。为此，她深感难受。所以，那天夜里，她毅然做出决定，要在自己的心房上安扇门，挂上一把小铜锁，让 1 号永远安安静静地待在里面，不再往她心灵的出口探头探脑。换种说法，再也不能让自己的心灵干渴下去了，她将要获得爱情的滋润。或者说，她将要大口大口地喝啤酒，来冲刷残存于血液中的极品 XO。

不过，在那个歌声萦绕的后半夜，在正式上床之前，鼠撇下牛，独自去了趟卫生间，关小嗓门又哭上一顿；最后一次，好像是，为那个殁于圣彼得堡的 1 号而哀哭。天亮之后，408 室的人才发觉，这一夜，牛压根儿没回自己的宿舍。消息很快传开。一道喝酒唱歌的几个人这才恍然大悟——他们都走了，牛却借故留下，原来是……是的，就是这夜，牛和鼠的关系有了突破性的进展，鼠在激动之余喊出了“好孩子”的昵称；她说好孩子，别写得太累，明天我给你煮红焖羊肉，用生姜和加饭酒炖，暖身子，补阳气。

同学们向牛投来祝福目光的同时，不免夹杂着丝丝的妒意和不满——不能像过去那样在510室自由进出，吃一点，喝一点，玩一玩，乐一乐——好日子，俱往矣！

不久，龙集中了几个要好同学的意见，叫牛请他们到外面去意思意思。牛一口答应。

就这样，以牛和鼠的名义请客，由龙牵头，召集八个平时比较谈得来的同学，当晚来到附近的“雅飞”饭店，要了间包厢。选定这家小饭店，是因为肥牛出名，据说直接从内蒙古运来。坐下来，大圆桌并不显得拥挤；天气冷，吃火锅正合适；热火的场面，能烘托聚餐的气氛，还可以，点燃喜庆的主题。当然，谁想吃炒菜还可随便点。龙补充道，牛班长带了足足一千块大洋。来了大生意，打扮得花枝招展的老板娘亲自出马，配合小姐殷勤地为之服务，忙得不亦乐乎。

很快，一盆盆翠绿的蔬菜、鲜红的肥牛摆到了各人的眼前。大家吃了几口之后，就对讲习坊的小食堂大发牢骚和怨言。而今晚的肥牛，沾上饭店自制的调料，味道真是太妙了。龙夸张地说，看着就流口水，还从自己的小火锅里夹起一片熟肉来，嚷嚷道：哎呀，哎呀，多好吃的牛肉——衷心感谢未来的新郎新娘！像是终于揭开羞羞答答的红头盖，露出了爱情的真面目，大家争先恐后地表白着自己的情意，动不动就回忆起同学之间的交情。更何况，在龙的竭力鼓动下，牛和鼠站起来，两只手缠来绕去，公然喝下了意味深长的交杯酒。

包厢里热闹非凡。大家轮流发表响亮的祝酒词，悦耳动听的祝酒词，还带着发自内心的愿望——凭借这股爱情的东风，我们的友情可以这样几年几十年地发展下去——为我们干杯，也为看得见摸得着的爱情干杯！

牛喝得浑身痒酥酥，心里乐陶陶。这时，他好像刚刚才发觉，鼠仅用一只手在举杯动筷，另一只手老是亲切地搭在他的大腿上。这一细节，没有躲过龙的贼眼，他举起随身带的照相机，镜头框住他俩的大半身——那只搭在大腿上的小手尤其显眼；镁光灯一闪，记录了这个历史性的画面。

接下来，龙要出了博得满堂喝彩的小花招。他说，既然姑苏娘子杭城郎，今晚请我们预喝喜酒，那么应当表演节目，使酒席锦上添花，喜气洋洋。

这难不倒我，牛说。

请——！龙说。伴有怪模怪样的手势。

好。我用闽南语唱一首《爱拼才会赢》……

得。打住打住！

不爱听？

不要听。

想听外国民歌？

什么都不要听。

那叫我表演什么？

龙离开座位，一蹦一跳，又不停地扭着腰肢，大声说，预先申明，本人没有喝高；我要看的节目其实很简单——你俩实打实地接个吻。

唷！看你亢奋的样子，我还以为你想观赏脱衣舞哩。鼠侧转脸，面对着牛说，来，好孩子，我们吻它三分钟！

报以热烈的掌声。

来送水果盘的老板娘，见此情景，待在一边，轻声赞叹起来：哇——好感人、好感人……

饭局闹腾到十一点才散场。外面冷得很。每个人走路的姿势，说话的腔调，全都跟平时不一样了。是啊，酒夜有它自己的格局。人的灵魂也会被酒精侵蚀出小小的洞口。

牛搂着鼠上楼的时候，意外发现，虎背着他们在三楼的口子里拨打电话。那时，总务处还没给虎安排专用的房间，他这么晚还没回家，可能会在某间宿舍的空床上将就一夜。这也是常有的事。双方未打招呼。就这样过去了。但牛感觉到鼠的身子略作僵持，继而是轻微的抖动，像是不大对劲。也难怪，多喝了点，人总是显得不自在。已到了五楼。鼠一边开宿舍的门一边说，她有点儿头晕，心也跳得很快。牛叫她洗个脸，早些休息吧。明天上午有课，鼠不让他陪之过夜。

直到鼠准备关门就寝，未出现异常的反应，牛才放心地回到自己的宿舍。他仰倒于床上，随手抓来一本杂志翻阅，但什么也看不进去。眼前闪动着鼠的各种身姿。不知为什么，心里总感到不大踏实。这不踏实，有部分是出于自身。他想，最近的光阴几乎都耗费在风花雪月里，违背了来这里咬牙奋斗的初衷。不过，爱情来得那么迅猛，躲避是一种压抑人性的愚蠢行为，迎合才是上帝的好男好女。

牛忽然有种冲动，他想去跟鼠攀谈一会儿，交换一下实践爱情的心得体会，另外，他还要请她谅解，他想尽快恢复以往良好的创作状态，所以在往后的日子里，他俩的感情交流只能暂停于课后饭余的空闲上。问题是，她会理解吗?

抽完两支烟，牛真的去了。

事实上，510 室没有人，只有一股润肤蜜的香气。

各种迹象表明，鼠离开屋子的时光并不长。明亮的台灯和没有上锁的房门，很容易让人产生她因睡不着而到某个屋里去聊天的推断。牛想把她找回来。让人犯难的是，她在哪间屋里？时候不早了，却正是男男女女干私事的好时候，你不能挨个房间去敲门。更不好大声叫唤——走廊回声大，共鸣效果好，每间屋里都能听见——深更半夜，像是于无声处听惊雷，令人极其厌恶！牛只好满怀狐疑地站在一扇扇关闭的房门外猜测——她在这里吗？听一听（这种样子显得有点下作），好像不在这里。在哪儿呢？问长长的、寂静无声的走廊……他个人的隐秘，本属于一间屋里的，突然间，仿佛变成了大家共同的、全走廊的、整个讲习坊的。每一扇关闭的房门，都严守着各自的秘密，决不向外泄漏一点。牛怕遭遇突然闪出门来的同学（这种立壁角的形象多么龌龊），便快步走向四楼；当他经过楼梯拐角处时，不注意被一只畚箕绊了一下，差点儿跌倒——这是不是一种不祥的征兆？经过那几扇被认为有可能在里面的房门时，牛都在问自己——要不要喊叫，要不要敲门？自己总是回答他——看来不在，你别惊扰人家。

眼前延伸着牛所熟悉的走廊，而两边每一扇紧闭的宿舍之门和门里秘而不宣的呢喃之语，构成了一个叫人琢磨不透的似乎没有尽头的夜之迷宫。他全神贯注地听着，最多是用手去触摸一下门面，却不敢破门而入。这种折磨足以使人发疯。

是的，疯狂劲儿突然风起云涌。

跑上六楼电视间，只见两个男学员在观看《情书》，画面上飘飞着漫天大雪；穿过灯火通明却空无一人的大教室，奔向一楼空荡的会客厅，穿越冷寂的操场，迎着滚滚寒流待立于大门口。一阵局促气喘，他问自己：你还能去哪里寻找？

眼前的街路仅有一条——南北贯通，路两边一家挨一家的饭馆、发廊和保健品店，大多数已经打烊。牛选择朝南的路线去找人，是因为前方的景色比较明亮。路过“雅飞”门口时，恰好赶上那位花枝招展的老板娘出来送客，她见他行色匆忙，便慷慨地扬起一只手，送给他一个“好感人”的飞吻。他想起自己和鼠那个长达三分钟的接吻，一定在老板娘的眼里，刷新了这家饭店有史以来吻的纪录。

往前走。没有什么预兆，也没有什么引领，只是不由自主地往前走。漫无目的地行走，感到有点头重脚轻，像是梦游。是啊，美梦还未醒。梦游很美妙。最好怎样游出来，再怎样游回去，像夜间出没的蛇儿。一场梦而已。一切都是虚幻。不过是天气冷了点。正是一天当中最寒冷的时候。

当然，冰冻三尺还谈不上。

牛驻足观望，瞧，一条小河尚未结冰，正由东向西哗哗流淌着。雾气（冷气还是热气，抑或河流的灵气？）在河面上徐徐升腾。听人说，在干燥的北京，能见到河流的地域是难得的好地方，能源源不断地吸收灵气。他灵机一动，隐没于河边的树影里，以最佳的视角搜索着来来往往的行人。

路上车辆你追我赶，车灯忽暗忽亮，一晃一晃地在眼前闪过。这使他想起，在那次被缉私船追击的逃生中，自己和同伙们躲避于岩洞里，那前来搜捕的小汽艇上的微型探照灯，往他们藏身的洞口扫来扫去……

在走私的途中，海风吹过层层波浪，带来令人振奋的金钱味，让你感到风是甜美的；现在，待在这河边的树影里，寒冷的空气中弥漫着阴森的气息；这种阴森的感觉，如同你躲藏在礁石洞里听到小汽艇的马达声；是啊，你置身于那个阴森可怖的岩洞里，还有一股股冷风吹来，那是一条与另一个岩洞相交的通道。正是这大自然的神工鬼斧，开凿出这种曲里拐弯，错综复杂的奇妙岩洞，迷惑了小汽艇上的眼睛，让你和同伙们最终得以逃脱。在更远处的洞口，好像有月光照射进来。你把嘴巴张大，看似要使劲呼吸，其实是口渴得要命。遭海水浸泡之后，加上因恐惧慌张而不停渗出来的虚汗，人浑身都是湿的。没错，一个湿漉漉的人想喝水。想一想，清凉甘甜的淡水。由另一个通风的岩洞，吹来潮湿的空气。这空气是从外面世界来的，是从有小汽艇巡视的海上来的，更像是，由希望的月光把它带进来的。你顺从希望之光的召唤，往第二个岩洞摸索而去。忽然，你闻着了一种香甜的流动的空气。还有美妙的嘀嘀嗒嗒之声，好像是命运的时钟，明天的步子，正在向你靠近。你双手扶着石壁，在幽暗中不断地绊脚。一串水滴滴湿了你那焦渴的嘴唇。于是，仰脸张嘴，伸出干渴的舌头去寻找水滴的来源。这些迟缓而又零碎的水珠儿，是从洞顶的石缝里渗下来的。就这样，你用舌头接住了一滴又一滴浸润生命的甘露。后来，你朝着渐行渐亮的洞口走去，发觉地上有个小水坑。你趴下来，正欲喝个痛快，却发现水上漂浮着一缕月光——猛然抬头，看到上方有个窄窄的裂口，这一缕希望之光就是从那里倾泻下来的。你不禁喊了声同伙的名字——生命的回声惊飞一群贴壁栖息的蝙蝠，黑压压一片，纷纷逃向银光闪亮的出口……

眼下，他翕动鼻子嗅一嗅，河道里蒸发着一阵阵臭味（哦，这片雾腾腾的，原来是臭气！），而海边的空气是多么清新，伴有淡淡的好闻的腥味。一只鸟儿（蝙蝠？你像蝙蝠一样逃命！）飞过河面。它从窝里飞出来觅食，还是求偶？是不是海明威笔下“疾速掠过船儿，顺着浪尖低低飞去”的那种鸟儿？这样等待比押运走私品去目的地更令人焦虑不安……砰砰的枪声在耳畔回响……他想鼠已从他的生活中神秘地消逝……也许，他想在树影里晃荡的不过是一个没有灵魂的梦游之躯壳……可能，他想臭水河上浮荡着一具赤身裸体的女作家之尸体……不对，他想伍尔芙投河时穿了一件厚大衣，给丈夫留下一封诗一般的绝命信……对，他想伍尔芙在河水里被一大束水草遮住了眼睛，再也看不到她那美丽的《墙上的斑点》……一定是，他想葬身伍尔芙的河流清澈见底，她沉卧于水底，睁大忧郁的眼睛，看得见白云朵朵的蓝天，蓝天上白云一般的天鹅，天空下辛勤劳作的农夫、快乐嬉闹的孩子……是啊，他想伍尔芙比曼斯菲尔德更具有美的震撼力……是的，他想曼斯菲尔德的美震撼过徐志摩……可是，他想伍尔芙的美震撼过大胡子海明威，而海明威那一下打掉自己半个大脑袋的枪声震动了世界文坛……听听看，他想呼啸而来的警车会不会带自己锒铛入狱？

为了抑制胡思乱想，他开始点数驶过桥梁的汽车，像个失眠者默念着枯燥的数字以求得骚动不安的梦境。他常常在梦境中看到自己手捧鲜花朝海边走去，向一个漂荡于浪潮上，灵魂早已出窍的男人和自己的影子献花，鞠躬……

在路灯的映照下，发现这河水原来是黑幽幽的，水面上漂浮着塑料纸袋、快餐盒、小木条，还有，被人永远抛弃的伤透了心的避孕套。两岸杂草丛生。

这时，一男一女从对岸的楼群中走出来，来到凄清的岸边，引起了牛的注意。男的一只手搭着女的肩膀，女的一只手揽着男的腰肢，俨然是一对情侣，悠然地踱向桥头。

他那夜猫子一般的目光，透过稀稀落落的树枝，把对方看得清清楚楚——来者是谁！一下子，梦醒了。对，一场梦而已。梦醒时分，他已不是一具梦游的躯壳，他有灵魂，而且，他的灵魂发出一道道闪光，照亮了眼前的路。是的，闪光的灵魂在不断地激励他：不能在树影里傻呆，你要勇敢地站出来！

此刻的桥上，过往的车辆已明显减少。

牛掐好时间，比那一男一女提前半分钟占领桥头。他双手反剪，昂首挺胸地站立着，不露声色。

面对面。对来者而言，躲避显然是来不及了。当然，亲昵的动作可以随手改变，马上更改为朋友式的散步——并排走来，彼此保持几公分的间隙。就这样，两个人几乎同时向牛靠近。站定。给这位在寒夜里翘首以待的观众演双簧——

虎说，等急了吧？

鼠说，我猜到你会在这里等。

虎说，她灵感突发，约我出来谈篇小说的构思。

鼠说，爱情题材，内容跟你有关。

虎说，你们再谈谈，我先走一步。

临走前，还掏出香烟，敬牛一根，自己叼一根。

牛憋在胸口的呛人话，随着一股浓烟喷吐出来——你怎么不跟他去?

鼠说，你不能用这种口气对待我。

应该问寒问暖，再道一声辛苦，是吗?

是的。你不知道，我约他出来，谈谈构思是借口，目的是向他说明我们的关系已经确定……能理解我的用意吗?

太能理解了。这么晚跟一个男人溜出来，搂肩搭背的，感觉一定妙不可言吧。

鼠放大嗓门说，我连人身自由也没有了吗? 看你一副阴阳怪气、酸溜溜的嘴脸——大冷天，互相搭个手，传递一种温暖感，不是人之常情吗? 吃什么醋，较什么真你!

是啊，你吃什么醋，较什么真! 她何时外出，跟何人外出，有义务向你请示汇报吗? 她与人勾勾搭搭，你有权利干涉吗? 在她心里你是个什么角色，你给自己定个位吧。一下子，这个位还真不好定，因为他根本不明白，自己不过是一种供人解渴之用的啤酒罢了。既然如此，他什么也不想说了。不过，有一点是明确的，那就是，她今晚的行为伤到了他的心里。

说得再严重一点，他望着鼠扑闪扑闪的眼睛，就像面对电脑观看股市行情那样——爱情的指数直线下跌，自己的心不是发痛，而是有种被抽空的感觉。此时，他又像眼望着金钱在大屏幕上成千上万抖落那样，整个人一动不动，而这次是连皮带肉带筋全被一张无形的网所套住，从网眼里渗漏出来的只有热血——心发冷且空荡。

我们就在这里分手吧！

大男人的气量容不下一只手轻轻一搭吗？

鼠扑上来，搂住牛的腰，脑门往他的胸脯上咚咚地碰撞，说他没有权利这样做，因为相爱和分离都是两个人的事，谁也不能单独贸然决定。不合作，不执行。

那么我就同你商量……

不，我不同意！没有商量的余地。

看来呀，你只好重新开始。牛想，乖乖的。无条件的。人生无法重写，其实。昔日，也不可重现。

当然，必须记住这个日子：一九九九年四月十八日。还要牢记这个时间：下午三点三十分。在510室，掰指一算，他已度过人生中最为难熬的五个小时。

牛打起精神，从床上爬了起来。

鼠一脸警惕，提防他鲁莽行事。

谁知，他痛快地说，我想通了，最后原谅你一次。

当真？鼠将信将疑地问。

是的。他肯定地说。

那你还要答应我，鼠说，不要为难虎。

你的他的，新账老账，全部一笔勾销。

是哄哄我吧?

我吃亏就吃亏在不会哄人。

不会出尔反尔吧?

一言为定。

这才像个好孩子！鼠说，既然你拿出了高姿态，我呢，一定站稳自己的立场——找机会向虎表明态度，以后请他自个儿去闯阳关道，我走你的独木桥。这样行吗?

你看着办。

你呀，说到底，还是疑心重重的……不过，我能理解……这样吧，晚上，我们到外面去吃……

鼠还说，这种事折腾来折腾去，最终两人都有点伤筋动骨，实在是不值得。再说，几乎是饿了一天，该去补一补了。她还提议，早点出门，挑一家像样的饭店，吃吃海鲜、喝喝干红，以示两人重归于好，继往开来。

对此，牛默许。肚子确实饿了。在床上时，出了不少冷汗，身子腻得不舒服，正想外出透透气。洗一把冷水脸之后，他揽镜自照，看看面孔上留下什么痕迹没有——脸上以后或许会出现幸福，而现在，还反映着过去的痛苦。只有痛苦，没有别的。可见，这痛苦是多么的深重和顽固。

这会儿，鼠只发现他心情转机，而没有顾及其他。于是，她欣喜地拿起一把牛角梳子，踮着脚帮他梳头发，把它梳成三七开，像是划破了那一片笼罩于头顶的邪霉，让其内在的神气冒出来——喷上定型摩丝；随后，在自己的手心里挤了点夏士莲护肤蜜，揉一揉，往他整张脸面上抹搽，一下，一下，轻柔的，温馨的，像是粉饰了那个冥顽不化的痛苦，使其脸孔变得光润白嫩，散发着丝丝的香味儿；最后，还用刷子给他刷西服和裤子，像是刷掉了一身的晦气，使之模样不单恢复常态，而且，还刷新得清清爽爽，精精神神。做完这一切，她倒退两步，认真地观赏着，不由得发出了满意的微笑。

面对她的笑容，牛呢，却在回想大半个白天的经历。他觉得收获颇多，不过都是空心的，见不着一点实货——起点即终点，终点又将成为起点——他自嘲自讽，把它比喻为一副爱情的牌局，一种诱人的游戏，一场恼人的白日梦。然而，作为不光彩的输家，他想，你既然还想延续这种游戏，这场梦，就得重新洗牌、发牌——拿一半在自己的手中，观看对方怎样出牌——上帝把输赢摆在公正的位置，双方机会均等。可悲的是，对方曾屡屡作弊，让他输得惨兮兮的，现在，他捏牌的手总是颤抖不已，想赢，又怕输。总之，心里矛盾重重，而赢的愿望又十分强烈，占了各种矛盾的上风。兴许，这最后一次牌局能反败为胜，从此扭转爱情的乾坤——这种想法，是不是代表了普天下输家的共同心愿？苦笑吗？悲哀吗？伤感吗？气恼吗？迷茫吗？神情恍惚吗？沉湎于往事的追忆吗？

是吗？昔日幸福和美好的化身，眼前的她？

转瞬之间，牛又把握不住她的现实形象了。一眨眼，变成了一个调皮捣蛋的大头娃娃。又一眨眼，伸出来一只银白灿亮的小手——抚摸你清瘦得让人心疼的脸，挑出一丁点儿鱼脑和一双鱼眼留给你吃，剥一根又一根的香蕉来喂你，一次次拧热毛巾敷贴你的病肛门——有过这般幸福吗？有过这样美事吗？这幸福，这美事，难道不是你曾经爱她的理由？是的，这是无疑的。那么现在的理由呢，重新开始的理由？反过来说，宽恕一个人，正如爱上一个人，真的需要找出若干条理由吗？好像是，在他的意识里，只有一个美梦，一蓬由美梦留下的烟灰，而存在过的种种“理由”，正如烟灰般随风飘逝，取而代之的是，一桩又一桩的背叛。这种背叛，很容易推翻你心里对她形成的美妙形象；这种背叛，真是让人后怕。但他还在召唤她，似乎在往事的缅想中召唤，召唤这双银白灿亮的小手，轻轻触摸他那痛苦的根源，这样，似乎才能对她起到惊醒和警诫的作用。他寻找着她的手，想把它从往事里找出来，慢慢地……

事实上，这双曾经银白灿亮的小手，正在打开手机——响起嘀嘀两声。一条短信：还好吗？

于是，一只手将手机举到牛的面前，让他看短信的内容，另一只手朝门外指指点点。牛明白了，这条短信是虎发过来的，他在斜对过的516室与人聊谈。

显然，那里的门敞开着，所以传来阵阵的谈话声。

听得出，那是虎在高谈阔论。好像是，他正在给几个陷于创作困境的女学员传道解惑。

不出所料，为了维护自己君子的光辉形象，不给大家落下饭后茶余的话柄，虎果真没有离开讲习坊，溜之大吉。这大半天，他一直像个局外人，冷静地站在讲习坊的河岸上，观赏着大好风景，只是偶然扫一眼河道里那片由自己一手掀起的波澜——眼下表面趋于平静，而暗中是否涌动着潜流，令人十分担忧。发一条短信过来，以示他的关心。他自己呢，一点都没事。正常活动，正常吃喝。是的，只要堵住龙的嘴，就一切如常。而龙那张见酒就笑的嘴，看来是被杜康封锁了。这不，这个君子，现在照样与学员们神侃不止，谈笑风生。

鼠说，干脆现在就把他叫过来，我跟他谈清楚，省得以后再生麻烦。谈好了，我们这顿晚餐也可以吃得惬意些。

牛问，你打算怎么谈?

鼠说，这还要你教吗！

牛问，回避多少时间?

鼠说，最多半小时吧。

就这样，鼠打开了门。这间关闭了五个小时的房间终于对外开放，准备迎接君子入室了。

鼠还煞有介事地看看自己的手表，又和牛对了对表。没有差错。彼此约好，过半小时在这里会面，然后一道出去吃饭。出门去叫虎的时候，鼠往牛的屁股上拍打了一下。这一记不轻不重的拍打，分明具有双重含义（牛的理解）：一是，叫你赶紧找个地方回避一下；二是，她把这副爱情的牌一半发到了你的手中，你就看她怎样出牌吧。

行动是最好的悔过。

于是，两人几乎同时出现在空无一人的走廊上。男的往左走，女的向右拐。方向截然不同，目的却是一致的——起点即终点，终点又将成为起点—— 一个圆滚滚的爱情怪圈。

牛走得较慢。从背后的脚步声来推测，鼠已迈进了516室——他回头一看，果然不见其踪影。于是，他当即掉头而来，轻快地杀回510室。他想，如果在这最后一轮牌局上沉不住窝囊气，那么大丈夫的风度算是荡然无存了。不过，躲藏起来明察秋毫，不失风度吧。关键时刻，风险当头，纵然心里有千言万语，也只能归结为一句话：你屡战屡败的根源，就是没有摸清对手的底牌——败得多么狼狈！

惨痛的教训激起牛三思而行的小聪明。一思站到窗棂上垂帘听政——身子能隐藏，双脚要露馅；二思爬上衣橱平顶蹲伏俯视——目标太大，容易暴露；三思钻入床下仰脸而躺——垂下的床单边沿正好遮掩身影。

好。躲藏是他的绝活。

他当机立断，钻到了床下，就像那次为了逃生而躲避在黑幽幽的岩洞里。不过，此时比在岩洞里还紧张，还不好受，因为靠脸的这头有两双气味难闻的鞋子、一只撒满尿水的痰盂。上身不敢动弹，怕碰翻痰盂。要想好受些，最简单的办法是掉个头。但，再简单的办法也行不通了——他听见门一推开就被咔嚓锁上——好了，一动不能动了——小汽艇上的探照灯逼近洞口时，也不过如此——

像蝙蝠似的倚靠着石壁，手捂住嘴和鼻，唯恐喘息声惊动什么而遭受灭顶之灾。通过床单与地面的缝隙，他看到四条小腿像栅栏一样竖立于床前，便把自己比喻成一只围困在篱笆里的大海龟；海湾边的浪潮不停地拍击着岩石，高高激起的浪花在洞口飞扬，像水帘子一样迷惑了搜捕者的视线。他发现那四条小腿挪来移去，嚓嚓嚓，像跳着三步舞；岩洞里的一条蛇从脚下嗖地游过，紧接着又游过两条，嗖嗖嗖。一声沉重的闷响——两具肉体扑倒在床铺上，让他感到脸上落满了灰尘；岩洞里成群结队的海蟑螂爬上自己倚壁而贴的身子，弄得全身汗毛淋淋，却不敢拍打驱赶，因为小汽艇的马达声还未远去。他听见“我们必须避一避风头……”，觉得自己应该像岩洞里那群惊飞的蝙蝠那样，到了逃向银光闪亮的洞口的时刻；是啊，从此以后，回荡于这间屋里的一切声响都与他毫无关系，就像留存于那遥远的岩洞里的蛇、蝙蝠、海蟑螂以及自己的惊悸、恐慌、求生欲望那样——学会了躲藏，习惯于逃避。躲藏与逃避，构成他人生的正反两面。不过，现在必须看到，这四条以动荡不安的姿态悬挂在床沿上的小腿，对他的出路造成了极大的障碍，自己爬出去必须经过两条腿的中间——像一个在茅坑里窥阴的流氓，必然遭到皮鞋脚的迎头痛击——尝到这种味道，精神势必分裂；他想用细微动作暗示其中一只脚带领另外三只脚离开几分钟，让他自动退场；转念一想，对方“半小时”的“出牌”限时不应当那么漫长，是不是正等着自己的“出牌”？于是，他只好在幽暗中把手上的半副牌呈扇形展开——不看不清楚，一看浑身冒虚汗——**啤酒，啤酒，**

啤酒……明白了吧，牛班长，牛大哥，好孩子！

牛觉得，这世界，一片天昏地暗，一切明亮和鲜活的色彩，都离自己远去。死沉沉的暮色，笼罩了心头。

是因为，他和鼠，没说一句话就分手了。好像是，以一个眼神的传递便能展开心灵的漫长对话。是的，他试图用目光来表达悲哀绝望的心境。作为一场游戏的结束，他认为，这种心境还是应该传递给她，使之产生共鸣，但目光总是无力地低垂着，无法与之对视一下。这个圆滚滚的爱情怪圈，在他心里嘎嘣一声断裂，随后铺展开来，正好铺设成一条孤独之路。好像，这便是一种收场的方式，而且是最佳的方式。是啊，他以自动走开的方式来收场。于是他对自己说，一直走到大门口，绝不要回头。他真的走出了楼道。现在你要穿过窄小的校园。他对自己说，不过是四五十米，前方并非世界的尽头。当走到一半时，听到有人在喊他，便回了一下头。在楼厅的门前，台阶上，站着龙和鼠，喊声变成了急切地呼唤，一次次响起，似乎叫他改变主意。他打定了什么主意呢？连他自己也不明白。而在龙和鼠看来，他是有主意的。没有理由说服自己，听从他们的呼唤，在快到大门口的地方他对自己说。找不出任何借口，也找不到任何方法，来忍受和宽容一个女人像耍猴那样戏弄、侮辱、嫌弃一个男人。他又一次回头，注视着她。他把自己经受最后痛苦的一道坚强目光奉献给她，叫她明白，他的机灵劲儿的确像只猴子，但他不是猴子，他是个堂堂正正的男人。这使他感到说不出的难受。

因为，她已经蹲在台阶上哭泣了。

既然，一条孤独之路已铺好，牛想，你如果还钻于断裂的爱情怪圈里挣扎、纠缠、努力，一切都将徒劳无益。那么好，你出发吧。他走着，一无所思，自己逃避自己。反正是逃习惯了的。好像是，他需要呼吸呼吸新鲜空气，感受感受脚下坚实的土地。悲观的是，力图忘怀一切，认为一切皆空——圆滚滚的爱情怪圈断裂开来，不过是一条孤独之路。

路上的新鲜空气，唤醒一些沉睡的往事，而往事只是以碎片的形式出现，它们慢慢聚集，像一枚手指一枚手指地汇聚，最后汇总为一双小手，在他暮色沉沉的意识里，这双小手银白灿亮。要是这双小手的主人陪伴在他身边的话，他也会对今后沉思起来。他知道，这样沉思，只是对当下的生活不能适应的表现。他就这样漫无目的地瞎逛，既不能看得太远，也不能想得太深。仿佛是，他期待着自己重新振作起来的时刻。这个时刻一定会到来的，就像新的一天必定会不可阻挡地按时光临。正因为如此，生活还会使他激动的。目前，他最需要的是拯救自己，而不是怪罪复杂多变的生活。

这时，龙拎着一只塑料袋，奔跑着追赶上来。他往牛的肩头重重一拍，说我们到洗浴中心去泡一泡。

牛愣了愣，既没同意，也不反对。于是，两人挪往路边的无人处，各自点燃了一根香烟。

龙说，瞧你，灰头土脑的，还满街瞎走……眼下你得赶紧去洗一洗，蒸一蒸。

牛想起那次跟随一大群蝙蝠逃出岩洞，几经波折返回到住地，第一件事就是去洗桑拿……在小木屋里蒸呀蒸，蒸出恐惧，蒸出悲惨，蒸出死亡的阴影；现在，从嘎嘣一声断裂的爱情怪圈里逃出来，如果闷坐于蒸汽弥漫的小木屋里，那伴随着汹涌的汗水而流淌的又将是什么？

你的换身内衣都带来了——她催我快点来追赶你……陪你去洗个澡。龙说，她哭得很伤心……走吧。

路上，牛浑身出现异样的感觉。先是四肢关节发酸，接着左胸大面积闷胀，随后腰部像手指戳似的隐痛。更要命的是，双眼一片迷蒙，感到泪水即将滚滚而落。即便是给亲爹亲娘去奔丧，大男人的眼泪也不能在路上随便抛洒。再说，身边的龙，走几步就朝他的脸上瞄一眼，像是密切关注着他的神情变化。这样，更不好意思挥泪洒涕了。他咬紧牙关，下决心把眼泪保送到洗浴中心，让它在淋浴或桑拿中痛痛快快地流……

一个多小时后，牛和龙从洗浴中心出来，就近走进一家小饭店，随便点几个菜，喝起了啤酒。

牛说，不怕你笑话，我输得精光了……

哪跟哪呀？至少还有像我这样的铁哥们嘛。

牛说，是啊，这年头，唯有友情是一种靠得住的情感。

爱情有时候也是靠得住的。

牛说，有时候。只不过是有时候！

在她心里头，你还是有分量的。

牛说，不要再提她了。

那你有什么新打算？

牛说，晚上去宋庄，我那个画家朋友有空房……

哎哎，打住！今晚，你还要去宋庄画家村？

牛说，对。吃好去背个电脑，拿点随身用品就出发。

那都到什么时间了，还有车吗？

牛说，打车。通宵都有。

心急火燎的，你这是干吗呀！明儿吧，明儿我和你一道去——听我一句话，行不行，呃？

牛说，你的意思我明白……放心！我不会干傻事。我只是想尽早离开这恶劣的环境……

喂，我去找两个东北哥们来帮你出口恶气，行了吧？

牛说，不用了不用了。都是我自己的事，跟别人无关。

那准备待多长时间？

牛说，到那里去写长篇，半月一月，说不准。

这样也好。从课程表来看，最近又没什么值得一听的课，你待在那边可以静下心来写点东西……今晚我送你去……

说来也巧，牛躲进宋庄的第二天，他的画家朋友即被同村的一个雕塑家请去帮忙了。后者搞雕塑，选用的材料不是泥土、石块，也不是木头、金属，而是渗透人们日常生活之中的方便面。此公艺术构思大胆，创意别出心裁——买来好几箱方便面，准备用一包包泡涨的面条，替代一团团湿润的泥土，雕塑出一个个形态各异的女性立体形象——主题是“可以吃的女人”。棘手的问题是，浸泡过的面条不同于泥土，不及时拉开、堆砌、定型的话，时间一长就要变成面糊糊。这就需要有个懂行的帮手。据画家说，他将在雕塑家那里吃住十天半月，还可以得到五百块钱劳务费。当然，互帮互助，友情第一。

于是，接下来的一星期，牛强迫自己每天在笔记本电脑里写三千字，在蛰居的小院里，在寂静和孤独中。

龙几乎一天两个电话，询问牛的饮食起居、心情状态以及创作情况；牛总是笼统地告之蛮好、还可以，写作进展顺利。说到《暴跌》这部正在写的长篇，牛已将写好的部分另存到软盘，分手前交给了龙，希望他有空看看，为以后的修改提些建设性的意见。尽管如此，牛还记着自己是一班之长，在电话里不免要问问班上有没有事；龙说屁事都没有，老师对他的销声匿迹也置若罔闻。总之，一切正常，太平无事。

想不到，第八天的下午响起了一阵敲门声。

牛还以为有人来找画家，打开院门却大吃一惊——鼠站在门外，身后还立着龙——朝他打过来几个配合着表情变化的手势——没办法，只好陪她来；把她送到，我的任务完成了，我们回头再说。转身便走。

欢迎我进来吗？鼠问。其实，已迈进了院子。

牛不声不响，带她来到自己暂住的那间屋里。

鼠首先观看床位。发现它并非常见的床铺，而是用砖泥砌成的农家遗留下来的火炕。有点儿新奇，往炕眼里张望一下。随后，一屁股坐上炕沿，用手拍拍炕面，像是要在这儿睡上几晚似的，埋怨炕太硬，背脊骨要疼死。

深层的含义，牛一下子并未领悟，所以没有搭理。

鼠的目光扫向正显示着一片文字的电脑液晶屏，又打量一番堆放在并排两条方凳上的香烟、水果、鱼片之类的食品，从鼻子里发出哼的一声，冲着牛说，我还以为你披星戴月连夜出逃，躲到灵隐寺当了和尚，从此吃素打坐念弥陀了……看来呀，你的六根还没有彻底清净……

我的活法与你无关。找我有什么事?

你这么敏锐，难道没一点预感?

我的感觉像脸盆水。

这是我最大的悲哀。

也是我最大的悲哀。

懦夫!

什么?

看清楚——懦夫——我怀孕了!

牛从鼠手上接过一张尿样化验单，看到上面有个红色的“十”——标志着一粒精子和一颗卵子已在一条阴暗潮湿的小道上巧遇，深情地融为一体了。

跟谁怀上的?

鼠的脸孔霎时涨得通红，一直红上了耳朵。

牛从未见过一句话能使她出现这种情状，自己忽然感到有点心虚，却又故作镇静，把化验单折叠起来……

人不要丧失良心！

鼠打了他一记响亮的耳光。手上的单子抖落了。

这一巴掌来得有点力度，打出了“懦夫”的许多感觉。他无论如何不能把那只用热毛巾敷贴肛门的手和现在这只手联系起来，那是区分温柔和粗暴的两只手，是清泉和野火的关系。他始终认为，自己同她做过爱的日子，不可能使她受孕，因为总是避开了五天的排卵期。一个例假稳定的女性排卵期实际上是三天，而他前后又放宽了一天，应该是保险的。但现在，医院证明她怀孕了。她不至于使用什么手段，伪造单据来纠缠你吧。牛想，你没有什么值得她要挟的，因为你早已输得连块遮羞布也不剩，比马路瘪三还不如。眼下，你这个懦夫躲在这偏远的小院里写着你可能永远也写不完的狗屁小说，以为由此可以过上安宁的日子，殊不知，你作为输家的最后一项义务尚未完成，这就是打扫爱情残局上的卫生，那些图一时快感而丢弃的生命垃圾，不及时清除叫人家活受罪，岂不是太自私也太残忍！问题是，懦夫不相信自己的种子会在她身上生根发芽；问题是，鼠认准懦夫在某个月亮很好的夜里使她真真切切地体验过一次高潮，而高潮退却之后自己分明感到有样奇妙的东西在里面蠕动。这就不能全怪他了。

鼠说，我不是来责怪你，而是来同你商量怎么办，想不到你竟会问出跟谁怀上的——你说跟谁？说呀！

牛也认识到这个问题提得太不够水平——跟谁怀上的恐怕连她自己也搞不明白。不过，有一点鼠十分明白，那就是在目前的情况下，把未来爸爸的光荣称号落实于这个懦夫的头上，名正言顺，又不负众望。

既然有了就好好保养吧，牛说。一个巴掌打得他狡猾起来，以富有爱心的语调去勾引孩子他妈的内心活动。

果然，未来的妈妈十分动情地说，我是很喜欢孩子，我老爸也盼我早点生一个……但现在这种状况能养吗？医生问我动手术还是吃药，你说选择哪一种？

怎么说都是吃药少些痛苦吧。

那不能再拖了。明天你陪我去医院……

根据医嘱，鼠连吃三天药，早一粒晚一粒，像吞服康泰克，没有出现任何不良反应；第四天上医院，在大夫的监督下吃两粒另一种药，回来三个小时后小腹出现隐痛，伴有轻度头晕和恶心。牛马上为她准备好新买的痰盂，也就是撒泡尿的工夫，问题全都解决了。整个过程就那么简单。

把脸色惨白的鼠扶上炕，牛赶忙拿竹筷去夹沉浮于红色液体之中的东西，它在痰盂里滑来滑去游荡了几圈，最终还是被夹起来——虾仁，这个胚胎现在像虾仁，用一张白纸包好，塞进三五牌香烟盒——必须完好无损地送到医院请大夫鉴定：这个貌似虾仁的小东西，是不是人的最初形态？

卷二

爬山虎灵巧的身姿

——纪实部分

牛和鼠，中间夹个虎，对他们的恩恩怨怨，我不便指手画脚，说三道四。我只想说说跟自己有关的事儿。

这不，发现自己的影子晃荡于牛那未完成的《暴跌》里，我一手捂着嘴，偷偷地乐。嘿嘿，牛班长，你塑造的这条“龙”，不就是鄙人吗？当然，我很乐意充当“龙”。如果我的生活，只是一个未经虚构的故事，一本书里的一段真实纪事，那么，牛必将在小说的后半部为我留存位置，让我任意发展。总之，我取得了自己应有的角色，感到万分荣幸！

在写作讲习坊，牛像是一个卧底的间谍，他猎取男男女女的隐私付诸篇章，用我的商业眼光来看，以后定能卖个好价钱。不瞒你说，我也想摸着他的路数去炮制长篇，可就是没有一个现成的好故事。因为，你身居讲习坊而不写小说，就像过去青楼里的女人不卖春一样没有出息。

说这话是在 517 室，自己的屋里——我出言不逊，玷污了作家的名声，蛇就板起面孔，给我看脸色。蛇说，你这种比喻臭死人，比我胳肢窝里的气味还臭一万倍。我非但不认错，而且还要刺激她——有你这样的胳肢窝，哪家青楼都得关门大吉。蛇瞪我一眼，欲还击，却找不到有力的言辞。是啊，打嘴仗，蛇向来不是我的对手。情急之中，她就动用自身最好的武器来对付我——扬起光洁的手臂，送过来胳肢窝让我嗅。我呢，立即闭嘴，暂停呼吸，并把脸扭向一边，算是偃旗息鼓。

这是说，一股奇特的臭液早已融入蛇的血脉，每到夜里便欢聚于她的腋下，像谈恋爱一样难舍难分。蛇借助手术刀三次割除它，而它却像韭菜一样，你割我长，且长势喜人。因此，各种香水，在蛇的生活中如同空气一般重要。

自从跟蛇相好之后，她就自作主张，在我的屋里放了只卫生药品箱，叫我每夜担当她的贴身保健员。头一次，我出于强烈的生理需要，毫不犹豫地一口答应，也就是说，用一种高尚的行为来掩盖自己低下的本能需求；但第二天醒来，我便追悔莫及。实际上，在爱情的药店里买不到一粒后悔药。我们有爱情，蛇说。很认真。她是这么说着同我上床的。既然有爱情，我还有什么好说，还有什么不敢为之？我看到，上床前的蛇暴露得极有分寸，她先把脱脂棉、药水、胶布、透明橡胶手套等东西，依次摆在一张白纸上，尔后极严肃地看我一眼，几乎同时，投降一般向我举起双手——表情一片庄严。于是，我只好戴上橡胶手套，在她的胳肢窝里……

这是作为一个保健员，每夜的必修课。

大约半小时之后，她用茉莉香清洁剂喷洒角角落落，屋里就出现一股股一缕缕香臭混杂的怪味——只有这样综合，等到她打开窗和门，让新鲜的空气以最欢畅的形式对流，才能最终消除真正的臭味。所以，刚关上门，她就赶紧张开双臂，用深情的一抱来报答我——满脸爱意绵绵，让我感到她的拥抱十分真诚。因为，她的肉体不臭了。变成了一个香人。

请注意，我绝非拿人家的短处来取乐，或者说，把一个女人的隐痛，当笑话来讲。而是说，这个令她揪心的毛病，跟我以后的命运息息相关。

据蛇自己说，她出生就有这个怪病。这种病，从医学角度看，属于严重的内分泌失调，跟遗传基因有关。反正，有点儿神秘。具体地说，她在人世间出现了三十二年，臭味就像影子一样伴随其度过了三十二个春秋。为此，她到过不少地方，进过无数家大小医院，中医西医藏医都看过，国内最先进的洋技术用过，民间最古老的土办法也试过——钞票花掉一把又一把，可就是根治不了。真可谓“华佗奈何小虫”也！说起来，她的胳肢窝还有种奇妙的现象——白天异味轻微，洒点香水便浑然不觉，但随着天色渐阴渐暗，臭味就趋于浓重，还一阵阵发痒。这一切，好像全由生物钟来自动控制和调节。总之，这个病十分邪乎，弄得她无比苦恼——正是需要香气袭人的年龄。每天夜里，先要将淡黄色的分泌物清除干净，然后拿涂抹着中药剂的纱布贴于胳肢窝——两边各一块，再用胶布粘牢，起到抑制臭液渗漏和止痒的作用。需要指出的是，这事自己做起来有诸多不便，借用爱人之手比较理想；所以，我一次不帮她解决困难，她一夜就睡不踏实。

这就必须提到她的丈夫了。

蛇说，有一次，丈夫帮她做胳肢窝里的事，令她万万想不到的是，他居然像医生那样戴起了口罩。那么好，从这一刻起，她的感情之口也蒙上了一只大口罩。

所以到现在，他们夫妻之间便有了一层被口罩过滤出来的灰尘。日积月累，已是厚厚的一层。

有关他们两口子的隐秘之事，蛇仅透露这么一桩，并且说得含含糊糊。在我看来，真实性值得怀疑。不过，有一点倒看得很清楚，那就是丈夫每月从遥远的天山脚下寄来一千五百块钱，以保障她生活无忧写作安心；至于保健费、化妆费（香水消耗颇大），需她另外打电话，催之不定期追补。一般情况下，她的物质要求都能得到满足。据她介绍，丈夫比她大一轮，学哲学出身，几年前顺应时代的潮流搞起了实业，还搞得相当成功，成了当地的一个中等业主；现在，丈夫既有一片规模不小的种植基地，又在市里开设好几处果品批发点，还有（着重强调）个别推销葡萄干、哈密瓜的年轻女商贩，帮他打发孤寂难熬的日子（开始观察我的反应）。而我在想，丈夫做着果品生意，无论鲜果还是干果，都充满香甜，他耳濡目染，自身也充满香甜——一个香甜之人，回家闻到她胳肢窝里的气味，反差巨大，戴只口罩也情有可原。不过，夫妻间的是是非非，外人谁也弄不清。要说反应，我唯一的反应，就是保持应有的沉默。然而，她似乎要从我的脸上看出点好苗头，总是把话头扯到这个问题上，还再三表示，自己不吃一点醋，是因为自己很想得开——丈夫的这种外遇，不过是一种“男人有钱就变坏”的时尚化堕落。对此，她的态度是：以前横眉冷对，现在不理不睬。当然，不管怎么样，丈夫的经济义务是必须要尽的，否则他将失去一个“有点味道”的作家妻子。我忽然有所感有所悟——女作家在新疆这个好地方是一朵雪莲花，开放野外娇美艳丽，而移植到屋里，必死无疑。

身穿维吾尔民族服装的蛇，在讲习坊开学联欢大会上，面对几位教授和领导，即兴跳起新疆舞，脑袋像断了脖颈似的往肩上挪来移去，博得阵阵掌声；

身穿玫瑰红长裙的蛇，在一个热热闹闹的同学生日派对上，忽然弄散披肩长发，一展西域风情，向年轻的寿星表演《半个月亮爬上来》，声情并茂，令众人耳目一新；

身穿牛仔夹克的蛇，在学员们自发的周末舞会上，带头蹦跳活力四射的迪斯科，发达的屁股轻巧地摇动，盈盈一握的腰肢随意扭曲，独个儿把气氛推向高潮。

身穿西式套装的蛇，手拿书本或杂志，一步一步稳健地踏入我的视野，在我的生活中转过来扭过去，搅得我的心海一波未平又起一波，久久不能宁静。

就这样，一丝不挂的蛇，在我的被窝里笑眯眯地躺着。我因为一连几夜都起劲地做夜生活，感到腰部有点儿酸，便谎称自己要构思一部中篇，今晚就歇工休息吧。

好呀，你总算改邪归正了！蛇说，赶快把中篇写出来，我托人帮你推荐。

你可不能成为文学垃圾的制造商。——我不会忘记那封信的主要内容——当然，在这个一切由金钱开路的时代，我难以阻止你胡编乱造那种低档的通俗小说。你有难言的苦衷，我或多或少能理解。你也许并不愿意写那种地摊货，但要生存下去，面临学习和生活的双重压力，只好被稿费引诱而堕落到文学的垃圾桶里。说实话，我看到我的同学如此堕落真是于心不忍。因此，我的艺术良知促使我向你敲响警钟：放弃吧，坚决放弃做一个通俗作家！眼下，你的处境虽说有些窘迫，但是，还不至于像杰克·伦敦那样经常去当铺吧。你如果将一个多月生产一部臭长篇的精力用来创作中篇或短篇，那你的形象是多么的鲜亮和可爱！记得有一次，我在你宿舍里谈起现代派大师乔伊斯，他生前是何等的清苦，又是何等的勤奋。到晚年，他还是个半盲人！生前，他那部前无古人后无来者的《尤利西斯》受尽灾难与诋毁，而现在，谁敢不承认它是二十世纪的扛鼎之作！亲爱的同学，我还是把你视作一个能写出好东西的文学朋友。不过，亲爱的朋友啊，你要认识到，清醒地认识到，文学是一种苦役，真正的作家都是孤独悲苦的；你应当有勇气面对现实，同时用全副身心去追求理想。

当然，这理想，也包含了人类另一种最美好最可贵的东西——爱情。

署名是蛇。

这封信是夜里从门底下塞进来的。

蛇打扮成一个文学牧师，双手捧着《尤利西斯》向我布道，其实是想诱使我皈依她的石榴裙。如果连这一点西洋镜都不能看穿，那你真是白吃三十年人间食粮，苦苦积累起来的人生经验，也成了一堆草包。这封信，简直是一盘送上门的水果，让人闻着香，看着馋，哪有不动手的道理？说心里话，那时的她，看上去真像一串熟透了的白葡萄，我只晓得能食之解馋，不知道剥开之后会冒出一缕缕“气味”，更料不到以后将有一系列麻烦缠身。我在想，自己正闲得无聊，跟这串样儿好看、甜汁充盈的白葡萄去黏乎黏乎，肯定是桩很有趣的事儿。

于是，我大白天去找她，装出一副与之谈谈读信感想的样子，让她初步感受到，我准备洗心革面（连哄带蒙），把自己的人生推倒重来。谁知，她反而不好意思起来，还口口声声请我见谅，这封信不过是她一时冲动而写下的笑话——人各有志，怎能凭自己的好恶去改变一个大男人的生存状态。

接下来，蛇从抽屉里拿出三本杂志，递过来请我去看看，提提意见。每本刊物里都有她的中篇，我的理解是，她叫我去好好读读，学习学习。

黏乎由此中断。

我要告诉你，每篇小说都是蛇的一个孩子，一个心肝宝贝。我听说，她生养几个文学的儿女极不容易。

蛇不要孩子，意志坚定不移。也就是说，为了写作，结婚之前就上医院，给自己放了节育环。过去了六年多，与之同一年结婚的夫妇，孩子都快上学了，而她，不想生育的意志未曾动摇过。至今，她还是固执地认为，孩子是她事业的拖累，又是她通往成功路上的一块绊脚石。我在想，娶上这样一个自私的妻子，一心想当爸爸的丈夫，心里的懊恼不言而喻。夫妻之间的灰尘一天比一天加厚，责任到底在于谁?

说到小说创作，事实上，蛇的文学功底并不扎实，艺术感觉相当粗糙。以往取得的一点成绩，全靠用功，加之一股锲而不舍的钻研精神。她早年在建设兵团下属的一个中药材（畜牧）收购站里当仓库保管员，用她的话来说，天天跟“恶心死人的东西打交道，弄得吃饭倒胃口，做爱败兴致”。收购站地处荒僻的某军垦农场，工作比较清闲，但文化生活如同一望无际的沙漠。她在那样的环境里读书和写作，无疑对外面的天地充满了好奇与渴望。终于，命运向她发出微笑——兵团文联把她推荐到了讲习坊。人们看得很清楚，她完全是凭着对文学走魔火入般的迷恋，或者说酷爱，加上自身的刻苦努力，以及善于把握每一个微小的机遇，一小步一小步，从新疆某地走到祖国的心脏，折腾来折腾去，好不容易才折腾出一点小名气。这一说，写作的十个年头，无声无息地溜走了。

在讲习坊，同学们对蛇颇有微词，老是在背后指指点点。大家交头接耳，议论的焦点是她和羊的关系，以及她最近几篇小说是通过何种途径刊登亮相的。其实，她和羊勾勾搭搭的风声，转弯抹角传入我的耳朵，早已不是什么新闻。

羊，虚岁五十九，身兼数职，集教授、评论家、讲习坊业务领导于一身。说起来，在某种意义上，现任《新锐》执行主编，那个和鼠有一腿的虎，还是他的得意弟子。无论人前人后，虎都恭敬地称之为老师。师生之间私交不错，经常就文坛的某股思潮或某种现象，在专业媒体上展开文字对话。有时一唱一和，有时一个扮红脸一个演白脸。总之，配合得十分默契，成为文坛一大佳话。这一届创研班，由他出面聘请虎为导师；在讲习坊，类似的导师有近十个，每人一般带四五个学员，主要辅导他们的创作和推荐作品。

下面的奇闻轶事，都是蛇为了证明自己的清白而逐渐透露给我听的；我不过是用自己的话语方式转述一下罢了。

第一学期开学不久，有天上午，在羊的办公室里只有他和蛇，他打电话给虎，向他推荐一部中篇——到时由作者自己送去，希望他抽空亲自过目。

需要说明的是，那阵子，虎因事务繁忙，很少来讲习坊；蛇不属于他的弟子，暂时还没有机会与之搭上关系。再说，你即便搭上，想在他的手上发表小说，也不如羊的推荐来得更有把握。而她自己的导师，是一个从大学里聘来的老教授，在她看来，这方面一点用场也派不上。让作品亮相，尤其是在《新锐》这种有影响力的刊物上亮相，对刚刚走出新疆的蛇来说，真是太迫切太重要了。因此，她从心底里感激羊。当然，羊期盼她拿什么来“感激”，她心知肚明。此时此刻，她站立在门边，上身依靠在门背上，半眯半睁的眼睛含情脉脉，又故意加快呼吸使高耸的双乳略有起伏。这一起一伏，把羊的眼睛吸引得一眨一眨。他像慈祥的长辈那样，伸手摸摸她的头——手指却停留在浓密的头发里，爱抚一般抚弄起来。蛇不喜欢他这样，因为这样颇费时间。她倒希望他的手干脆利索，直接来抚摸自己的乳房。他见她没什么反应，便拉她去沙发上落座。但是，她像一条橡皮筋似的被拉开来又弹了回去，始终不肯改变站立的位置和依靠的姿势。羊有点脸红，不知如何是好。事实上，蛇选择的位置颇有讲究，如果这时恰巧有同学或老师来敲门，她可以立马开门，道一声——老师正好和我谈完稿子，你请进，自己趁机溜掉。值得注意的是，她的一只手总是托着像半个月亮那样的脸腮——万一羊凑上来接吻，这只手便可及时进行阻挡，让那张经常流口水的嘴巴亲亲手背，倒也无伤大雅。

好在，羊自知有流口水的小毛病，从不主动去吻人家。

僵持一会儿，蛇忽然媚眼大睁，清清脆脆地笑几声，羊那颗苍老的心，似乎被深深地触动了。

大家知道，老伴因病过世多年，羊一直有续弦的念头，遗憾的是，总是物色不到合适的少妇。

羊有一个儿子，但不知何故，从小就跟他合不来，成人之后还同他作对，总之，彼此缺少应有的父子之情。儿子早已结婚生子，并且另立门户，平时偶然打个电话，逢年过节才携妻儿来看望他——一起吃顿饭而已。倒是那个当护士的儿媳妇，基本上保持隔天一个电话，询问公公有什么事情需要她来做；除了病倒在床，即使有天大的困难，他也不向儿媳妇开口求援；在小辈面前，他一直维持着自己的长辈尊严和晚年坚强。值得一提的是，儿媳妇老是挂念着他的身体，特别是近年，得知他查出心脏有点问题，便经常在自己的医院里开一种从中草药里提取的心脏保健药，通过活跃于大街小巷的“小红帽”传递给他，使他备感温暖的同时，对自己的不孝之子也改变了看法，认为这一切都是儿子在暗中怂恿媳妇干的。他的日常生活，全靠一个长期固定的女钟点工来料理。至于他的情感生活，儿子从不过问；你找人结婚也好，与人为伴同居也罢，儿子一概不管。儿媳妇倒好几次试探过公公的口气，结果让她心里犯怵：娶个趣味接近的少妇，是他的既定目标，难以更改。其实，这些年，有好几个热心人自愿充当红娘，前后无数次给他牵线搭桥，希望他早日有个知冷知暖的贴身伴侣，而他不是嫌弃对方年龄偏大、相貌欠佳，就是挑剔人家文化不高、品位相去甚远，最后一个也没看上眼。弄得所有的热心人全都没了信心，索性不闻不问，让他自己提着大红灯笼到茫茫人海中去寻找。

羊上了年纪，又颇有做学问的紧迫感，哪来这般闲心？换种说法，羊把灯笼挂在房门口，自己关起门来著书立说。只要这盏灯笼红彤彤地亮着，他不信没有三两只可爱的蛾子飞拢来，供他挑选。

正是看到这盏大红灯笼，蛇才一步步走进他的内心世界的。因为，她认为那灯笼所散发出来的红光，虽说不是很强烈，但足以照亮自己走向文坛的锦绣前程。不过，蛇是要把这盏高挂于房门口的灯笼摘下来，叫羊心甘情愿地提着它往前走，走呀走，走到为她蹚出一条通往文坛的光明之路为止；她呢，紧跟在教授的身后，不停地给他加加油、鼓鼓劲；老人家身上哪儿痒痒了，帮之挠挠。

于是，蛇利用各种机会，对羊的办公和生活空间进行一番细致的观察，试图摸清他的某些底细。她发现，属于羊的那一大间屋子，用简易屏风隔开，前半间办公，后半间供午休、值班之用；屋里的电视、VCD、小音响和简单的生活用品，这些都不必放在心上；需要高度重视的是，一张经常播放的“老鹰乐队”CD，还有一幅挂于墙上的达利画作的复制品，名为《追忆往事的少女胸像》。毫无疑问，那幅油画，那张唱片，是教授精神生活的一部分，能集中反映他的欣赏意趣和审美情调。

要想了解“老鹰乐队”和认识狂人达利，对每天生活于诗人作家群体之中的蛇来说，算不上难事。

蛇瞄准一个无人的午后，悄然潜入羊的办公室（恰好在播放那张CD），请老师在百忙之中看篇稿子，顺带谈谈自己以后的创作打算。在此之前，蛇总是夹杂在其他学员当中，不显山不露水地来来往往，并未引起羊的特别关注；现在单独出现，无疑勾起了羊对她在开学联欢会上跳新疆舞的美好回忆。尽管如此，羊还是以一种高高在上的目光俯视着她，因为来找他聊谈创作的学员太多，他看她能谈出什么新花样。但蛇避而不谈自己，却指着音响里低沉的歌声赞叹道，这首《加州旅店》真是百听不厌啊！羊的目光放低了些——她对“老鹰乐队”代表作的赞美，使他颇有同感。蛇又感慨这支美国乐队堪称举世无双，因为成员都是由退役老兵所组成，嗓音浑厚而又苍凉，浸透着人生的沧桑和悲欢。羊的目光又放低了些——她不但喜爱这支老人乐队，而且对他们的歌声理解得那么透彻，让他感到意外和惊喜。一切艺术都是相通的，蛇说。那是啊——

羊附和一声，目光又放低了些。蛇扬手指了指墙上达利的画，说这种超现实主义的作品，在她看来比一般的画更富有美的内涵。你也喜欢现代派美术？羊问。其实，我更欣赏达利这个人。蛇进一步说，欣赏他从心灵深处迸发出来的艺术火花，点燃还未离婚的加拉的激情，最终两人在爱情的燃烧下开始了一种为世人所羡慕的艺术化生活。

艺术化生活！羊惊叹一声，目光平等视之，似乎想看清眼前是个何等女人？

蛇这才谈到了自己。创作的，生活的。

尽管开学不久，但话题已涉及两年后的未来。羊说，学业结束还回不回新疆？蛇说，开弓哪有回头箭？羊说，那家人怎么办？蛇说，本来就是名存实亡，又没孩子，这还不好办？羊说，是的是的，搞创作最好是留在北京。蛇说，好就好在能时常听到老师的教诲……

羊顿时睁大双眼，有点高看她了。

蛇一手捂脸，转身出去，一路小跑……

这以后，一连好几天，只要有羊的场合，蛇就会有意出现，与他打个照面，又马上躲开。看得出，羊有同她再做深入交谈的意思，但她就是避而不见。同学们发觉，那几天，羊走路总是慢悠悠的，若有所思。

有一天，羊开着门去蹲茅坑，蛇趁机溜进去，在他后半间的床上放了一只“老来福”枕头。羊回来发现，原有枕头已被“老来福”

取代，枕上留有一张字条：**亲爱的老师，请您午休时躺平，后脑居枕中，全身放松。**看样子，这并非一只普通的高弹棉枕头。他躺上床，仰脸试枕一下——电脉冲随之启动，像是一双温柔而有力的手，伴随着软绵绵的安眠曲，从枕头里伸出来，开始一下一下按摩起颈椎——长期伏案工作的老人，哪个颈椎没有一点毛病？事后，他情不自禁地对蛇说，有她这双富有艺术情趣的手来关爱他，那真叫“老来福”啊！

接下来的事，就无须多说了。

照蛇的说法，那天上午，就是她始终站立在门背后的那个上午，羊触摸到她饱满的乳房的感觉是惊心动魄，因为惊心动魄，老人家浑身抖颤，因为浑身抖颤，教授的老毛病又犯了——唰啦一下，流出两串口水。

面对一往情深的老师，学生总不能冷若冰霜吧，装也得装出些热情来。于是，蛇忸忸怩怩，双手捧住羊的手，将自己的额头抵在四只抱成一团的手上。这样，她的胸脯自然而然地向后缩了几公分，因为她觉出羊的手已不满足隔衣抚摸，即将层层深入；一旦让手真实地摸到自己丰腴的乳房，她担心羊会激动得心脏病复发。临界而止，戛然而收。你得掌握好分寸，做到毫厘不差。这是一种高难度的做人技巧。

技巧在于，将羊视为一把圆规的话，不过是一把生锈的圆规，蛇让他恰到好处地触及一点，而决不能以点作圆包容一切；蛇牢牢地把握着圆规的一只脚，任凭其怎样跳来跳去，最后只能在点上做文章。

就这样，蛇带着自己的稿子，打车去拜见虎。

在蛇面前，虎的言行举止像个君子，令人肃然起敬。不过，蛇还是多长了个心眼，她不像其他青年作家那样，开口老师、闭口主编，而是郑重又不失亲切地称呼虎为叔叔；面对这样的一个侄女，这个时常跟美眉作家打交道的叔叔，脸色居然一阵红一阵白，觉得太不好意思了；因为他不好意思，她说起话来就沉着自如了。谈及创作情况，她说有两部中篇已分别被外地两家省级刊物录用，这部中篇还得请叔叔多多赐教……

虎接过大信封，抽出稿子，发现附有羊的一封推荐信。信中有一句对这部中篇的总结性评语：人性在西部这块神奇的土地上被张扬得淋漓尽致，而陌生化的叙事和充满张力的文字语言能与杰克·伦敦的优秀之作媲美。

这样的作品非常难得，虎说。一目十行地看了两页稿子，问道，你喜欢杰克·伦敦？蛇肯定地点点头。又问道，女作家大多爱读张爱玲的东西，你呢？蛇微笑着摇摇头。再问道，你对国内哪个作家感兴趣？蛇沉吟片刻，鼓起勇气说，一个都不感兴趣。最后问道，这么说，你平时读的都是外国文学？蛇随即反问道，叔叔认为这样不好吗？

好，太好了！虎轻轻一拍桌子，像是遇上一个文学知音，激动地亮出了他自己的观点，在我看来，文学这块土地，一向没有中外之分。你扎根于外国文学这块沃土，从中汲取丰富的营养，必定会茁壮成长。

到了吃饭时间。蛇邀请虎到外面去吃顿便餐。

临行前，虎从塞得满满当当的书柜里找出一套新近面世的《杰克·伦敦小说选》（四本），说是出版社的朋友赠送的，现在转送给她，并着重指出，里面多半小说还是初次翻译进来。

说实话，这个英年早逝的美国佬的作品，蛇仅有一本国内早年出的短篇小说集，现在一下子到手四本，真是如获至宝。于是，她手捧书本，恭恭敬敬地向叔叔一鞠躬。

虎连忙双手作揖，以示还礼。他说，他所接触到的一大批年轻女作家，要么是写嘻嘻哈哈、哭哭啼啼的情爱小说，要么是瞎编男女白领"超现实"的性爱故事，他的你的我的，几篇东西放在一起，抹掉作者名字，几乎可以串成一部败人胃口的都市"性"情长篇；而让他惊喜的是，眼前的她，看似柔美温情，却能写出内容新鲜、文风刚劲的小说，这必将给目前充满胭脂味的文坛带来一股清新之风。

多谢叔叔的抬举，蛇说。

约莫半小时后，一家川菜馆的桌子上，出现了四道热菜、一瓶王朝葡萄酒和一对微笑。

喝了些美酒，吃了点佳肴，两人聊谈起来就不仅仅局限于文学，东拉西扯，话题宽泛多了。一来二去，蛇有意把话头引向虎的家庭，目的是要探询他老婆的一些情况。事实上，虎的老婆在亚美出版社

第二编辑室任主任，蛇早有耳闻；这个女主任长期以来身体一直不大好，也是人人皆知。现在，蛇想探听的是她到底得了什么疑难病。

提到内当家的身体状况，虎似乎憋着满肚子的苦水，又不大愿意向外吐露。然而，在蛇坚持不懈地善意诱导下，最终他还是毫无保留地一吐为快。

简单地说，她的病是因一次宫外孕而落下的，民间叫作“产后风”。当时经过住院治疗，主要的症状基本消除，但永失生育能力，还留有一些后遗症。而麻烦正是这后遗症！最明显的就是，在没有任何刺激的平常日子里，有时全身会突然抽搐，不能自已。对此，西医束手无策；中医倒是开出了一味偏方——吃只野牛黄，即野牛胆里的结石，效果非常好。问题是，普通的牛黄都很难搞到，这野牛黄上哪儿去搞？

这好比是叫你去吃只仙桃，就能百病消散，长生不老。虎说，但仙桃在吴承恩笔下的花果山上，你能摘到吗？

蛇说，叔叔也不要太悲观……

对这种伤脑筋的病，你乐观也不管用。虎说，我调动一切可以调动的关系，不知托过多少人，请他们想想办法，哪怕出高价——我准备好三万块钱，但至今没有确切的回音。

蛇说，有叔叔的这片爱心，我想婶婶也有所安慰了。

嗨，说穿了，这味偏方本身就是一帖安慰药。虎说，它给病人一点希望，意思是这后遗症是能治愈的，只不过特效药还在漫漫长长的路上——你要耐心等待。健康人也好，患病者也罢，我们都是靠点希望而顽强地活着——欧·亨利的《最后一片绿叶》，讲的不就是这个道理吗?

蛇说，是啊是啊，我们不管陷入何种困境，都不能放弃希望。我想婶婶是有希望的……

菜都凉了，不谈这些了。虎说，来来，干半杯!

这顿饭吃到最后，竟然变成了蛇请客，虎买单。

不知是这部“能与杰克·伦敦的优秀之作媲美”的中篇，真的让虎这双见多识广的眼睛猛然一亮，还是能言善道又机智乖巧的蛇给他留下了极好的印象，反正，这位执行主编在第一时间把早已定用的头题作品撤下，换上了她的“能给文坛带来一股清新之风”的小说。当然，这不足为怪。

一个星期之后，虎打电话过来，叫蛇去拿这部小说的校样。她回来马上复印了八份，自己留一份，其余统统交给了羊。这一下，我们的文坛老将，满怀爱意的伯乐，提着灯笼为女弟子出征效力，大显身手的时候到了。

按照事先约定，那天一大早，羊驾驶着自己的捷达车，来到讲习坊斜对面的一家发廊门口，把等候于此的蛇接上车，随后直奔四环路，朝京津塘高速开去。

平常日子，羊衣着随便，那略微显长的花白的头发，总是有些乱，还有显眼的头皮屑。而这天，头发洗得干净、梳得整齐不说，好像还抹过什么东西，散发着一缕缕香味儿。身着一套看家行头——

银灰色毛哔叽中山装，脚穿一双锃亮的老人头皮鞋。庄重，气派，像是奔赴正规的场面，出席一个重要的会议。其实不是。其实小事一桩。其实，无非是，把颇有创作潜力的蛇、连同这部即将在《新锐》刊出的中篇（校样），亲手引荐给天津的一家文学选刊，以扩大其影响力和知名度。

那家选刊的头儿跟羊有着二十多年的交情，可谓知根知底的老朋友。当然，羊点到为止，并没有向蛇拍胸脯打包票。他只是保守地说，质量摆在那儿，一般没问题。选刊那里熟人多，羊决定不上杂志社拜访老朋友，而是打电话把他请出来，请他到一家有海鲜吃的馆子里。

吃点什么，投其所好？

蛇说，为了表示我们的热情好客，应该先上一只大龙虾。羊说，大龙虾，可惜他并不爱吃，再说太贵；不如来一斤虾蛄对其胃口。蛇说，我讨厌吃这个——太扎手，又没有多少肉。羊说，给你点一斤基围虾，水煮和椒盐各半，不是两全其美了吗？蛇说，那鱼呢，要石斑鱼还是鲈鱼？羊说，看来呀，你对吃海鲜不大在行；告诉你，这些鱼名声大、价格高，其实并不好吃；真正味道好的是清蒸虎头鱼，又不贵。蛇说，好，听你的；贝类下酒不错，要不要挑两样？羊说，那玩意儿都是人工养殖的，现在近海污染又那么严重，不要也罢；其实呀，他最喜欢吃的是鲨鱼羹，就是把小鲨鱼的肉、骨头、背鳍剁碎，放老醋、洋葱等做成的一道菜——到时你也尝尝，保证下次还想吃。蛇说，加上基围虾，才四个菜，还得点两个他爱吃的。

羊说，哦，差点忘了，这老兄甲状腺有点增大，得给他点个能治这病的菜——海带煮干贝，我们也可以吃；这样，再要个蟹黄南瓜煲、一道蔬菜，我看足够了。蛇说，酒水呢，他爱喝什么酒，酒量怎样？羊说，他是宁波人，当然爱喝花雕，最好是五年陈的；至于量嘛，一瓶嫌少，两瓶显多；这样吧，来它三瓶，我要开车，只能喝点饮料，由你陪他喝，尽量让他喝上一瓶半。蛇说，我有数了。

从天津回来，天快黑了。北京的大街上，已呈现出一片灯红酒绿的迷人景象。羊开着车子在城区里七拐八弯，缓缓驶入一个绿化很好的住宅小区；在里面绕来绕去，最终停在一幢塔楼底下，一个靠围墙的边角里。蛇这才恍然大悟——到了羊的家门口，验证了自己的预料。

不用说，这一天开车往返京津很劳累，请客吃喝又说又笑也很费神，但从车里出来的羊，脸上非但不显一点倦意，反而显得精神饱满，气色红润。蛇迟疑片刻之后，也钻出了车子。羊不说什么，只是做了个请她进楼道的手势。蛇呢，立在原地，一副犹豫不决的样子。几步之外亮着一盏路灯，银白的光晕照亮她那红鲜鲜、笑吟吟的面容，在羊的眼里一定是可爱之极。然而，就在她貌似犹豫不定的当儿，羊肯定料不到，这个可爱的女人正想象着上楼、进他家门之后的情形：他一定预先通知过钟点工，叫她今晚不必来做家务；锁上防盗门，你就像一只钻入笼子的宠物给逮住了；接下来，你只好和他坐在客厅里嗑瓜子、吃水果、听音乐；稍晚些，他可能会到厨房里去熬小米粥，因为它既可当夜餐，又能冲淡你的满腹酒气（路上就说过，晚上最好喝它两碗粥）；喝好粥，时间显然不早了，他去打开热水器，准备好新毛巾，叫你进卫生间沐浴……

一步一步地推进，每一步都合情合理，由不得你说声“不”。总之，对他的安排和要求，你难以抗拒。所以，蛇在心里打定主意：坚决不跟他上楼。她心里十分清楚，一旦进入两个人的小世界，你想挣脱出来，那非得撕破脸皮不可。反过来想想，到时候真的不给他面子，那是于情于理都说不过去的。她甚至想到沐浴之后，两人步入卧室，同床共枕，然后……老人家对着自己的脸，不禁流下一串又一串口水……这些寄托着他晚年幸福的沉重口水，你的感觉，你的心理，承受得起吗？但是，眼下你不跟他上楼，自己拂袖而去，他那劳累了一天的身体，有点毛病的心脏，还受得了吗？他的“精神支柱”一旦倒塌，你以后还能得到“大力扶持”吗？没有他的鼎力相助，你想在文坛上立足，继而走红吗？事实上，这一连串的问题，早在头天晚上，她已一遍复一遍地思考过，妙计也随之一一应运而生。两人走到眼前这一步，是在她的预料之中，一点也不感到奇怪。总之，在这方面，羊的思维和感觉，大大落后于她。现在，她的对策是——确切地说，是现在实施对策，向羊挪近一点，羞羞答答地拉开自己的皮包，让他看一包已经用掉多半的卫生巾，说喝过黄酒，感到它来势汹涌，上他家太不方便了。

羊皱起眉头，半信半疑地问，怎么突然出现这种情况？

哪是突然呀？蛇说，没见我在喝酒时一次次上洗手间吗？

羊默不作声，但蛇看得出，他心存疑虑。好像是，在他看来，女人的包里几乎天天都放着卫生巾——用这种玩意儿做挡箭牌，经得起事实的轻轻一击吗?

蛇朝四周扫视一圈，并未发现什么人，便抓来羊的一只手，往自己的两腿之间一贴，又帮之抚摸一下，随后迅速将他的手甩开，大声地嗔怪道，这下该信了吧!

这一下，弄得羊十分难堪——触摸到人家羞处的手，在自己的身前身后甩来甩去，忽而捏成拳头，忽而变为一掌——结结巴巴地说，哎……你……哎哎，你想歪了……我的意思……意思是……早知你身体不适，我们可以改日跑天津嘛……

其实也没什么大不了的，只不过是要好好休息，蛇说。

面对煞有介事的蛇，羊再也找不出怀疑的理由，便信以为真。是啊，他这颗充满智慧的脑袋，无论如何也想不到，蛇在天津最后一次上洗手间时，已做好了充分的准备——用一块柔软的小商品来抵挡教授那行将老朽的欲念。

蛇一拂手，掸掉飘落于羊肩头上的一片枯柳叶；又捏起两个拳头往他肩膀、背脊上轻快地敲来打去，说他开了一天车，劳苦功高，而她只能给他松松筋骨，心里真是过意不去。她还表示自己打车回讲习访，叫他别送了。

可能是，对羊来说，车子停在一个死角里，倒车，掉头，有点麻烦；再说，跑累了一天，虽是站在楼下，却有种到家的感觉，真不想再驾车上路了。于是，羊目送着蛇走几步，转身朝他挥挥手，好像依依不舍地离去……

快到小区门口时，蛇感到一束车灯直逼自己的身影，而且越来越亮；一回头，车上照明灯突然熄灭，只见羊扬起那只触及过柔软小商品的手，示意她上车。

几天后，羊应邀出席在广州召开的某女作家作品讨论会。羊提前一天飞到福州，住上一宿，再飞往穗城。事实上，羊这样转道，并非当时买不着北京至广州的机票，而是有重任在身——带着蛇的这部中篇（校样），特意去福州拜访一家选刊的常务副主编……

至于北京那几家能够选载中篇的报刊，羊是怎样提着灯笼去活动的，你稍微一想就能明白个大概，用不着我再费口舌了。总之，为了蛇尽早跻身于全国文坛，且一炮打响，我们的羊老师，把自己的那张老脸豁出去了——俯首甘为孺子牛，默默地付出，没有一句怨言。

于是，蛇的这部中篇除了在《新锐》做头题发表外，还在两个月内，被全国五家选刊选登，一家发行量超过四十万的文摘类报纸连载；年终又入选三个版本的“年度最佳中篇小说选”，分别由三家出版社结集出版。稿费总共到手近五万元。

然而，蛇并不满足，主要是作品未被哪家影视公司看中，版权卖它个十万元。

这部“一炮打响”的中篇，眼下就在我的桌子上。

对蛇的小说，我不想品头论足。要是她说我看不出其中的妙处，我就谦虚地说自己的眼光有问题。要是她认为我没有认真阅读，我就在心里承认，自己对那种用洋酒来调和哈密瓜、羊肉串，产生一股怪味儿的小说，一点也提不起精神。恕我直言，本人很反感把新疆风情欧美化。

当然，蛇也有两部反映当下都市生活的中篇。尽管发表的刊物影响不大，也尚未被羊、虎之类的评论家所关注，但在我看来，它更贴近作者的心灵，或者说，更富有真切的人生感悟。说心里话，我仔细阅读这类作品，并非琢磨它有多大的文学价值，而是看看它能否改变、扩充为一部略带“黄色”的畅销读物，卖给个别见“黄”眼开的书商。干这一行，不是吹，我是老手也是高手。进讲习坊之前，我已在京城出过三本“色香味”俱全的书，丰富了一个女书商的腰包；而进了研修班，另一个嗅觉灵敏的男书商盯上了我，他时不时地来个电话，还特地赶来请我喝过两次酒，催我快点端出第四道“拿手好菜”。

我嘴上不说，实际上，心里比书商更焦急，正到处寻找着合适的“加工材料”。干这活儿，你得天生一只狗鼻子，一对猫儿眼，一个猴脑儿；还得有，一副像裁缝师傅那样善于拼拼凑凑的好手艺，一双像母亲那样整天忙个不停的勤劳之手，一种像民工那样忍辱负重的坚韧精神。最后，也是最重要的，那就是上帝保佑你，别碰上一个赖账的臭书商。

万分感谢蛇，她叫我拿杂志去“学习学习”，无意之中帮了我的大忙。也就是说，用我的猫儿眼，在她的一部中篇里，发现了许多金光闪闪的未成形的人民币。

这部中篇描写一个身处大都市的文学教授兼评论家，在圈内德高望重，颇受大伙儿尊敬；他孤居独处多年之后，突然喜欢上了一位正在其门下学习的年轻女作家。于是，老先生调动起生命中残余的全部情爱，不辞辛劳、不计得失地为她推荐稿子，还挑灯夜战，呕心沥血地为其作品撰写评论文章，使她的名气日益扩大，约稿者（信）纷至沓来。这时，教授正式向她求爱，但遭到她的婉言拒绝。不过，她并未与之断绝较为亲密的交往。在教授面前，她有时作小鸟依人状，让他感受得到撩拨心弦的羽毛而得不到里面的实货，若即若离的姿态弄得他痛苦不堪；有时则像女儿一样，处处关心老人的生活细节和身体冷暖，使他充满怜爱之情，不忍心对其创作甩手不管。对此，有人看不顺眼，在为教授抱不平的同时，指责女作家一边利用他的关系网，一边玩弄他的感情，太不像话。女作家愤然予以驳斥，声称自己从未与他涉及什么感情，她一向把他视作一个生活上需要照顾的长辈，一个文学眼光独到又乐意扶植后辈的可敬的老师，要说有点儿感情，那顶多也是一种父女般的感情。有人把这话传给教授，他听后小病一场，好几天走路都抬不起头，好像一个失恋郎。这让女作家看了心里很不好受。她好几次扪心自问，你到底爱不爱他？回答却始终如一，不爱，是因为你根本爱不起来。要知道，她有自己牢固的爱情观——以人为本，不奢望你拥有金钱和地位，只要你年龄适当，模样俊朗，体魄健壮。而教授与之距离太大，实在太大了。因此，为了使他心情欢畅，她可以跟他调调情，做些表面文章，而决不能和他上床做爱。她十分了解自己。她能忍受自己的欲望之水积蓄于“感觉”里，而无法忍受被一只缺乏后劲的手捅个小洞眼，只是嘀嘀嗒嗒地渗漏——弄得“全身”不燥不湿，反而更加难受。也就是说，她有自己的做爱“脾气”，要么不做，做了就要做得酣畅淋漓，高潮迭起。依照教授目前的身体条件，能做到吗？这个问题暂且抛在一边。面临的更大问题是，如果她和教授迈出“最后一步”，他因心脏病突发而被送进医院，怎么办？她不敢往下想了。然而，这样下去总归不是办法。于是，她一方面继续和教授保持一种不咸不淡、半明半暗的模糊关系，一方面在同学中挑选符合自己“爱情观”的可以公开的情人。谁知，她的这一动向，马上被敏感的教授察觉到了。他感到气恼，他认为她是在有意捉弄自己。一气之下，他狠狠心，要把这碗吊人胃口的夹生饭倒入电饭煲，熬成粥——某天下午，他请她到他家去吃晚饭，她找借口推脱，他便转换一种口气说——原文摘录如下：

钟点工生病了，难道你不肯帮我去做一顿晚餐吗？

哦，是这样……那下午四点，到儿童公园门口来接我吧。

用我的狗鼻子嗅来，这里有些色情的气味，觉得大有文章可做。经过我的猴脑儿的想象，加上一双勤快之手的捏造，上述对话变成了如下的描述：

某天中午，教授拿着他刚出版的《跨文体诗学》，未敲门就扭开了女作家的房门。因为，他了解女作家有不锁门就午睡的习惯，而且他事先得知，这间香水味四溢的宿舍今天没有其他人。当然，他不知道，女作家还有个习惯，那就是即便午休，也要把自己脱得只剩裤头和胸衣——觉得这样睡才通体舒展，十分惬意。尚未睡着的她，发觉有人进来，迅速撑起了身；当两条白莹莹的大腿露出被子，往裤筒里伸去的一瞬间，教授的手连同那本凝聚着他毕生智慧的著作，准确无误地搁到了她的两腿之间——亲爱的男女读者，设身处地替我们的男主角想想吧，这是一种什么感觉啊！

女作家保护好大腿之后，随手翻阅这本还带着她体温的书，而坐于床沿上的教授却一手搂住了她的腰肢，至于另一只手嘛——亲爱的男女读者，请你睁大双眼，目光跟随这只手，朝着女性的兴奋点和敏感区摸索潜行吧！这不，她轻轻地扭动起身子，表明教授的手正在她光滑的肉体上抚摸着，好像把自己的一阵阵骚动和一股股燥热传递给了她，使她感到身上的某个部位痒痒的，而另一个隐秘的部位虽未被触及，却感到渐潮渐湿。尽管如此，她的头脑仍然很清醒，用北京话来说，她并没有晕菜。她瞄了一眼教授，只见他脸色涨红，便羞怯地说，别别……别在这里……别人随时都会推门而入……你的手老实点好不好——没看见人家正在读你的大作吗？教授缩回手，轻声说，那……晚上到我的公寓去……我做一道西餐让你尝尝。她爽快地应诺，好啊，四点钟在儿童公园门口等你，不见不散。

于是，教授满怀信心地出去采购做西餐的料儿。

女作家随即展开想象的翅膀，紧跟他的身影飞翔而去……傍晚时分，她和教授紧挨着坐在他家的西餐桌边，他切开红嫩嫩的牛排，用刀叉串着送到她的嘴里；她吃着吃着，忽然感到脑袋发晕，眼睛迷糊，真想倒头就睡；她猜疑刚才喝下的葡萄酒有什么问题，但一时又想不出问题的所在；她在犯困的当儿，肢体也开始瘫软；后来，她发觉自己躺在席梦思床上，教授正在解她衣服的纽扣；她丧失了反抗的力量，眼见着自己的衣裤从教授的手里一件件飞出，堆积于床边的沙发上；她只好闭上眼睛，让一道黄昏的风景覆盖全身；但她忽然听到一阵阴惨惨的叫声，睁开眼，发现教授双手紧捂左胸、口吐白沫……

事实上，下午四点钟，女作家准时出现于儿童公园的门口，教授的捷达车在她面前戛然而止，而他伸出车窗的面孔霎时变得非常难看，因为女作家的身边还有一个他也熟悉的后生。

欢迎我俩一道去贵府品尝西餐吗？女作家笑着问。

当然欢迎。教授无可奈何地说，上车吧。

我几乎夜以继日，在电脑上敲打二十一天（破电脑还常出问题），把四万来字的中篇扩写成十二万字的小长篇。随后，取一个抢眼的书名，书稿另存到软盘，拿给了企盼已久的书商。

你也许会问，未经蛇的同意，就擅自改写她的作品，不怕被指控侵犯版权吗？告诉你，我非但一点都不怕，还蒙头踏踏实实地睡大觉。因为——比方说，中篇是一粒饱满的黄豆，而扩写后的长篇就是一根细长的黄豆芽；黄豆与黄豆芽，不但品名各异，有质的区别，而且样儿、吃法、味道和营养成分也完全不同。总之，我为哺育这根豆芽，倾注了大量的心血。它无疑是我的文学孩子，尽管是个畸形儿。再说——私下里说，蛇不知道这件事，以后书出来，谅她也不会去翻阅——她一见这种读物，就像见到浑身布满病毒的黄疸肝炎患者，避之不及。

对这部书稿，书商非常满意。几天后，他来电话叫我过去，我发现稿子已排成了书样。他到哪家出版社去搞书号，我不管。我只管出具委托书和身份证复印件，然后跟他签订出书协议。我看重的是这一条款：首印一万五千册，版税9%（比原来做我书的女书商高出一个百分点，这是诱使我上钩的香饵），书上市后一次性结清。

前后正好一个月，这本书就出现在甜水园图书批发市场上了。我马上找书商拿样书、要稿费。前者没什么好说的；后者出人意料，他只按一万册的版税付款，理由是整个图书市场不景气，他只得小心行事，先印一万册，剩余的五千册还印不印，要看销路而定。我质问他协议是怎么签的；他苦着脸说，市场就是那么残酷，他也是没有办法，叫我体谅他的难处，等到这一万册书卖得差不多了，再开机加印。

然而，有一夜，我请三个要好的同学欢聚一桌，几杯啤酒落肚，大家都来了情绪。有关我的书，一个同学提醒我，这是书商惯用的赖账小伎俩，我的那部分稿费没准要泡汤；一个同学与我打赌，我若等得来那五千册的版税，他就送我一条红塔山和两瓶剑南春，反之亦然；一个同学埋怨我聪明一世糊涂一时，当时为何不动动脑子——他用一万册版税打发你走，说明实际印数肯定不止这些——书商靠什么手段发的财啊？见我被说得一愣一愣，表现出十分懊恼的样子，这三个仗义的同学纷纷给我出主意：我去找书商，理直气壮地叫他履行协议，否则，我就在手机上摁一个号码，潜伏于附近的他们三个便立刻前来助威，逼迫他当场掏钱；要是他还想耍赖，我们就拨打 110，在警察面前把事情闹大，到时候与之对簿公堂。

要实施我们商定的计谋，我必须找由头同书商联系上，跟他约好见面时间。事实上，一切都被同学们不幸言中。那臭书商开始说最近忙得不可开交，一点也没空；后来干脆不接手机，打他的办公室电话，也没人接；我改变策略，拿别人的手机、外面的公用电话反复地拨打，但他还是不予理睬。针对这一情况，三个同学合计一下，准备到他的公司外面去蹲伏——一旦现身，立即将其捉拿。我说行不通。一来他的公司离我们太远，去一趟得大半天；二来那个所谓的文化公司，其实只有租赁的一间房、连他自己两个人——另一个是其表弟，一天到晚在外跑发行，他本人，指不定几天去一次；如果没有事先约好的话，真是很难把他逮住。

既然这样，那我们就爱莫能助了。一个同学摊摊手说，由你自己去跟他打官司吧。

打官司，说说容易，真打起来还不把你的精神拖垮、脑筋伤透？别的不说，光是请律师、写状子、起诉、开庭、调解，一趟趟跑法院，一次次答辩，就够你受了。最后就算你彻底胜诉，能否顺利执行还是个问题。前后想一想，脑袋都发涨了。与其花这些精力，去挽回五千册版税和那么点“作者的尊严”，还不如另起炉灶，再做道“色香味”俱全的菜来得省心省力。这些个臭书商，说穿了，就是死抓住文人怕麻烦这一致命的弱点，赖账赖你三分之一，叫你讨账讨得心烦，讨得你最后只好自动放弃，灰溜溜地钻进小馆子喝闷酒。

一杯。二杯。三杯。四杯……小小的酒盅儿，装的可是火辣辣的五十六度二锅头。低着头一杯一口喝下去，感到慢悠悠冒上来的窝囊气，划枚火柴便会燃烧。正想点根香烟，解解闷气，抬头却意外发现，蛇端着两碗热气腾腾的牛肉面朝这一桌走来。哦，正是吃晚饭的时间。外面天已黑透了。

常常独个儿来喝酒？落座于桌子对面的蛇问。

是啊，我回答，酒是痛苦者的小老婆嘛。

想麻醉痛苦的写作？蛇又问。

想麻醉写作后的痛苦，我又回答。

难道不写这种东西就活不下去了？

这一下，我的舌头不灵了，我的目光僵硬了，我的回答突然凝聚在脑袋里。望着蛇责问的眼光，我打了一阵寒噤，脑壳里只有固体的笑——你曾经想偷吃的这串白葡萄，亮亮的，酸酸的，甜甜的，关心起你的生活了；而你现在的生活又是靠偷汲来的葡萄汁在滋润——是吗？一桩蛮有趣的事儿！

蛇移过来一碗面条，叫我暂停喝酒，趁热吃点主食——空腹饮高度酒容易伤胃。真是关心到了肚皮里。谢谢喽！我捧着面碗，焐焐手，只是喝了点汤水。嗳，这面汤水很鲜，充实在肚子里真舒服。蛇边吃面条边说，她刚刚得知我的“不幸遭遇”，心里既同情又惋惜，还颇为焦急，猜想我一定是在附近借酒消愁，所以挨着饭馆寻找而来。

同情，惋惜，焦急，我听着十分别扭，但就是找不出合适的话儿回敬她几句。是因为，我感到自己脑壳里那个固体的笑越来越大，越来越沉重。脑袋快要耷拉下去了。唉！见我无言以对，蛇用冷嘲热讽的口气说，她在同学那里翻阅过我的大作——二十一天两耳不闻窗外事，专心致志地编造出一部长篇读物，这种吃苦耐劳，勤奋写作的精神，值得她好好学习。语气怎么酸溜溜的？哦，白葡萄！我正想问她，或者说损她，为了预防书中的“黄毒”传染，当时她是不是戴着手套翻看，事后有没有拿酒精擦擦、消消毒……而身子再次打起了寒噤；这次可不是打一阵，而是一阵又一阵，像是寒热突发，简直不能自己。究其原因，大概是，我的脑子还没喝糊涂，神经仍很敏感——明白她“翻阅过”的潜台词是什么——你这个龙，好大的胆，竟敢拿我高雅的作品做料子，瞎编出一部“黄迹斑斑”的低级读物——怎么处罚，还得看你的认罪态度！

我的头低下了。我必须承认，长篇的结构框架受到她那部中篇的影响，内容也有点儿“套用”。要是诚恳地赔礼道歉，不能过关的话，那就从已得的稿费中割一半给她，还能怎么样？这一想，我又抬起了头，一边打寒噤一边朝她吹口哨，曲调是深情而又伤感的《嫂子颂》。

话说回来，对那本读物，也许是我自己神经过敏，其实呀，蛇不过是匆匆一翻，压根儿没有察觉自己的作品被“盗用”的嫌疑，所以不再提及。但是，她后来的话儿一句比一句尖刻，就像绵里藏针，一点一点刺到我的痛处。

你如果真的连吃饭也成了问题，那你在校门口摆个摊子，挂块“代写小说”的招牌好了。蛇说，我看生意肯定兴隆。

你既然这样看不起我，不如坐一边去免受精神污染！

不。绝不是看不起你！蛇说，你的文笔挺不错，编织故事的能力也很强，但你彻头彻尾糟蹋了自己的才华。

什么才华？写床上戏的才华！

你不能自暴自弃。蛇说，我们抛家舍业跑到这里来干吗？挣钱糊口吗？拿一张谁也不承认的结业证吗？出两本不三不四的书，回文联去混一官半职吗？……都不是吧。亲爱的同学，我们要振兴中国文学，严肃的文学！

不敢当，小姐！我实在不敢当！

你必须担当。蛇说，我们全班同学都有义务担当，逃避是对这所有着光辉历史的讲习坊的莫大侮辱！

哇，吃不消，我真的吃不消！

你……蛇说，吃不消也得吃！

吃面条之前，你没喝过酒吧？

你以为我是在说酒话？蛇说，告诉你，我是清清醒醒，认认真真来找你谈的……

谈什么？我默然无语，心里却在想，谈谈“我们要振兴中国文学”这一崇高的使命，光荣的义务？——呸！不客气地说，在我听来，她那空洞的口号，有点煽动性的言辞，跟牧师布道没什么两样。当然，此时此刻，小馆子里生意十分清淡，灯光昏黄，正适合于布道。只是声音不要太大，别让老板误认为我们在吵架。其实，老板望着这一桌，脸色已不大好看了。我做了个“小点声”的手势，她当即领会了我的意思。于是，她从对面移位到我的身边，马上把自己装扮成一个上帝派来的温柔天使，说话悄声细语，好像要拯救一颗堕落的灵魂；而我这个专门制造和传播“黄毒”的有罪之人，又不想在上帝的化身面前双膝跪地，虔诚地忏悔。

蛇把我一只发凉的手抓过去，夹在她自己的两手之间，抚摸着，焐热着，让我最大程度地感受到人情的温暖。哎呀，原先还真没体验过，新疆白葡萄还有这般的热量！她忽然显得有些委屈，抱怨我从一开始就态度不好，曲解了她的用意；实际上，她今晚来找我的目的并非谈什么文学，而是想聊聊我们之间的事。问题是，除了我偷汲了一点葡萄汁，我和她，哪来的事？我们之间，可以说一清二白。

难道，你不觉得我们之间非同一般吗？她饱含深情地问。真像一串样儿好看的白葡萄。

我连忙说，是啊，我们非同一般，你是高雅的淑女，我是凡夫俗子；你在追求高尚的精神境界，而我只顾眼前的吃喝和口袋里的钱数。

你怎么能这样说？她低声埋怨道，你错看我了……突然流下两行泪水。我有点儿吃惊。但她却后继无泪。不单无泪，而且眼眸像洗刷过似的，越发晶亮，更加有神。

怎么会这样？我想，真是邪了门！

你还要我说什么？她追问道，忽然绽开一脸笑容。

她的意思，我多半明白，但我不说。这种小花招，一旦被我看穿，就觉得没什么好说的。不过，我也得伪装一下，让她得意一番。我假装被她变幻无常的神情弄呆了。是啊，呆愣着，疑惑着。其实，我在重新审视她，揣摩着她下一步能玩出何种花样。到底还有什么花样呢？

然而，我的思路总是跟不上她的实际行动，或者说，在某些方面，我根本不是她的敌手。她要么不出手，一出手就能把你打败，并且叫你败得毫无还手之力。

瞧瞧，她从随身而带的小包里摸索一阵，掏出一件试图征服你、降伏你的新式武器——一份复印件，记载着一段鲜为人知的历史，递到我的眼下……

这份复印件，无须她说明，我瞄两眼就知道，这是从我一部长篇纪实里挑选的、有关“我”在俄罗斯做生意的篇章；很显然，她把它当作我的“历史材料”和“人生底牌”来看待。甚至可以说，她企图通过这份东西来拿捏我的软肋。由此可见，我一直以为自己那种被她嗤之以鼻、不屑一顾的作品，不知怎么落到她的手上，在暗地里细细地研读过了。

看来，我搞错了，对她，一切全都搞错了。这个平时像白葡萄一样甜美的女人，在特定时刻，既不是身披文学外衣的精神牧师，也绝非上帝派来的温柔天使，而是出自吐鲁番神秘之地，黑衣裹身、长发飘飘的妖精。

妖精当然具有一种魔法，可以在你眨眼之间还原为一个平凡女人，使你在怯惧之后马上感受到她的良苦用心和一片爱意。她说，你一点也不用害怕，我只是出于……

对这份“历史材料”和“人生底牌”，她的解释自有一种充满爱意的说法，但在我的心里，却有我自己的理解——

自从那次她手捧《尤利西斯》向你布道之后，见你没有空闲去跟她粘乎粘乎，她就憋得慌，因为基于羊的公然追求，自己找个“合适的人”迫在眉睫。但你每天关在屋里埋头写着长篇，她觉得这种时候来惊扰一定会引起你的极大反感，与其自讨没趣，还不如做好主动出击的各种准备。毫无疑问，她从来不打无把握之仗，而她取胜的法宝就是摸清你的全部底牌，就像一开始为了讨好、俘虏羊，最终叫他提着灯笼为她开路那样。她先要查清你的历史足迹，然后再将你的现状看个明白。现在，她认为下手的时机已经成熟，把你拿下不过是“随便搞搞”。

事实上，我没什么好怕的，我完全可以坦坦荡荡地把这份“历史材料”和“人生底牌”公布于众……

我的老家在绥芬河——毗邻俄罗斯，与格罗杰科沃一衣带水，隔江相望。在江河这边，我先当教师，后做自由商人。

我们中国人同俄罗斯人做生意，想赚到钱，光有一个商业头脑是不够的，还需要过人的胆识，粗通俄语。

我在师专学的就是这门令人头痛的语言。毕业之后，我被分到乡下一所中学教初级俄语。可笑的是，一所小小的学校竟然没有一座像样的校园，学生读书分成两处，间隔约半公里。当地财政并不拮据，但不知何故，经常拖欠我们穷教师的工资。我所处的校舍前身是一座教堂，周围有好几十户人家。到了晚上，四周一片寂静，校舍好像又变成了远离尘嚣的教堂，只是教堂里的老牧师换了，换成了我这个不读《圣经》，而是一门心思阅读俄罗斯文学的年轻人。回想起来，我在那里犯下的罪孽，首先是，把一个遗留多年的木质很好的十字架，拿来钉在一条摇摇晃晃的木椅上，以加固靠背，看书时头可以靠在上面;贪图自己的舒适,却公然亵渎了神灵。其次是，动员学生们搞传销（后面会说到）。在很长一段时期里，除了一个缺乏情趣的女友偶然光顾，我就是靠着十字架，读一本本我所喜爱的书籍，来打发孤寂而又无聊的漫漫长夜。后来，阅读俄罗斯文学感到太沉重也太压抑，就把阅读的目光转向了日本的“私小说”，引发了我的极大兴趣——自己也有类似的人生经历，大一那年，暗恋上一个附中的高三女生，夜里常常在睡梦中与她蓬蓬勃勃的身体相接触；在她转学去外地之前，让我吻到了那张在梦中无数次出现的红红的小嘴唇。仅此而已，留下无穷的遗憾。大三那年，与同届数学系的一个女生又谈过一阵子恋爱；虽然偷吃了禁果，但到毕业时还是各奔东西，无果而终。在那富足得奢侈的年轻岁月里，我曾有过多少的幻想和憧憬，实在是记不得了。我只记得，在那无数个舌头失去功能的夜里，那双勤奋的手，模仿着《棉被》的结构，写出了一部欲爱不能，欲罢不休的“私小说”。当时，我手捧十八万字的文稿，用嘴巴代之呼吸，谛听着旷野里的风呼呼作响，感到它从窗缝里挤进来，与自己同享这一激动人心的幸福时刻。现在想来，那一大段看似枯燥乏味，生活条件又十分简陋的岁月，因为俄罗斯和日本文学而变得富足充实，又因为蠢蠢欲动的青春激情而让我觉得一种明澈之光，从心里闪发出来，将平庸的生活照亮。

我的一个哥们，小名叫阿三，从小学到大专，我们都是同窗好友。踏上社会之后，我才逐渐得知，阿三的嗅觉比猎狗还灵敏，能在呼啸的北风中分辨出金钱味；一缕缕一股股，来自江河对岸，出自格罗杰科沃。

这是说，那阵子，江河两岸民间性的边贸活动才刚刚开始，前景难以预测，而阿三已毅然辞去公职，每天拎着两只大旅行袋，投身于忙忙碌碌的小商人队伍，在两岸之间辛勤地奔来跑去。阿三跑买卖，前后不到两年，而在常人的眼里，这小子显然是发了。

发迹的阿三依然保持着朴实的本色。在阿三看来，自己赚到的那点钱财，充其量不过是一种小富。在他那个成熟的脑袋瓜里，正描绘着一幅大富的宏伟蓝图。当然，要到达大富的目标尚有相当长的路程，且艰苦曲折。就在这个准备从小富过渡到大富的空隙，有一天，他提着两瓶好酒、一大包熟食，到学校里来看望我，令人备感亲切和温暖。

阿三说，你知道自己坐在椅子上像什么吗？我说一个落魄的穷书生呗，还能像什么！阿三说，穷书生倒不错，半夜三更还有颜如玉光临；告诉你，真像在十字架上受难的耶稣！我嘴上嘿嘿笑，胸口里却堵着一团厚重的苦涩，吐不出又咽不下，难受得要命。阿三说，你每天闷在破教堂里，青灯黄卷，人都快长毛霉了；不信，你自己低头闻闻，哪有一点年轻人的朝气！我不闻也感觉得到，教堂里的阴气，祈祷者丢下的晦气，早已渗透了自己的每个毛孔，但命运是这么安排的，我能怎么办？阿三说，你只晓得在这把上帝扔掉的破伞下避风躲雨，不知道外面的世界有多精彩。我喝口酒，咂着味道，品出了他话里的意味——你呀你，只会安于现状，而缺少到外面去闯一闯的勇气——这样活着有什么出息！阿三说，就算这份工作是一只牢固的铁饭碗，而你每个月这几块破工资，能按时到手吗？我忽然打起了酒嗝儿，好像喝下去的这些好酒，在瞬间都变成了陈年老醋，使自己的心浸泡在浓浓的酸水里；我不好意思对他说，自己已经连续三个月没领到工资了。阿三一脸凝重，分明是在为我犯愁。见我一副木呆的神情，阿三与我干杯。我们一口气喝下小半茶杯的白酒，再也不兜话圈子了。实际上，我在学校里的境况，阿三早已打听得一清二楚；他这次来看望我的动机和目的，我心里也略知一二。

说白了，阿三是想带我上路，走他已经走过的这条路。一幅深藏于他脑袋瓜里的宏伟蓝图，就是这会儿展示给我看的：随着城镇居民生活水平的不断提高，对商品房的需求日趋增大，因此他打算与人合股去投资房地产，做一个实业家。令人感动的是，在这幅宏伟蓝图的边角上，还为我的未来描绘了一张小小的草图：在他即将退出小商人行列之际，要把那根做边贸生意的接力棒传递给我，希望我沿着他发迹的路子跑好这一棒，跑出喜人的成绩。

朋友阿三是改变我人生之道的引路人。一开始，我只是利用休息天，跟在阿三的屁股后头，在他已开通的商路上亦步亦趋，以便摸清“跑买卖”的各个环节。用阿三的话来说，这叫操练操练，就像体育竞技中的热身赛，为以后的“更快、更高、更强”夯实基础，积累成败得失之经验。几趟跑下来，使我尝到不少经济甜头，更使我对商业活动中的“跑”字有了全新的理解和感悟——跑买卖、跑生意、跑单帮、跑采购、跑业务，跑长（短）途，等等等等；在这个以赚钱为终点的运动场上，无论你参与哪个项目的竞赛，都是“跑”字带头，一马当先；也就是说，你首先要给自己定个位，接着，找准路子，迈正步子，放下架子，不顾面子，然后，勤学苦练，稳扎稳打，一步一个脚印，把脚下的功夫练扎实，把身上的肌肉练结实，把脸上的面皮练厚实，把经常乱跳的心脏练老实；如此这般，最终你才能迎着金光闪闪的目标，当命运之手扣动扳机，起跑的枪声在耳畔鸣响之刹那，奋力地冲刺，跑出汗水和佳绩，跑出血泪和利润，跑出痛苦和幸福，跑出悲叹和欢笑。

阿三把这根“跑”的接力棒真正交给我，已是三个月以后的事。在此之前，不论是跟着他实习，还是自己独当一面，我都是处于“操练”阶段。

操练的第一步，是阿三给我出本钱，并带着我去熟悉进货渠道，用行话来说，叫作“掌握上线”。直到那时我才明白，过去老是拎在他手上，以后将传到我手中的那两只大旅行袋该装些什么——真丝头巾、绣花丝巾、头花、发夹、胸饰、化妆盒等小商品。这些能让爱美的俄罗斯女郎锦上添花的小玩意儿，在我们这边由两户信誉好、价格公道的商家提供；那两个老板跟阿三称兄道弟，绝非嘴上说说，而是真心实意。

操练的第二步，是我跟着阿三到江河那边去搞易货交易，即以货换货。边检站里有阿三的朋友，办张临时通行证可以说易如反掌。在一般情况下，我们都能在当天往返。阿三把那边的几家固定客户介绍给我，即所谓友好的俄罗斯人，诚实守信的下线。这时，我才觉得自己学俄语学对了，尽管在俄罗斯人面前还有些语言障碍。让人欣喜的是，在易货过程中，几乎不存在讨价还价。你只需将旅行袋里的小商品一样一样掏出来，分门别类，当场点好数字，列出一份清单，俄罗斯人就会拿笔在这份单子上勾勾画画，随后在计算器上算计一番，最后就知道该往你的旅行袋里放多少个大小不一、倍数不等的红外线望远镜、猎人牌仿古怀表、手雷式打火机、银质小餐具等东西。

操练的第三步，是阿三和我一人扛着一大袋沉重的货物，由他领着我去认识销路。我们来到“洋货一条街”，把两袋货物如数卖给一个胖乎乎的年轻女老板。阿三称之为花蝴蝶，还公开摸她那滚圆的屁股，摸得她兴奋地嘎嘎笑。这个花蝴蝶给我印象最深的是笑声，清脆，放浪，能穿越好几家店铺。我记住了花蝴蝶店铺的门牌号。对过是家“俄罗斯军服店”。据阿三说，我们卖给花蝴蝶的这些货，都将由她转手，批发给从内地蜂拥而来的小商贩，因为他们无法搞到去对岸直接进货的通行证。吃进吐出，中间差价不小，花蝴蝶从中渔利。我至今还记得，在林林总总的店铺中，花蝴蝶这家的招牌格外醒目——北冰洋商行，白底黑字，油光锃亮，但里面却是半明半暗，得开亮电灯才能看清陈列的商品。不过，店里的昏暗环境，正适合一帮子人密谈什么。后来我才获悉，这家店铺不光是一个搞批发的窗口，而且还是一批有志者商谈“干大事”的秘密据点。经过几次交易之后，我终于发现，花蝴蝶和阿三不单有生意往来，还有感情瓜葛。两个人像情侣，但又不像情侣，似乎有着某种不可告人的默契。阿三私下里向我透露，花蝴蝶曾为他打过一次胎，现在对他非常痴情；不管做生意还是在生活上，她对他的“指示”，都不折不扣地执行。尽管如此，在吃我们货物的时候，花蝴蝶还是把进价压得很低，使尽量多的油水流向自己腰包。这让我心里有点不服气。

有一次，我单独全程操练，一路上不断地滋生小心眼，到最后销售时就留了一手，把大部分货卖给花蝴蝶，剩下的小部分拎回到学校，在自己的屋里一一摆放开来。我想，自己手下有那么多学生，先叫他们一人买一样（略低于市场零售价），然后叫他们去搞传销——自以为是一条鲜为人知的致富好路子，颇为得意。试了一下，效果还挺好——那些小型望远镜、猎人牌怀表、手雷式打火机，学生们喜欢得不得了，当即就抢购一空。由此开始，我便发动学生们搞传销，同时还给他们制定了一个奖励的政策。现在想来，学生能传销给谁，不就是自己的几个家人嘛；而勉为其难的家人又能传销给谁，不就是亲戚朋友和街坊邻居嘛。老师怎么也干起了这种缺德事——这话传到我的耳里，事情已经闹大，到了难以收拾的地步。为此，教育局领导找我谈话，给我指定两条出路，一是退还全部非法所得，挨家挨户去道歉，二是马上背起铺盖卷，滚出教育系统。

我选择了后者。那个正与我谈着恋爱，又缺乏情趣的姑娘，当时闻讯赶来，向我发出分手的威胁：如果你离开学校，那我们的关系也就到此为止。说心里话，这正中我的下怀。她是乡卫生院里的大夫，因为我老是失眠，经常到她那里去配“养心安神”之类的药物；她呢，丰满的胸怀里有个小小的文学情结，喜欢看日本的“私小说”，偶然到我这里来借书；这样，同在一个乡里谋生的教师和大夫，孤男与寡女，你来我往，搞对象的味道就出来了。老实说，起初我还是蛮爱恋和珍惜她的（在乡村里碰到这种姑娘实属不易），但后来随着关系的逐步深入，越来越觉得不对劲。主要原因是，她对生理卫生重视得太过分了。说她有严重的洁癖，也不为过。

举例来说，即使是在最为激动人心的时刻，她也牢牢地把住嘴巴这一关——从不跟你接吻。而我又特喜欢用舌头与舌头这种灵巧的接触，来展开爱情的对话。这便是一种难以化解的矛盾。她搬出“病理学”来为自己的洁癖进行辩解——所有病毒的传播媒介不外乎“三液”，即唾液、血液、精液。而唾液这一关，又往往最容易被热恋中的人所忽视。她叫我好好想想，当一男一女忘情地接吻时，通过这条“脏兮兮”的舌头，将有多少病菌传入对方的嘴里啊！面对这样一个女大夫，在以后的日子里，我们上床做爱，她无一例外地叫我使用安全套，也就顺理成章，不难理解了。戴上安全套做爱，我还得闭紧嘴巴。让人难以接受的还有，既然每次都要用安全套，事前，她还要叫我往那儿抹上一种由她提供的药用肥皂，一遍又一遍地“消毒”；在破教堂里又没有专门的卫生间和淋浴设施，用水也不是很方便，但她不厌其烦地更换面盆水，一次次端过来，叫我清洗这个在她看来比舌头更“脏”的玩意儿。洗呀洗，洗到她点头认可，我的兴趣和热情也被洗掉了一大半。在床上，还有些男女间隐秘的事儿，我认为可以增添情趣和快乐，便跃跃欲试，而她却从生理卫生的角度来考虑，予以坚决抵制，毫无回旋余地。总之，她有她自己牢固的理性的卫生观，而我，有我自己灵活的感性的做爱口味。是啊，彼此的隔阂，或者说障碍，不可能消除，只会日趋加重。由此看来，趁我这次“越轨”之际，我们以破教堂为终场，互道一声珍重，劳燕分飞，无疑是最现实也是最妥善的结局。

对我的这个抉择，阿三不但大加赞赏，而且还向我提出忠告：

往格罗杰科沃跑边贸时需多加留意，看看那边有什么生意上的空子可钻。据他分析，现在这种倒来倒去的小生意并非长远之计，在不久的将来市场就要饱和。他即将动身前往哈尔滨，到那个“东方小巴黎”去操练房地产生意。当时，我真信了他的话。谁知——恐怕全知全能的上帝也难以预料，他这一走，竟然踏上了一条不归路。当然，这是后话。

阿三离开绥芬河不到一个月，我就决定做蔬菜生意了。

经常跑格罗杰科沃那阵子，阿三的忠告老是在我的耳边回响，因此抽空去过几回海参崴，在那里最繁华的小商品市场摸过行情，也可以说是商业考察吧。出人意料的是，我偶然在菜市场里发现，这里的蔬菜价格贵得离谱。像每天在饭桌上必不可少的西红柿、柿子椒、茄子等，不但奇贵，而且少得可怜；一个小摊位通常不到一米见方，用一块帆布一铺，上面堆放的蔬菜也就两三公斤，哪像我们这边，铺天盖地的，简直可以把人压死。我为自己的这个发现而兴奋不已，回来之后便马不停蹄地奔忙起来。因为要涉及运输，又是正儿八经的买卖（有点类似于外贸出口），所以必须同密山口岸设在这边的办事处商谈，一旦赢得人家的支持，以后报关、检验什么就方便了。可喜的是，那边的口岸和这边的办事处，都有我读大专时的同学。然而，有个同学却笑我傻到了家，说对方某某局局长为这事来跑过好几次，而他们始终不同意合作。他叫我好好琢磨琢磨，这活儿能干吗？蔬菜生意历来不好做——利润小，风险大——

别人又没瞎眼，好买卖光等着你去做。

为此，我已在花蝴蝶那里，跟远在哈尔滨的阿三通过电话（第一次，也是最后一次），他大力支持我做这桩生意，还说资金短缺的话，可以向花蝴蝶借用周转；说到他自己，只是模棱两可地说“一切都好，不过还在活动”。

我拍拍胸脯，表示自己愿意充当第一个吃螃蟹的人。办事处里的人以为我这是在跟谁赌气，跟自个儿过不去。我放大嗓门说，请哥们伸出友谊之手，帮帮忙，搭座桥吧。首先，我给他们算了笔账。这些蔬菜在我们鸡西、虎林的地头上收购，哪一种每公斤都超不出六角钱，而过了境，哪一种也打不下六块钱，中间有十倍的差价；扣除损耗、分成和其他费用，钱是必赚无疑；当然，赚多赚少还得看运气。随后，又给他们分析客观情况。我知道那某某局的势力，海参崴的边检、海关，基本上同他们穿一条裤子；而我们这边的密山口岸，恰好有我的同学把着大门儿，正当的贸易必定一路畅通。这样一来，入境出境都不存在着问题。另外，这桩生意不曾有人做过，原因正是他们说的新鲜蔬菜不易储运，风险太大。反过来说，没有人敢跟我来竞争；最起码，不会出现一哄而上的现象。

见我说得头头是道，他们个个点头称是。

接下来，我得抓紧时间跑趟海参崴，主动与对方接洽。双方洽谈是在某大街上一家中国餐馆里进行的。可能上帝早已默许我做蔬菜生意，也可能，我生来跟某某局有点儿缘分，总之，谈判非常顺利，相关事宜一拍即合——正式交谈也就是两支烟的工夫，我与那个下巴和腮帮都刮得铁青，谈话声音压得低低的局长便达成了初步协议。

协议的主要精神是：每趟车辆、司机都由他们派出，出境手续也由他们包办；我的义务是投入收购资金、组织蔬菜，办好密山口岸的一切入境手续；最后的利润四六分成；因为我垫付本钱，所以得大头。除此之外，还有些具体约定，比如蔬菜的鲜度和品种的搭配，损耗的比例，每个车次的周期，等等。

想想看，要不是阿三无私地将那根接力棒传递给你，眼下你哪来资金到田间地头收购蔬菜，哪有资格去找一家有进出口权的贸易公司挂靠，哪会赢得各个关卡“看门人”的友好协助?

但愿阿三在哈尔滨一切顺利，早日出人头地。

现在回想起来，连我自己也不敢相信，当初真是一头扎进蔬菜生意里，大有一股子初生牛犊不怕虎的勇猛闯劲。别的不说，光说头一次组织菜源吧。土豆、洋葱可以在虎林买到，而西红柿、茄子、柿子椒等，则要跑去鸡西收购。虎林距离密山口岸只有五十八公里，但鸡西到那里却有近百公里。这一路奔波下来，把各种蔬菜定购好，还得赶紧去办“三检”，而这三位“老爷”又偏偏不在一块儿办公。商检在县城，卫检、动植物防疫却要在口岸办理。好在各位“老爷”对我这个小鬼还算客气，上班时间随到随办，一路绿灯。当这一切总算顺畅地办好，自己终于能够坐在密山海关老同学那里喘口大气、喝杯热茶之际，心情却不由自主地紧张起来。因为这天是礼拜五，按照事先约定，对方的吉尔牌卡车于中午十二点赶到，午饭后立马返回。这样，周末一大早，满载着水灵灵蔬菜的卡车就可以出现于海参崴一道河、二道河的菜市场上了。

然而，令人焦虑的是，你怎么能知道，这车今天会准时赶到；路途上有个三长两短，耽误小半天很正常，是不是？我说过，协议条款比较简单，只是明确各自几项大的职责，至于具体装货时间什么的，都是口头协议。俄罗斯人有没有时间观念，还真不好说。退一步说，他们有意无意地出点差错，搞砸一回买卖，毕竟背后还有单位撑着（尽管下属副食品商店都承包给了个人），还可以走回头路；而我要是搞砸一回，血本无归，恐怕只有跳河一条绝路了。这样一想，便感到浑身发凉，坐立不安，好像灾难临头一样。

我平生第一次感到时间是那么的残忍，流逝的一分一秒，都像是一枚串连的针线，无情地从自己的心里穿过，长长的，扯不断，又拉不住。在神经绷紧的状态下，在种种不祥的预测中，还出现一种极可怕的幻觉：窗外明明飞过海关养的一群鸽子，自己的脑海上却映现遮天蔽日的秃鹫，盘旋着，嘶叫着，像是要把你整个儿吞噬掉。尽管如此，眼还没花，看得清那大挂钟的时针已指到了三点半。铛一声响，分明在提醒你：现在即使俄罗斯人赶到，也不能出境了——密山口岸三点半准时闭关！磨蹭到三点四十分，老同学夹起公文包，问我怎么办——继续在这儿等车，还是上他家去边喝酒边等电话；我一时不知所措，像傻了一般。突然，老同学拍拍我的肩膀，叫我循着他所指的方向望去——远远的，只见一辆戴着帆布篷的吉尔车风风火火地朝口岸冲来……

见面才弄清延误的原因——俄罗斯人的出境手续遇到些麻烦，耽搁了不少时间。不管怎么说，人家主观上没有违约。我赶忙从包里拎出一大瓶可口可乐，跟司机别德留夫就着瓶嘴你一口我一口，轮换喝了一通。

为了把耽误的时间抢回来，我和别德留夫商量一下，决定吃好晚饭就奔赴各个蔬菜集散地，连夜搬运装车。谁都知道，夜间雇人装卸货物，费用要比白天高出一层，但我还是割肉放血，召集来一帮壮劳力，以最快的速度把该装的都装了上去。这边刚完，又马上跑到那边去装。一刻不停地忙活大半夜，最后总算装好了车。我和别德留夫在驾驶室里吃了些夜点心，一个盹都顾不上打，便火速赶往密山口岸。

赶到那里才凌晨四点多，原以为，等开关放行时间一到，我们头一个就能出关；事实上，真没想到，还有比我们更急迫、更勤快、更赶早的——在微弱的曙光中，我大致数了数，已有三十多辆满载着各种货物的车辆，正在排队等候报关、出关。而我们的车上是很容易变质的蔬菜，如果按顺序来，时间上耗不起。不巧的是，这天老同学又不值班，得不到“抢先一步”的照顾。当时，我心急如焚，催促别德留夫只顾开车往前挤，并瞅准机会加塞儿。这一来，被甩在后面的司机和货主就开始骂骂咧咧，有人还跳出车来，摆出一副准备同你干仗的架势。我想这种时候万万不能跟人来硬的，于是叫别德留夫守在车里，自己跳下车来，上前挨个儿给人敬烟、点火，既当孙子又说好话——车上的蔬菜眼看就要腐烂，大哥大叔，大恩大德，高抬贵手帮个忙——拱手作揖，还鞠躬致谢，弄得人家火气全无，让你提前出了境。

就这样，加大马力赶到海参崴，结果还是惨兮兮的，让人看了心疼不已——占大头的西红柿烂掉一小半，为数不少的柿子椒和茄子出现了乌斑，根本不能上市了。这便是做蔬菜生意的风险。我算是领教了。

也许是别德留夫把一路上的情况做了如实汇报，也许是俄罗斯人看我这人够意思，那个负责具体事宜的头儿，大包大揽地对我说，这回差错他们要负主要责任，所以利润就不要分成了；第一回嘛，权当是摸摸路子，尝尝味道。听了这话，谁的心里都是舒服的。你想想看，人家是不是挺够意思？

这一趟跑下来，刨去成本、损耗等，居然还有两千多块钱盈余。人家够意思，我也得有所表示。在结账时，我坚持叫女出纳娜佳按协议扣下某某局应得的利润，即百分之四十。娜佳睁大像波斯猫一样的蓝眼睛，直愣愣地看了我好长时间（蓝幽幽的眼神真好看），才不解地问我，说好这次不分成，为什么还要这样做？我说，中国有句俗话，叫作两好扎一好——其意用俄语很难表达清楚，于是立即变换一种说法——你有情，我有意，两人就能好到一块儿。娜佳的大眼睛眨巴几下，好像领会了话语本身的意思，又好像领悟到话语之外的某种意思，白嫩嫩的脸上顿时泛起一片红晕。你真漂亮！我不禁道出了心里话。因为我知道，在境外，男士当面赞美异性并不犯忌。娜佳笑得很甜美，从一只铁盒子里捉来一块包装精美的巧克力，放在我的手上；见我反复欣赏着好看的包装，像是不舍得撕开来吃，她又从我手上捉过去，剥开两层包装纸，把巧克力塞到了我嘴里。可能是为了掩饰什么，她突然冒出一句，你的俄语说得真好！对这种友好的夸张，我不会自得其乐；我的口语，能让她勉强听懂而已。我咀嚼着巧克力，说什么时候能请你喝咖啡？

只要你有时间，娜佳说。双眼一眨不眨地看着我，并且是盯着我的眼睛看；眼神大胆，直逼；那一道又一道蓝幽幽的目光，似乎要把你通体照得透亮……

此后，我押运蔬菜来海参崴，经常会给娜佳带上些像头花、丝巾之类的小玩意儿。娜佳有个上幼儿园的女儿，我从国内带给她好几样不同功能的电动熊猫玩具。娜佳对中国的丝织品很感兴趣，我就托人从哈尔滨买来一套真丝睡衣，悄悄地送给她，使她高兴得不得了。我这样做，想与财务搞好关系是一方面，另一方面，是觉得她为人很不错。比方说，她有一辆八成新的伏尔加小车，只要在海参崴办事，用不着你开口，她便会主动驾车带你去把事情办好。

你要是坦诚地同俄罗斯人打交道，就会慢慢发现，其实他们都很有情义，也挺讲信誉——不论是落实到文字的，还是口头上的。相比之下，我倒觉得我们的一些同胞，在做生意方面缺乏信誉和诚意，或者说，为人做事有点儿不地道。回想起来，我同俄罗斯人联手合作期间，通过我的手贩运过去的蔬菜，真是不计其数，然而在这合作期内，我除了与老搭档别德留夫闹过一回别扭，还不曾发生过其他什么不愉快的事，特别是不守信的事。同俄罗斯人打交道，只要有协议，你严格按照条款执行就是。即使当初签订的协议对对方不大有利，而你又不同意更改，人家也不会向你威逼发难。

然而，与我们的某些同胞合作可就大不一样了——你务必要把收购的协议订得一板一眼，还得时时刻刻擦亮眼睛，在验收现场死盯不放。气人的是，你不具备三头六臂、分身之术，往往是看得住这头而管不住那头，总是少不了上当受骗。那西红柿、茄子，要是成筐成筐地上市，常常上面的又大又亮，而匿藏在下面的，可就不是那么回事了。还有，一筐西红柿或茄子也就六七十斤吧，但是为了压斤两，光包装用的烂纸壳就占到七八斤。有一回，我一下子上了十吨土豆，运到海参崴，竟然让人家从中挑出小半吨石块儿。害得我赔钱不说，还丢尽面子，信任度打了折扣。还有一回，我买来两百条装菜用的麻袋，也就是几个大捆包，外表都好好的，但解开一看，里头糟烂的却有五十多条。总之，你只要稍不留神，眯上一会儿“阶级斗争”的眼睛，指不定有多少双黑手已伸向了你的腰包——都以为，你在俄罗斯发了洋财。

说实话，做这种蔬菜生意，不可能一夜暴富，它像春天化冻后的黑土地，细水长流，只要你勤奋，肯吃苦，水源到处可见。俗话说，饮水不忘挖井人。每当有钱进账，我自然会想起阿三。平常日子，心里也老惦记着阿三，不知他在哈尔滨生活得怎样，事业是否有了眉目。遗憾的是，我没法直接跟他联系上，每次只能从花蝴蝶嘴里得知他的一些情况。因此，只要有空闲，我就会往花蝴蝶那里跑。

那天我忙里偷闲去了趟“北冰洋商行”，一来还给花蝴蝶两万块钱（作为答谢，顺带捎上一件俄罗斯产的款式新颖的花呢大衣），二来想探听探听阿三的近况。令人难以置信的是，整条“洋货一条街”显得十分萧条，南来北往的客商寥寥无几；花蝴蝶的店铺同样也不景气，可谓门庭冷落鞍马稀。反差最大的还是，以往店里总是聚集着一伙“谈天说地”之人，她自己呢，有事没事都扭动着滚圆的屁股，一边跟人打情骂俏，一边笑声不断；现在店里冷冷清清，她像一尊断了香火的泥菩萨守候在铺子里，目光呆滞，神色凝重。归还她的钱，数也不数，往抽屉里一塞了事；我叫她试试大衣，看看是否合身；她只是拿大衣往身上比划一下，好像连试穿的心情都没有，就把它团在拎袋里，放在了稀稀落落的货架上。

说了些无关痛痒的话，花蝴蝶就向我叹起了苦衷。重点是埋怨阿三只会替别人着想，而没为她谋取一条好的生路。我心里琢磨一番，便咂出了她话头里的味道——阿三走之前，曾再三关照我在跑边贸的同时要多留意别的生意，因为这种倒来倒去的小买卖很快就要做到头了。果然，眼下“洋货一条街”的情形验证了他的预见。花蝴蝶见我在短期内上门还钱，又送上一件在国内来看价格不菲的大衣，一定以为我靠阿三的英明指点，做蔬菜生意做得发达了。对此，我心里一方面感激阿三，一方面假装糊涂，不愿意同她深入交谈。事实上，我跟她真的没什么好多说的。我与她往来，包括借钱还钱这样的人情往来，都是源于阿三的情面；换个说法，她充其量是条连接我和阿三的通联纽带。我每次和她聊谈，主要内容也都是涉及阿三；倘若不是阿三跟她有着特殊的关系，我敢肯定，自己打这里经过也不会迈进她的店门。

然而，阿三的境况令人担忧。据花蝴蝶说，目前阿三在哈尔滨并没有一个固定的安身立命之处，过着像打游击一样的日子；手机倒有一部，但老是关机（此话不假，我都打得失去了耐心）；偶然同花蝴蝶通电话，也都是他打过来，而且从来电显示器上看，是在街头用 IC 卡打的；这样，你就难以找到他。也就是说，他始终掌握着与你通话的主动权，而你却无法捕捉到其踪影。好端端的一个人，一到那边怎么会变得像鬼魂似的？花蝴蝶满脸疑惑不解，眼神茫然地问。面对她，我难以解释。我要是能够解释，哪怕是自圆其说，对她也是一种莫大的宽慰。不过，花蝴蝶像是自我安慰，又像是自问自答，说阿三的行踪神出鬼没，事出有因——每天都在忙着跑资金。这是说，他怀着一个做房地产的美梦来到哈尔滨，结果却发现，自己拥有的那么点本钱，在庞大的房地产业投资上，简直是杯水车薪，解决不了一点实际问题。听她这一说，我倒能理解阿三为什么天马行空，执意不与朋友们联系，尽量封锁自己消息的反常行为了——一个自尊心特强，又极爱面子的男人正处于人生低谷期，真不想让朋友们知道自己的意外遭遇和艰难处境。这种报喜不报忧的心理，正是出于对朋友们的极大尊重——不让人为他担忧和操心。花蝴蝶可能理解不到这一层面。她只是对我说，她一心想去哈尔滨，在精神上助阿三一臂之力，但他在电话里坚决不让她去。她真想把店门一关，不管他同意不同意就跑上去——可是啊，连明确的住址都没有，手机也打不通，叫她上哪儿找他？她想他想得心都疼了……

说到这里，眼泪鼻涕同时流了出来。

我心里怪难受的，不是为抽抽搭搭的花蝴蝶，而是为阿三，我的好兄弟。此时，说几句空洞的安慰话毫无意义。我表面上沉默无语，其实心里正打着小算盘。我把现有的和可以结账到手的钱加在一起，不过十五万；如果把这些钱全部资助给阿三，能解他的燃眉之急吗？还有一个严峻的现实问题，没有这笔资金，以后自己的生意怎么做？盘算来盘算去，最后在临走前，我给花蝴蝶留下话，叫她尽快转告阿三，如果他需要，我就马上汇上十万。能为阿三尽上我的绵薄之力，也算是我的一点感恩心意。我想好了，自己还剩五万左右，向密山口岸的老同学或通过他向人家借两三万，应该不成问题。凑足七八万，我的生意勉勉强强还能做；只要顺利地做好一桩买卖，往后就将进入良性循环——难关闯过去了。

花蝴蝶点点头，说她一定会把我的意思传达给阿三。

个把月后，一个阴雨绵绵的上午，我突然接到花蝴蝶打来的电话，她用急切的口气叫我立刻赶去她那里，因为阿三有要事叫我帮忙。我以为是阿三急着等钱用，由她来告诉我汇款的账号什么的。但这些在电话里就能说清楚，花蝴蝶干吗叫我特地跑一趟？我疑虑重重，都到了这一步，阿三为何不直接和我通话？怎么说也是他向我要钱，而且我们哥俩的事，何必要让花蝴蝶在中间掺和？

当然，好兄弟的事，疑虑归疑虑，我还是放下手中的活计，及时赶到了“北冰洋商行”。结果，事情大大出乎人的预料——在店铺的里间，一个瘦长的中年人（像一根树干，让人过目难忘），正坐等着，花蝴蝶向我介绍道，他是阿三在哈尔滨结交的朋友，此次来这里进些小商品，阿三就托他找我办桩事。我当即表态，意思是说阿三帮过我很多忙，而我从未给他办过一件像样的事，心里总觉得欠他的太多；现在有这么个报效的机会，无论什么事，我一定全力以赴将它办好。

小事一桩。中年人说，阿三叫我带来两箱礼品，请你捎到海参崴，交给那儿一个准备来哈尔滨开发房地产的投资商。

当时我根本没去细想，海参崴有没有这种到哈尔滨来开发房地产的投资商，而只是催他快点把礼品交给我。

中年人着重指出，请你捎去的礼品虽小，但这事跟阿三要搞的房地产项目有关。

我说我明白了。

于是，中年人在座位边上掀起一块雨布，露出两只印有“太太口服液”字样的纸箱。就这么两箱不值大钱的东西，他笑着说，其实是送给投资商太太的——礼轻情义重，太太一高兴，事情就好办多了，是不是?

阿三的脑筋动到家了！我感叹一声，随后，叫他交代清楚把东西送往哪里，交给什么人。

中年人问道，你这次到海参崴有没有确切时间？我说有，肯定是后天下午。他又问道，你认识金角湾“二战纪念馆”吗？我说那地方赫赫有名，自己去过好几次，再熟悉不过了。那好，他说，后天晚上七点正，在“二战纪念馆”门口，一个身穿棕色皮夹克的光头小伙子会来同你接头——注意，是中国人，到时他问“先生是阿三朋友吗”；你说“是的”，把两箱礼品交给他就行了。这么简单，我想，真是举手之劳。

中年人把两箱已捆扎好的礼品交到我的手上，语气沉重地叮嘱道，这关系到阿三的前途命运，路上千万不要有什么闪失啊！我请他放心，保证不出丝毫差错。

这天，那边正等着我去验收蔬菜、核对数量，所以顾不上思前想后，问这问那，就提着两箱“太太口服液”赶了回来。说到底，做好每一次蔬菜生意，是我的头等大事。

事实上，这次跨国越境倒腾蔬菜，留给我的印象特别深。我捎上两箱“太太口服液”，押着一车蔬菜，按照预先约定的时间，正兴冲冲地往海参崴赶去；开车的老伙计——别德留夫，人高马大，直率粗鲁，自打我跟他所在的某某局签约以来，我俩一直合作得不错，可是这天，他却一反常态，一路上老是找碴儿，同我闹别扭。从密山口岸一过境，他就不停地诅咒阴雨的天气，又责怪中国人的办事效率太低，待车开到乌苏里斯克小城镇，索性把车子一脚刹在一家酒吧门口，嚷嚷着饿了，累了。我马上拿出随车带的饮料和烧鸡、香肠、面包等，让他吃喝。吃饱喝足了，他又说要在酒吧的长椅上睡一觉。开什么玩笑！我吼了一声。五吨西红柿，装车时已发现有些熟大了，两吨茄子在搬运时有点儿碰撞，部分出现浅伤痕，另外三吨是柿子椒，也是容易变质的东西；这些实际情况，他不是不知道。我们在密山口岸过境时，前面压了四五十辆车，耗费不少时间，连同出境，大半天就这样过去了，他再睡上一觉，最后运到那边，这一车货物还不烂掉一半？还有，七点正，必须把两箱“太太口服液”交给人家。于是，我用好言好语，劝他坚持坚持，毕竟路程已过大半。他十分不情愿地爬上车，踩了两下油门，便摊摊手说车坏了。我虽不会开车，但经常坐在驾驶室里耳濡目染，对一些基本动作还是明了的——那点火开关压根儿就没打开。我逼着他打开试试。他说我开车还是你开车——有气无力地试打了几下，车仍未发动起来——歇歇再说吧。他为什么玩这套把戏，我心里当然明白。早上，在虎林上菜时，他就抱怨跟我干活要折寿。我对他说，有什么窝在肚子里的话尽管倒出来。他只是说，想要几筐菜——不但他自己要，别人也托他要，一共得四五十筐。

说实在的，就算给他五十筐，也赔不了我。我是不想让他给拿住了。人一贪起来就没个数，有第一回，就想有第二回。这样，以后就要看着他的脸色跑生意了。

我憋着火气问他，这车到底开不开了？他耸耸肩，佯装没听懂，只顾走进酒吧去睡觉。只过了一会儿，就传来一阵阵打雷般的鼾声。真像头猪！

我就不信，死了一个屠夫，就得吃带毛猪——我当即决定在马路边上拦截带货车。随着中俄边贸日趋活跃，这条通往海参崴的路，每天过往车辆难以计数。不一会儿，就有一辆空车（康巴斯）

在我面前停了下来。我向开车的俄罗斯人和他的助手说明事由，最后向他伸出三个手指。他摇摇头，同时举起一只手，意思是要五万卢布——当时，相当于八九百人民币。

我一咬牙，与他击掌成交。

于是，我们三人将一筐筐蔬菜从吉尔车上卸下，又往康巴斯车上装置。人只要有股气顶在脊梁上，劲就来了。对我来说，这不仅仅是一车菜，它还关系到我的生意信誉和人生前途。按协议规定，对方补贴损耗，有一定的比例。超出部分，自然摊在我的头上。为钱卖命，当然也是一种动力。

然而，当装卸到一多半时，我就感到双腿哆嗦不止，天地开始旋转。我对自己的体质一向很自信，没料到在关键时刻竟给自个使起绊来了——打了个趔趄，栽倒在菜筐上……

我是给俄罗斯人用白酒灌醒的（自己原来昏晕了），一睁开眼，便挣扎着想去搬菜筐，可身子老是摇摇晃晃，怎么努力都站不稳。那俄罗斯人大概看得于心不忍，轻轻拍拍我的脸，叫我别搬运，到康巴斯上去挪挪菜筐、码码整齐就是了。他和助手一上一下，搬运完了吉尔车上剩下的一小半。

康巴斯疾速赶到海参崴，已天色朦胧。娜佳和一帮负责卸货的人知道今天下午我将押车到达，便一直等候在那里。娜佳问我怎么用了别人的车子，我苦笑着说我们自己的车抛锚了。接着，把她拉到一边，将别德留夫为难我的经过大致说了说；她听得一脸气愤，说要向局长告发，治治他贪图小便宜而不顾大局的毛病。我说告发就算了吧，因为我的实际行动已经给了他有力的整治。娜佳朝我竖起大拇指，夸我好样的。

这一趟，路途上因换车而耽搁了时间，蔬菜损耗比往常大许多，但最后扣除分成和捎脚费用，我还净赚了一千七百多块人民币。当然，赚与赔都不是主要的，主要是我没让别德留夫拿住——事后叫他明白，给人发难只会激起对方的智慧和勇气。至少，一个中国商人绝不会栽在一个俄国司机手上。

当时，我付掉运费，便爬上康巴斯驾驶室……突然冒出一身冷汗——在装卸蔬菜的慌乱中，竟把两箱“太太口服液”遗忘在了吉尔车上！一看手表，离交货时间还有四十多分钟；若东西在手，此时不论搭车还是走路，去趟“二战纪念馆”都绰绰有余；要命的是，现在那两箱礼品还在吉尔车的驾驶室里，伴随着别德留夫不知在哪个路段上。

情急之下，我拉起娜佳就往停着伏尔加的方向跑去；边跑边把事情简要地叙说了一通，请她开车带我去路上拦截别德留夫。当事者晕，旁观者清——娜佳认为，这家伙没准已回来，与其盲目地去寻找，不如先打个电话，看看他在不在家。有道理。听她的！但我的手机国际长途漫游不好使，娜佳只好跑去办公室打电话。很快，她跑回来兴奋地告诉我，到家了真的到家了，不过他老婆说，又出去买食品了。外出买些吃的东西，时间应该不会太长，我想。这一想，一颗悬浮的心总算落实到了正常的位置。走吧，娜佳催我上车，我们到他家门口去等候。由于谁都没上过他家，只凭着刚刚得知的区域和楼号摸索而去，所以伏尔加在街路上绕来绕去开了二十多分钟，才找到他居住的那幢公寓。家住六楼。怕他在这期间已从外面回来，娜佳拿公用电话又向他家询问了一下。我在附近的停车场上，果真发现了那辆老吉尔，便蹬上踏脚板，借助路灯的光线往驾驶室里窥探——谢天谢地，座位后面那两箱“太太口服液”原封未动！要是有车门钥匙，不等他回来，我就会提着它跑路。

这一等，竟然等了半小时。

要不是赶时间，娜佳不会提出抄近道。这里通往“二战纪念馆”的近道，我一点都不熟，全都听她的。娜佳说，要翻过一座小山坡，路难走些，但十几分钟就能赶到。我想起，那馆址好像就在一个小山坡下。这么说，我们现在正处于小山坡的这一边。上坡之后，路明显变得狭窄，而且是土路，路况也不大好，车子颠簸得很厉害。路两边是铁栅栏，里面好像栽种着花木果树。白天景色一定不错，我想。车子爬上坡顶，车灯的光束扫过一座类似于凉亭的建筑物，发现那里有个瘦长的人影，像根树干，面向坡下的纪念馆，让我不禁想起在花蝴蝶店铺里见过的瘦长的中年人——那个受阿三之托，叫我捎带这两箱礼品的家伙。他怎么可能出现在这里？是黑夜里常有的眼花所致，还是精神紧张而出现的幻觉？我正想问娜佳，她有没有注意到这具人影，但感到车子飞速向坡下滑行着，她正全神贯注地把握着方向盘，也就罢了。

娜佳把车子停在小广场的边上，我赶紧提着两箱礼品下车，向灯光明亮的纪念馆门口走去。大约五十米的路程，我却好几次抬头朝小山顶仰望；因为我在想，在那黑蒙蒙的山头上，如果真有一个瘦长的中年人在监视，那么，他所站立的地方，恰好能看清这里所发生的一切。

一切正如瘦长的中年人所说的那样，我刚在纪念馆门口站定，立即就有个身着棕色皮夹克的光头小伙子前来搭话；对上接头暗号之后，他便接过我手里的两箱礼品，提着走向停在一边的红色莫斯科人（车子好像未熄火），猫腰钻入后座——莫斯科人一溜烟开跑了。

我一看手表——七点三十八分。

把那两箱礼品脱手之后，过了一个星期，我抽空来到“洋货一条街”，准备向花蝴蝶“汇报事情的经过”，也算是对阿三的一种间接交代。说实在的，事后，我总认为那晚的“送礼”有点不正常，或者说感到有些蹊跷，心存疑惑——前来接应的人行色匆忙，整个过程弄得神秘兮兮的，不像转交一件普普通通的礼品。当然，仅仅是“不像”；而这“不像”，又仅仅是自己的一种感觉。要是没有在小山头上发现那个可疑的“人影”，我可能不会想得太多。不过，你即使想破脑袋，也想不出什么名堂。是因为，从那两箱礼品的本身来看，不论外包装，还是拎在手上的重量，都没有什么异样之感，自己的疑心起得似乎没有根据。但是一连几天，那个不可思议的“人影”，总是在脑子里挥之不去，驱之不散。我有种预感，这事并非像他说的那么简单。我来找花蝴蝶，主要是想探听“这事”的虚实，顺便了解一下那个瘦长的中年人的情况，以便消除自己的疑虑。

令人始料不及的是，“北冰洋商行”易主了。

时隔一个星期，我绝对不会记错，但它已变成一家“北极熊服装店”，老板同样是个女性，只是年纪比花蝴蝶稍大些。有那么片刻，我还以为自己进错了店门，但片刻之后，我确信自己没有走错，便向女老板探询原先店主的去向。女老板对我说，花蝴蝶老早就跟她在洽谈店铺的转让事宜，直到三天前才谈成功；这里原有的一些积压货物，都让一个男人用板车拉走了；至于转让之后，花蝴蝶去往何处，打算干什么行当，她一概不知。花蝴蝶也没留下任何联系方式。她像蝴蝶一样飞走了，女老板边吐烟雾边说话，还做了个“飞”的手势。我这才想起，一次听花蝴蝶说，她来自佳木斯，在这里落脚开店是因为认识阿三；方圆近百里，没有一个亲戚，阿三是她唯一的“亲人”。她关门大吉，一走了之，是迟早的事情，我并没有多少诧异；让我难以理解的是，她怎么不跟我打声招呼——三天前，我早已返回虎林，手机一直开着。现在，她能“飞”往哪里？我推测，最大可能是哈尔滨，去投靠阿三温暖的怀抱。要是阿三不主动与我联系，那我和他之间的纽带就因她的飞离而中断。

我不知道还有什么好说。

新店主爱抽烟，看来烟瘾还不小，于是，我一支接一支地敬烟给她，听她唠叨眼下服装生意如何如何——我一句也没听进去；我和她接连抽了四支烟；我是借此来拖延时间，为的是在这个我自己曾做过交易、现在由她主持着门面的生意场所待上一会儿，再待上一会儿，尽量多待上一会儿……我心里对自己说：恐怕这辈子，你不会再踏进这家店门了。

自从我的双脚踏上北京的土地，进入这座看似无边无际的城市，无论白天还是夜里，不知多少次反复自问：你要在这里待多久，多少年？你为什么丢下赚钱的行当，抛开一切而匆忙逃离？生你养你的故乡，现在对你而言，还有何种意义？那块保留着你青春印迹和渗透着你奔走汗水的黑土地，你还敢不敢回头去看它几眼？你是出于怯惧而本能地逃遁，还是无法面对残酷的现实而理智地回避？即将到来的残酷的现实，将对你的神经和心灵，造成怎样的刺激和冲撞？

当时，我回答不上。一个问题都回答不上。或者说，我不知道。一点也不知道。只知道，自己必须活下去，哪怕行尸走肉一般。多少天来，我就是在这一连串问题的困惑下，艰难地度日。迷茫吗？是的。好像又不是。悲痛吗？是的。好像又不是。哀伤吗？是的。好像又不是。绝望吗？是的。好像又不是。在那些天里，我什么也不干，甚至什么都不想——强迫自己的思维暂停，感官休眠。一切真空。无知无觉，无色无味。仿佛人世间只剩一个结果。我等待着这个结果。一个不愿看到但必然到来的结果。事实上，我天天胆战心惊，害怕风吹草动——听到外面的鞭炮声就会吓出一身冷汗，浑身嗦嗦发抖。每天，我企盼着有什么消息自远方传来，眼睛长时间地凝视着手机，而一旦铃声响起又迟迟不敢去接听——可怕的结果通过声音传送到眼前，好像生命便会离自己远去。有几个夜里，我梦见自己死了。有几个白天，我觉得自己还是死了痛快。于是，我看到了死神模糊不清的影子，只有一双眼睛特别醒目，红兮兮的。

但我又不想自己这么年轻就早早地死去。我恳求出现在眼前的死神能和我谈判，然后我们签订一份契约：假如我的生命之旅以七十岁为终点的话，那么我自愿减少二十年，为另一个行将消失的生命加上十年（实在不行，加五年也成）。但此话还未出口，死神就一个巴掌打过来，打得我哑口无言。我只好暗自伤心，聆听着死神对另一个生命宣读判决书——言辞含糊，一切都似是而非。分明是，自己的灵魂已离开肉体，不知去向，也不知何时回归。我只感到六神无主，躯体在一间租住的小屋里活动着，一天的内容就是喝酒、饮茶、抽烟、睡觉——陷入一种噩梦连连，半眠半醒，浑浑噩噩的生活状态，如果这也能称得上生活的话。

这种生活，直到有确切的消息传来——阿三被执行死刑的那天，才向我宣告终结期到了。一个生命的终结，意味着我们一段美好历程的毁灭，而珍贵的友情则像鲜血一样在眼前流淌——我第一次看到，就在这最后的时刻，过去长年累月一直处于半休眠状态的友情之花突然盛开，友情的果实出乎意料地迅猛成熟——仿佛人世间仅有的一个结果，滴淌着鲜红的泪水，终于让我等到了。同时，也让我感到——一颗滚烫的子弹穿过阿三的头颅，从遥远的北国边陲呼啸而来，击中了我的心灵，叫我立地死去——是的，在一分钟之内所有的血液都从我身上流光——自己的另一个生命，与阿三纠结在一起的属于我们共同的一种生命，也至此终结了。什么迷茫、悲痛、哀伤、绝望、胆战心惊、噩梦缠身，一切的一切，都在那一瞬间，离我仓皇溃逃——逃向虚无。而带着友情之果的灵魂悄然逼近，熟门熟路地折回我的体内，向我提醒道：生命中的一个时代已经彻底结束，你应该开始另一种新的生活，让融入黑土地的阿三早日投胎——二十年后，我们兄弟便可相聚喝酒。

时至今日，你得老实承认，自己不曾返回边疆故里，在黑土地上为阿三泼洒一杯白酒，或者，献上一束含泪的野花。然而，这不等于，不，你亲手切断了自己和那块黑土地的血肉联系。事情恰恰相反。是的。可以说，在你的暂住地和黑土地之间有着某种神秘的沟通。这是说，小院里有棵高大的老枣树，部分树枝冲着你租住屋子的窗口；每当有月光的夜里，你独自靠着床头默默地抽烟，目光透过双层玻璃的窗户，总能看到一个像小鸟似的微微闪光的“东西”栖息在树枝上；有几次，你好像受这“东西”的召唤，起来走到窗户边，想把它看个明白，但它却在你靠近窗口之时忽然跃上高高的树梢，离你远远的，依然保持着它那种像小鸟似的微微闪光的样态。是你惊动了它，还是你不该近距离与它对视？它是谁？它想干吗？而当你重又回到床上时，它也随之滑翔到了原来的树枝上，朝着你一晃一晃，微微闪光。可能是，幽灵之光，生命的另一种样子。是啊，你坚信人有灵魂，而且，人的灵魂之光永不熄灭；有了这种光泽的存在，生命即便入土，也是暂时的现象。它是阿三的灵魂吗？一定是。因为这种时候，唯有阿三的灵魂能够借助夜色来看望你，使你在黑色的孤独中感受到友情的恩泽。阿三的灵魂以普照大地的月光为马，眨眼之间奔驰万里，光临于你的眼前。于是，你用你的灵魂把阿三的灵魂接到屋里，来进行对话。于是，两个灵魂长时间喃喃细话，秘而不宣。于是，你感受到了阿三的肉体融入黑土地之时的感受，温暖的，湿润的。于是，你听到了来自家乡黑土地上大豆苗的拔节声、开花声、结荚声，以及大片大片成熟的豆粒如冰雹般掉落于地的热闹之声，预示着来年希望的，振奋人心的……

现在，时隔无数个日日夜夜，流逝的岁月带走了我的许多“感受”，较之过去，我已相对平静，或者说，变得有点儿冷漠，因此才能以较为平和的心态，讲述那桩在当时看来简直是无法面对和言说的突发事件。

遥想当年，阿三的生命毁于贩毒，似乎罪有应得。而在我看来，那个贩毒的阿三跟我毫不相干；在我的心目中，无论过去还是现在，抑或不可预测的未来，都不曾有、也不会有这个“毒贩子阿三”的身影。不认识，不接受。没有那回事。一切等于零。今生今世，包括来生永世，都是如此。

那天，我翻阅当地一份过时两天的报纸，无意之中在一篇新闻里看到了阿三的名字——赵宝根，这篇报道的大意是：经过中俄双方的通力合作，警方一举捣毁了一个贩毒网络，并抓获毒品贩子八人（中五俄三）。这个贩毒团伙，在中国境内将毒品溶解于有色液体，又加工成常见的口服液之剂，成箱包装之后，利用过往边境的运输工具，频繁变换车辆而偷运出境，然后在俄方某地某秘密据点把这些“口服液”重新浓缩，提炼成高浓度的海洛因。新闻在最后重点提到，中方被捕的五个毒贩子，以某某某和赵宝根为头。

赵宝根，这个名字触目惊心，但在我们的家乡，同名同姓的人很多，我并没有把阿三排除在外，也没有将他与贩毒头目联系起来。我扔下报纸，抽了根香烟，觉得还是打个电话给密山口岸的老同学为好；在电话里，我向他复述这篇新闻的主要内容，是想从他嘴里得到“根本不是阿三”的证实，因为他是个“消息灵通人士”。然而，他说报纸他比我看得早，这会儿正想与我通电话——起初他也像我一样，绝不相信阿三会去干这种要钱不要命的冒险事；他身为口岸工作人员，有打听这方面消息的便利——经过这两天向有关部门反复询问和核实，这个赵宝根就是我们共同的同学阿三。

放下电话，我立即赶往密山口岸，与老同学碰了一次面；我们密谈的内容和我自己的感觉，现在我不想重复，也没有必要重复。总之，以我们的能力，没有丝毫办法把阿三从死神手里夺过来，甚至，连去探望他一下也办不到。阿三是怎样加入贩毒团伙的，又如何走到今天这一步的，过去的日子他到底在哪些地方停留或流窜？这些问题，至今都不得其解，也永远不得其解。当时，摆在我们面前的是一个人生的大谜团，还有一个无比残酷的事实：按照现有的刑法，阿三无疑将被判处极刑，就地枪决。听到这种枪声，我的精神必定崩溃。因此，从老同学那里回来，我在路上就决定要远走高飞，越快越好。

我逃离家乡的原因，除了不愿看到阿三的悲惨下场之外，还有害怕自己被捉拿归案。当然，自己的隐情，在当时是不能向老同学吐露的，只能让它烂在心里……

隐情在于，那两箱“太太口服液”，和那个像树干一样的中年人，如同恶魔一般尾随着你，令人无法回避，也难以摆脱。可以这样说，假如这两箱“礼品”也含有海洛因，那你就是一个间接的贩毒分子，最起码，是一个贩毒犯的帮凶。如果这个假设成立，被抓的那伙人一旦把“这件事”招供，那迟早要将你逮捕归案——你所贩运的毒品量，足以判处重刑，枪毙也没准。这绝非自己吓唬自己，而是无情的法律摆在那儿。当然，到时候你可以为自己辩护，你一点也不知情，完全是无辜的——无知者无罪嘛。而棘手的问题是，这个像树干一样的中年人，还有那个身穿皮夹克的光头小伙子，是不是贩毒团伙的成员，目前他们身陷囹圄，还是逍遥法外？而那个拉你下水的花蝴蝶，早已不知去向——唯一能够探听事实的线索断了，叫你到哪里去探明事情真相，以证明自己的清白？

所以，三百六十计，逃为上。

因此，这里的一切都该提前结束。

得理解这种结束，得有个清醒的认识——你不知不觉已被卷入一场灭顶之灾的旋涡，它将淹没阿三的性命，还将淹没你的生命。不过，与阿三不同的是，当时你的脑袋还露在漩涡之外，还在喘息挣扎，还有机会脱身出逃，保住一条小命——至少暂时保住。于是，从老同学那里回来，我便到银行里提出所有存款，当夜就关在自己的房间里，背着母亲在慌乱中打点行李，带上文稿、文凭和几本爱不释手的书籍。之后，含着泪坐等天亮。新的一天，凶险仿佛跟着阳光而来。从清晨到傍晚，我都战战兢兢地在外面办事，奔波不息，手忙脚乱，处理、了断一切。值得一提的是，我谎称自己要到“外地”去发展，将那份无限期而又随时都可中止的“蔬菜协议”（包括我写的一份结算委托书，因为娜佳的账册上还挂着属于我的三四千块钱），转让给了阿三的姐夫，希望他沿着我的路子继续跑下去，并且跑出喜人的业绩。他十分惊喜，又十分疑惑，问我今后需要什么回报；我说我不图任何回报，并一笑了之，就像当初阿三把跑生意的接力棒传给我那样。接着，我又去了趟阿三的父母家。二老是农民，年事已高，身体都不大好，相依为命，日子过得可想而知；阿三的事，二老只听说了一点皮毛，尚不知事情的严酷性。我讲了几句宽慰话，掏出三万块钱，说是以前借阿三的，因为我要出趟远门，可能一年半载回不来，所以请二老代之收下。这笔钱，能带给二老什么呢？我不知道。但我能预料到，往后二老的身体将越来越差，一病不起都有可能。收下钱，二老的目光里没有疑问，却充满着哀伤；尽管如此，还准备去杀只童子鸡，留我——这个再也见不到的儿子的朋友，吃顿饭。我声称还有一大堆事情要办，自己、同时也代表阿三，向二老一鞠躬，便慌忙逃开了。

在逃离家乡之前，我给自己母亲的钱数也是三万。不过，绝非当面交给她，而是趁她不在家，连同一张字条塞在了她的枕头下。字条上写道：**妈妈，我突然决定到南方去做生意，今晚就动身。你自己多保重！**对不孝之子的不辞而别，慈母将是何种心情？会不会受惊而影响身体？我难以想象，也不敢想象。我真想等母亲回来，向她和盘托出，说明逃跑的原委，但我又怕她经受不住这种“要命的事情”——瞒着她，只让她知晓你“去南方做生意”了；这样，在往后的日子里，她不过是对你满怀思念和牵挂。家父去世早，仅靠母亲的一双手把我和姐姐拉扯大，培养成人，容易吗？我想万万不能给她意外的惊吓！母亲有份退休金，生活不成问题，但我还是用三万块钱表示自己的强烈伤感——以后不能照顾你老人家了——原谅我，妈妈！好在姐姐家离她不远，今后遇到什么事，还有个照应。就在那天晚上，我趁母亲到姐姐家去看望我的小外甥之际，没有跟任何人话别，背起简单的行囊，直奔车站，匆忙出逃……

我之所以选择北京，是因为京城没有一个熟人朋友，便于自己改头换面，把人生彻底翻新；还因为，曾不止一次地听说，首都湖大水深，不论大鲤鱼小泥鳅、白天鹅丑小鸭，还是乌龟王八、青蛙毒蛇，都有其生存的层面和发展的空间。然而下车之后，面对北京这个波澜壮阔、五彩缤纷的大湖泊，我却傻了眼，犯了难——地生人疏又广大无边，到哪儿去落脚合适呢？是的，眼下首先是要解决住房问题。约莫呆愣了一支烟的工夫，不怕你笑话，是我脑子里的迷信色彩帮了我的大忙，它给我指点迷津，并牵引我乘上出租车，叫司机朝着太阳升起的方向开去——东边风水好，住着不会背运。我在坐车、走路、摸索的过程中，觉得自己已开始脱胎换骨，逐渐变为一条机灵的小泥鳅；最终，我悄悄地钻入城乡接合部的一家小旅店，暂住了两夜。在那两天里，我拎着一袋有些发黄的文稿，摸进旅店附近一条又一条陌生的胡同，寻找着安静一点的出租房。最后让我看中了一座从大院里隔开来的小院子，相对独立，院里有两间平房（已出租一间），还有一棵高大的老枣树。我向房东老大妈表明来意，并亮出自己的身份——给她看一沓文稿，以示自己住下来是为了做文章，是个令人放心的文弱书生。老大妈笑着说，做生意的人来过好几拨，都给她一一回绝了，她就是要租给像我这样的文化人。房租四百块钱一月，另加水电费二十块钱。屋里有土暖气和几样旧家具，稍稍收拾一下，再添置一些生活用品，便像个住人的窝了。就这样，我这条小泥鳅，在北京这个大湖泊的边缘，在不起眼的水草缝里，无声无息地潜伏了下来。

在阿三他们尚无“结果”之前，自己每天待在小屋里都干了些什么，我在前面已大致说过。现在，需要补充的是，在提心吊胆，惶惶不可终日的那段时期里，我偶尔用手机与姐姐和密山口岸的老同学通话（谎称身在广州，暂落脚于一家文化公司），从他们的口中没有听出警方在追查我行踪的信息，还想着自己早晚能够重返故里，光明正大地做生意和过日子。后来阿三他们个个有了“结果”，说明这桩案子已彻底了结。也就是说，我未受那桩贩毒案的一丝牵连，完全可以返回家乡，重操跑生意的旧业。不过，我心有余悸。尽管尚不清楚那个瘦长的中年人是不是阿三的手下，他是否也包含于这次的“结果”之中，但每每想到那两箱“太太口服液”，我总觉得自己“参与了贩毒”，仿佛罪恶累累。如此这般，又熬过了一段时期，我情不自禁地开始写作，忽然有一天，感觉自己回不去了。

恐怕这辈子都难以回到自己的出生之地。原因是，我感到自己已得了一种病，一种怪怪的病，一种只能在北京疗养的病；这种病，大概需要一辈子的疗养；在疗养的漫长岁月里，还得用文字来不断地抚慰自己受伤的心灵。

明白吗?

不明白的话，我可以坦率地告诉你，在那些个寄人篱下又惶恐不安的日子里，总觉得自己的行迹和神色都十分可疑。为了避嫌，也为了掩饰自己的心虚，我便从隔壁的住户手里买了台遭淘汰的电脑——这家暂住户，由年轻的一男一女组成，关系模糊不清，白天，屋里悄无声息，晚上直至深更半夜，两人各自面对一台电脑，忙碌不停，传来一阵阵很清脆的击键声，据说是在赶写书稿；而你口口声声说自己也是搞写作的，怎么不见你握笔手写或在键盘上敲敲打打？——我坐在旧电脑前，开始不过是玩玩游戏，玩几天之后感到乏味了，就练习打字来消磨时间；打着打着，打得有点儿顺手了，竟然发觉文字这玩意儿富有灵性，它能唤起你记忆中的所见所闻，并能进入你的心路历程，促使你把自己的人生况味像泪水一样流出来——起先嘀嘀嗒嗒，后来哗哗啦啦——字里行间流淌着文学的味道，味道中透出生活的酸甜和人生的悲欢；过去的岁月也像太阳和月光一样，每天不请自来，按时轮番光临……于是，我与好兄弟阿三相逢于重现的昔日之中，他牵着我的手走出破教堂，带领我穿梭于中俄边境……传授给我做生意的各种门道，让我结识了他的小情人——店老板花蝴蝶……由此开始，阿三在电脑里慢慢地变样了……变样后的“阿三”不满足于现状，借学做房地产之名来到“东方小巴黎”，不向朋友和情人透露一丝实情，铤而走险，伙同他人干起了贩毒的勾当……我自己呢，受“阿三”的影响，在电脑里也有点变形了……“我”羽毛逐渐丰满，胆魄越来越大，终于单枪匹马，杀向了海参崴的生意场……在异国他乡，“我”有过一次艳遇，和一个名叫娜佳的美貌女郎发生了一场轰轰烈烈的爱情，并在她这块丰饶的土地上留下了自己的秘密根苗……有一天，“我”在花蝴蝶的店铺里见到一个瘦长的中年人，他受“阿三”之托，叫“我”把两箱含有海洛因的“太太口服液”利用货车带入海参崴……“我”出于对“阿三”的感恩之情，决定背负杀头的风险，帮之偷运出境……最后在中俄两国警方拉网式的搜捕中，“我”侥幸漏网，并脱离贩毒的干系，是因为，“阿三”得知风声，在被捕前杀人灭口——干掉那个瘦长的中年人，彻底堵死了将给“我”带来杀身之祸的唯一的“口供”……就这样，一部长篇纪实文学在电脑里诞生了。足足二十万字！

这时，我发觉自己得了一种怪怪的病——感到境遇非常糟糕，又认定自己大有作为，想换一种活法，又觉得这里富有吸引人的魔力，欲罢不能——难道不是一种病态？

经过一段时期的观察，我又发觉，暂住在这一片的许多外地人，十有八九都像我隔壁的一男一女那样，日息夜作，神情怪异。难道，这些人没患上类似于我这种怪病？

直到那时，空余时间，我才大着胆子到外面去转悠，跟胡同里看得顺眼的“病人”打招呼，彼此肤浅地交往。后来，我意外发现，名声不小的某写作讲习坊，离我住地只有十来分钟的路程；对此，胡同里有个曾在讲习坊待过的写作者戏言道，那是一所专门收治“我们这类病人”的疗养院，不过，从那里出来，你的病情只会加重，而不会减轻。尽管如此，戏言者还是鼓动我到讲习坊去体验体验，因为对我今后混在北京有好处，能拓宽自己的生存路子。另外，我又发现，在这一片的几条胡同里住着好几个自由撰稿人，男多女少，年龄不等；看他们的样子，个个都有“病”。他们一律号称在“做书”，书做成之后卖给书商；听他们的口气，在不久的将来就有能力买房购车，在祖国的心脏大展宏图。我被这种“买卖”弄得心里痒痒的，便请那个戏言者喝了顿酒，叫他带我去认识认识书商。他不单答应，还教给我几项跟书商打交道的“基本原则”。就这样，我结识了一个女书商；在以后两年多的时间里，她连续做了我三本书。从她手里，我一共拿到五万多块稿费。

说到钱，逃离老家时随身带了十一万多，也就是我剩余的全部积蓄。到了北京，这些钱，就像一潭死水，没有收入来源，只会舀一点少一点，情形令人十分担忧。自从那部“略有变样”的纪实长篇卖给女书商后，我就从人人喊打却又生生不息的老鼠身上得到了灵感，把十万块钱用定期的方式囤积于银行里，以预防洪涝灾害、颗粒无收之年的不幸到来。与此同时，我又以胡同里那些个像耗子一样的“文化人”为榜样，白天多啃馒头少吃荤菜，夜晚多打字少出门；这样，我想混迹于五光十色的北京城，当个自由撰稿人还是混得下去的。事实证明，我不但靠稿费混过来了，而且还毛遂自荐，混进了这所远近闻名的写作讲习坊。这里的男男女女，依我“病态”的目光来看，大多不正常，或轻或重都患有像我这样的病。当然，你在这里吃住、学习、交流，跟你独自蜗居于小屋里苦思冥想，有时只能与胡同里几个病得不轻的家伙喝酒瞎侃，感觉是大不一样的。也许，绝大多数人，包括自己，就是冲着这种“感觉”来的吧。不过，就我而言，这一万二千块的学费，如同一下子从身上抽出 1000cc 的血液，心疼不已，人变得苍白无力；还有，难以戒掉的抽烟喝酒，也是一笔不小的开销。所以说，我是以“病贫交加”的面目出现于这一届为期两年的研修班的。幸好，这种毛病，班上几乎人人都有，因此大眼瞪小眼，同病相怜，也就没什么好自惭形秽了。至于贫穷，换一个角度看，在这个开放的时代，并非什么坏事，因为穷人好比一张洁白的 A4 纸，可以打印最新最美的人生图景。

我将自己视作一台仅限于文字处理的“病电脑”，按照书商的意图和指令转转停停，编造些带有“色彩”的读物，难道不可以？我要对付吃饭穿衣的现实生活，有可能的话，还得来点情感生活，难道不需要花花绿绿的人民币？为钱而写作，并在纪实文学中虚构一点儿情节，难道不允许？这个自作聪明的蛇，在那部纪实长篇里断章取义，片面理解，阴阳怪气地来拿捏我的软肋，难道不是为了俘获我？

然而，我又错了。在小馆子里，我再次错看了蛇。

我认为最敏感的事儿——自己与那桩贩毒案是否有染，其实，蛇一点也不重视；在她看来，这桩事不管怎样，我愿为朋友冒杀头的风险，说明为人仗义，颇有男子汉的气概。为此，她还宽慰我，事情早已过去，不必再背精神包袱。

既然如此，还有什么值得她揪住不放的呢？

后来我才明白，蛇不光有一副制造错觉的小手腕，而且还有一颗奇形怪状的爱心。但是，在袒露这颗爱心之前，她对我软硬兼施，逼我交代和娜佳情爱瓜葛的细枝末节，当然，重点是我们“私生子”的生存状况。开始时，我还闷闷不乐：她凭什么来挖掘你的隐私，谁赋予她这种特权？而后来，随着谈话的逐渐深入，我慢慢吃透了她的真实意图：你在书中只承认自己在娜佳身上留下了秘密根苗，而没有说明“私生子”目前由谁抚养——从时间上来推算，现在他（她）应该到了牙牙学语，磕磕绊绊走路的岁数，到底是依偎于海参崴的妈妈身边，还是缠绕在绥芬河奶奶的膝下？——这个严峻的现实问题，令她万分困惑；她想从这个困惑中解脱出来，以便更好地设计我们之间的未来——她相信书中所说的都是“真人真事”，因此，把某些“有用”的章节复印下来，作为“依据”来找我好好谈谈。我终于忍不住而哈哈大笑起来。她打过来一记象征性的巴掌，叫我立即停止狂笑，并严厉地警告道，今天夜里，我妄图借用发酒疯的方式来蒙混过关，非但没门，而且连门缝也没有。她还郑重地表示，她是抱着体谅、宽容的姿态，积极、向前看的诚意来跟我谈“这件令自己十分震惊之事”的，因为它将影响到我们的未来关系。

她再次提到未来，我和她的未来，我就很想知道，她想象中的“未来”将是何种样子；她认为我嬉皮笑脸，是一种对“自己亲生骨肉”极不负责的态度，也是她最不愿意看到的一种态度。然而，面对她“严肃认真”的态度，我除了嬉笑，还有什么好说？不说什么也可以，不过，我得回答一个最简单的问题——“私生子”是男是女？对这种无稽之谈，我感到没话可说，所以仍然嬉笑不止。当然，孩子的性别并不重要，而另一个十分重要的问题我必须回答——你来北京是不是为了逃避孩子？我想起阿三……自己的嘴脸顿时变了。由嬉笑变成了厌恶。我恨不得把她的脸摁在面条碗里，叫她面目全非。她一定看懂了我脸面上的意思。于是，她便开始给我讲大道理，像是为了开导我，使我认识到自己在“这方面”做得多么差劲。这番大道理的大意是，我们每个育龄之人可以不要孩子，而一旦有了孩子（包括私生子），就应当挑起抚养和教育的重担，因为所有孩子都是祖国的花朵，人类的明天，文学的希望。不论谈什么，她最后总能把话题绕到“文学”上，这使我压在心里的火气噌噌地往上蹿，不禁冲她大骂一声：别放臭屁了！她毫不示弱，当即回敬我一记力度有限的巴掌——这回是真家伙，可不是闹着玩。随后，她马上为自己的粗暴行为找到了理由——像我这样对文学毫无敬畏感的人，只能说明对一切都缺乏爱心，该揍，且欠揍。这种看法并没有叫我再度发火，只是让我感到生气。我尽量克制自己，避免我们在小酒馆里以大吵大闹而散场。

我伸手去抓酒瓶，却捏了个空。

半瓶酒被蛇藏到了她的座位下。

拿酒来！我口气强硬地说。

不说清楚决不许你喝！她的口气比我更强硬。

在所谓的“私生子”问题上，蛇跟我纠缠不清，最后总得有所收获——捞到一个空屁。然而，她得想方设法挽回一点面子，以示自己对“我们未来的事”是多么认真。她比我大两岁，认为关心我，甚至疼爱我，是天经地义的事情。这样的儿媳妇，我的母亲真想有一个。可惜我这个厚脸皮的儿子，只是在这特殊的环境里，想暂时跟她粘乎粘乎，而没有抓住不放的坚定决心，更不可能有长远的成家打算。有关“私生子”，我口头怎么解释都不管用。她一定要叫我立字为据，并以我母亲的健康名义向她保证：我在海参崴根本没有和娜佳发生过性关系，孩子也就无从谈起。为了彻底平息她心中的猜疑波澜，我还遵照她的意愿，在这份白纸黑字的保证书上摁下了鲜红的手印。

好了。一桩棘手的事情终于办好啦！当时，我从蛇的脸部表情变化中看出了这层意思：我们可以无牵无挂，放开手脚，大踏步地进入各自的角色了。

大我两岁的姐姐，给点时间让弟弟准备准备吧。

料不到，这天夜里，我尚未想好该怎样与姐姐彩排床上戏，已化好淡妆、带着道具的姐姐抢先一步——在我的宿舍里，我居然成了她扶贫的对象。

这是说，蛇拎来的一只袋子里有裤头一打、厚薄袜子各五双、高领全棉内衣裤两套、条绒休闲西服一件；她将这些东西一一摆放到我的床上，然后指着晾晒于窗口的那些衣裤袜子，叫我自己看看，问我还能不能穿？我认为，穿是可以穿的，只不过是旧了些，样子走了形，尽管刚洗过，但还是显得脏兮兮的——她曾看在眼里，记于心头。袜子要每天换，裤头穿几次必须扔掉，这是她的忠告。大概也是文明人的一种生活方式。

接下来，蛇把一大沓塑料小票子塞进我书桌的抽屉，随后解释道，她的胃口特小，而饭菜票又一下子买得太多，平时一见它就心烦，叫我帮之解决解决。

我心里十分明白，这是以免挫伤我自尊心的一种托词。换种说法，就是给你解决吃饭问题。

见我默默地接受，蛇又掏出一封饱满的信，插到我的外衣口袋里。我误以为是长篇情书，问她是否可以当场阅读；得到她的点头默许后，我便打开信封，发现里面是一沓大额钞票——估计够我半年抽抽中档烟、喝喝酒水的花费。

对此，蛇结合我的实际情况，说那个臭书商赖了我五千册的版税，我呢，犯不着耿耿于怀，败坏自己的情绪，继而影响我们之间的关系——这笔稿费就算她替我要回来了——希望从今往后，好男儿振作精神！

多好的姐姐！不过，我觉得自己有必要说几句了。我说，这些衣物、饭菜票我都收下，但钱你自己留着吧。

蛇说，那是我的稿费，给你花你就花。

我说，花了你的钱，叫我怎么回报？

蛇说，我们之间非得一来一回吗？

我说，看来我要吃上“软饭”了……

蛇说，你这张鸟嘴，能不能叫出好听点的声音？

我说，这是我真实的感受……

蛇说，难道真实的感受就这一点吗？

当然很多，但我不想说，此时此刻。

而此时此刻，蛇含情脉脉，进一步说道，她已经决定，自己结业后不回新疆，留守北京陪伴我，以后我们就是一家人，在物质上不分彼此；她又着重强调，自己的这些做法没有别的意思，只是让我提前感受到家庭的温暖。

我感受到了，而且非常强烈——她的手指抚弄着你有些凌乱的头发，像是要梳理你那紊乱的思绪；她的嘴唇往你的面颊上磨蹭着，像是要磨薄你脸上那厚实的紧张；她的双乳紧贴着你的胸怀，像是要温热你那悲哀的心；她说——我爱你！

我听清楚了，并且像警钟一般老是在耳畔回荡——在今后的日子里，她会照顾好你的生活，让你不失体面；她支持你抽烟喝酒，真正活出一个男人的样子；她再次提醒你不要继续编造有“黄毒”的长篇读物，赶快回头来潜心创作中短篇小说；她请你一万个放心，她跟羊绝对没有实质性的事情，有的只是那种父女般的感情；她说——你胆敢轻信那些恶言中伤的谣传，当心我一脚踢碎你那两个鸟蛋!

我理解了，当然是一点儿一点儿——在拥有一千多万人口的北京城，以前令她最感激的人是羊，目前使她最忌讳的人也是羊，以后叫她最记恨的人一定又是羊，因为羊帮她走上了成功之路，她向前每迈一步都带有他苍老的影子；摆脱这个影子的唯一办法，就是找个合适的男士与她携手同行。

至此，可以这样说——

在羊的心目中，蛇是冰山上的雪莲花，可望而不可即；

在同学们的心目中，蛇是稀有的金丝猴，能在大树小树之间任意地跳来跳去；

在编辑们的心目中，蛇是颇具潜质的“新生代”，文学创作的前途不可估量；

在我的心目中，蛇是吊人胃口的白葡萄，关心吃穿的好姐姐，守卫纯文学阵地的忠诚战士，颇有进攻策略的小妖精。

对她，我有点畏惧，也有些喜欢。不过，我还说不上爱她。是的，爱情好像不是这样的。那爱情到底是怎样的？我说不清。而我又很想对自己有个正确的说法。说什么好呢？好像什么都不好说。错综复杂的感觉有如万花筒，转一下，变一变，最后能变成什么样呢？要想清楚，你爱过别人，也被别人爱过，而你从未涉足过夫妻之间的危险地带。不错，目前她的丈夫远在天边，你和她可以在这里尽享情爱之欢，但在你的心里，分明有一堵阴影之墙，阻隔着爱情的喷发。

蛇是一道闪电。

这道闪电，能照亮你的内心，击溃厚重的阴影吗?

蛇明确地告诉我，像是为了消除我的种种顾虑——结束同床异梦的夫妻关系，无非是个时间问题，具体说来，丈夫供养到她学业完成，功德也就圆满了。当然喽，丈夫巴望她重返他的怀抱。事实上，谁都知道，打死她也不会回去。她在家乡的工作早已辞得一干二净，回去干吗? 她的意思是，今后让丈夫带着女商贩自由自在地搞实业、跑买卖吧；她自己，则要留在这座文化氛围浓厚的城市里搞出大名堂，成立个小家庭。毫无疑问，这个家由一个男人和一个女人组成，而男人穷一点不要紧，要紧的是身后没有一个“拖油瓶”，身材和相貌过得去，性生活能力强——在她的眼里，我的硬件和软件，一定都算合格。这就好了。其他，可以忽略不计。因为，她有一笔不大不小的私房钱，是过去从丈夫的腰包里一点一点抠出来的积蓄。她还有些发黄的青春碎片做资本，所以爱情的攻势咄咄逼人。

你害怕，是吗?

我心里乱得很。

你把我看作你需要的女人吧!

好，我仔细看。

蛇的眼睛是两团火。她的神情是焦渴。从她的眼神里，我发觉这个女人有股难以测定的潜在力量。

是的，我害怕。我怕被她掌握于手中而随意捏造。

果然，她的手伸过来，伸到我原本可以展示男性雄风的地方。

她十分惊讶地说，咦，你怎么……

在蛇的面前，我成了一个怯场者。

在蛇的面前，我的男性意志被瓦解了。

在蛇的面前，我无法掩盖自己的狼狈。

在蛇的面前，我只好高举起男人的白旗。

因为，她的笑容她的叹息她的眼睛她的舌头她的乳房她的肌肤她的抖动她的沉默——无一不是武器。

你搞得太紧张了，姐姐埋怨弟弟。

等一下就会好的，弟弟宽慰姐姐。

告一段落。缓冲缓冲紧张的气氛。

喝口茶，抽根烟。有意转换话题。

蛇向我讲述她的创作情况——八个中短篇被列入“飞跃世纪新人丛书”，即将结集出版，另有一部前卫长篇已快杀青。

蛇将成为中国文坛上一颗耀眼的新星。

在这方面，与蛇相对照，我黯然失色。而蛇的情怀令人怦然心动——她忽然对我放宽了文学的尺度，她说，是啊，从通俗故事过渡到高雅文学，尚有漫长的距离，好比猴子变为人，还需要中间一连串物种的进化。被同学们视作金丝猴的她，却规劝我不要再玩猴子的把戏，因为写作匠跟路边修鞋的师傅没什么两样。于是，她的手指往我的腹部上划一道界限——先写上面部分——男性化的胸口写作，也就是创作有一定艺术性的畅销书，尔后逐渐向她那种前卫小说靠拢。

男性化的胸口写作，这倒是个新观念。

我表面上诚恳接受，但心里坚决不改。老实说，我不懂什么叫前卫小说，她也不见得真正明白通俗文学的内涵。蟹有蟹路，虾有虾道，条条道路通市场——写作的最终目的都是供人阅读。当然，她的小说写给文化人看，确切地说，给文学圈里少数作家批评家看，而我写的读物卖给天下劳苦大众，主要对象是睡在工棚里以自慰解决生理问题的民工弟兄们——请诸位看官想一想，仅在腹部上面做文章，行吗？

话说文学，我们是在床上。

蛇突然问我，除了文学观的分歧，我们“这方面”是不是很配套？对这个十分复杂的问题，我实在回答不好，因为我与她，还谈不上有床笫之事的深切体验，粗浅地说，我始终处于被动状态，所以愉快也来得极被动，我只有在她愉快的震颤下才产生愉快，从理论上说这是和谐，其实我感到很压抑。对此，蛇柔情蜜意地安慰我，她相信慢慢会改变，一切都会随着做爱的深入而改变。在黑暗中，她轻若游丝地问，你爱我吗？我反问道，都同你做爱了，怎么不爱？她放大嗓门说，请你正面回答！我响亮地说，爱你！她关小嗓门说，那，我们再来做一次吧！莫非要考验考验你的性能力？我想，自己放松身心，再做一次应该行。就这样，我们暂停说话。反正，黑暗已将羞惭和虚假湮没，做爱遂成为最生动的对白。

两人“同居”了几天，我得说，蛇的生活很有规律——夜里写作不论到多晚，在床上不管干得多累，第二天六点准时起来，到操场的小花坛边去做健美操。她十分心疼我，在有课程的日子，自己出去晨练，总是用钥匙把我的房门锁住，并在门上用图钉摁上一张事先打印好的小字条：**本人通宵写作，中午前请勿打扰。**事实上，是我早上不愿起来，老是蜷缩在被窝里睡懒觉，做着绵延不断的白日梦。

这样做，可以有效地阻止学习委员来敲门。最近我不想上教室听课，一来认为开讲座的这些人思想僵化，讲不出什么新玩意儿；二来嘛，真不愿看到羊那道哀怨的目光在我与蛇之间扫来扫去，因为上课时他总要来巡视课堂情况。我和蛇的关系突飞猛进，同学们大多知道，羊呢，他听说的加上自己臆想的，肯定要比我和蛇实际发生的还要复杂。他装聋作哑，默默忍受，无非是一种哀伤无助又莫可奈何的表现。看到他的“目光”，我心里总不是滋味，好像有点自责——你夺人所爱，被夺的是一个岁数大你近一倍的老人——又好像有些愧疚——你这个年龄，去找个女人粘乎粘乎并不难，而老人家一旦对一个女人动了心，要移情别恋是很难办到的。

这天中午，离开饭还有点时间，有个同学到我房里来传话，说羊叫我马上去趟他的办公室……

在过去，确切地说，在我和蛇尚未好上之前，羊很少拿正眼看过我——可能是自己的作品不够档次，所以连人也不值得他一看。这倒无所谓。我说过，我的书是写给天下劳苦大众看的。对高高在上的羊，我绝不会仰着脖子去抱他的大腿。他当他的高雅文学老伯乐，我做我的地摊文学小爬虫；他品香茗，我喝白酒；酒水不犯茶水，不就得了。后来，让我对他产生看法的是，有一次他竟然背着我，在同学面前说我长得倒像模像样，但不学无术，不思进取，是一个典型的“绣花枕头烂稻草”。我认为，一个堂堂的教授，又是讲习坊的业务领导，这样贬低自己的学生，实在不地道。现在，他叫你去能有什么好事！向你发出警告，立刻中止与蛇交往，有失他的身份，也没有这么愚蠢；大概是你经常缺课，这会儿他要给你单独“补课”了。我想，话儿客气，给他面子，训人的话，拔脚就走。

想不到，在办公室里，羊非但笑脸相迎，而且还做了个往沙发上坐的手势，又顺手拿了只一次性纸杯，往杯里放一撮茶叶，在饮水机里接来开水，热情地递给我，使我这个平时不入他慧眼的学生受宠若惊，老长时间不敢相信。

羊一定看过我的入学登记表，对我家庭情况有个基本了解。所以，他不提我父亲，而是直接问我母亲身体还好吧，作为我们谈话的开场白。听来是长辈们常挂在嘴上的一句问候，事实上，正好触及我的软肋。我连连点头，心里却一阵阵发酸。羊不知道，母亲曾因我突然离家出走，“去南方做生意”而大病一场；日夜守护着母亲的姐姐，为了不让身处遥远之地的我留去两难，等母亲病愈后才若无其事地告诉我；这年春节，我真想回老家去看看，但最终还是没有勇气去面对……进了讲习坊，我在电话里才敢跟母亲说实话，自己在北京学习，一切都好，请她不要挂念。从此，母亲不亲口向我表达什么，却通过我那个刚会写几个字的小外甥，以他的名义一封封地写信给我……**亲爱的舅舅啊，姥姥十分想念你，爸爸妈妈也很想念你，我们全家都在想念你……今年春节，我们等你来吃年夜饭……**

要常给家里打电话，羊说。

对他的关心，我只能用点头来表示。

沉默了一会儿，羊问我手头上有没有挣钱的东西在写；我轻声作答，说给报纸写些小故事。

这种东西不写也罢，羊说。

这才开始谈到正事。羊的老家在广东江门，那儿是著名的侨乡，现在有些华侨叶落归根，很想把自己一生的传奇经历用文字记录下来，出本书，以作纪念，但这些老华侨文化水平都不高，只会说而不会写——其中有一个还特焦急，唯恐有生之年看不到自己传记似的，夜里专门打电话找到他，请他无论如何帮帮忙，物色个作家，代之写本书——于是，他看来看去，认定我去代写传记，是再合适不过了。

原来，教授也有看上我这堆烂稻草的一天！我心里一阵窃笑，赶忙询问具体事宜。

羊说，对方要求作家在他那里边听讲述边写作，因为老人记性不好，回忆断断续续，不可能在几天内把漫长的一生都诉说出来；当然，吃住由他全包，生活条件保你满意；他有现成的电脑，你到了那里只管写，以后出书不用管；字数嘛，不要多，给它控制在十五万左右；这样，以你的出手速度，我看个把月就能把事情搞定。

不过，有一点要事先说明，书稿光署他一个名，你就免了。报酬嘛，他出价两万五，我给你争取到三万，你看怎样?

差不多吧。我说，主要是怕到南方吃不习惯。

哎，不至于。羊说，你没有固定的经济来源，可千万不能因担心吃不好而放弃啊！再说，我会叫他按你的口味安排好一日三餐的——不就是增加点面食嘛！

我说容我考虑一天。

实际上，我当晚就做出了令羊十分失望的决定。

前前后后个把月时间，待在这里说是学习，其实跟闲着没什么两样；而到了那边，人家管吃管住，便能轻轻松松地挣到三万块钱，说心里话，这事对我是有相当诱惑力的。但左思右想，脑子几乎转动了一个下午，总觉得事情并非像羊所说的那么简单。我在想（也许把人想歪了想坏了），在羊的门下，与之关系较好而经济状况又不大好的写手多的是，为何偏偏看上平常连话都难得交谈一句的你？世上没有无缘无故的恨，当然也不会有无缘无故的爱。而从这事的表面来看，他对你可不是一般的爱，简直可以说是一种厚爱。难道，这种爱跟他爱蛇无关？这很难说。引诱你出门个把月，他有没有欲趁机擒拿蛇的想法？这也很难说。再说得严重一点，万一他做了个害人的圈套，诱使你往里钻——广东那边是他的地盘，听说摩托车满街飞，如果他遥控指挥，叫人摸黑把你撞断一条腿，让你一瘸一拐地返回来——那你这个瘸子，还好意思去跟金丝猴一般的蛇粘乎吗？总之，防人之心不得无！

于是，我当着蛇的面，把电话打到羊的家里，只向他说了两句话，一是谢谢他看得起我，二是表明自己的态度——不愿替人捉刀，这桩好事就另请高明吧。

羊发出“嗯——嗯”两声，并没有劝说我什么，也不追问我进一步的原因，就把电话撂下了。

蛇随即扑在我的肩头上说，看来呀，你是真的爱我喽——这样吧，明天中午请你去吃烤鸭！

我想这个时候羊的气色一定非常难看。因此，我不无担忧地说，他一片好心遭到我无情的拒绝，没准血压正在升高，心脏不大好受。对此，蛇认为，这是他自作多情，自讨苦吃，活该！我不吭声。在我面前她说得如此冷酷，但说不定转个身，就会给羊打一个问寒嘘暖的电话。我想，她是做得出的。当然，眼下还一个劲地把我和她自己往好方面说——通过此事，证明我绝非“绣花枕头烂稻草”，我的小白脸里珍藏着金子般的货色，而她的眼睛就是刺探我生命深处之宝货的金刚钻；要不，她怎么会在那么多才华横溢的男同学中独爱我呢？

说到爱，我还真有点爱她了。可能是我们频繁做爱的缘故，即使没有爱，也会慢慢被传染上爱。听人说，一对天长日久的夫妻，固有的相貌都会变得相似。那么，活灵活现的爱，互相感染，再正常不过了。平心而论，她各个方面还是不错的，也相当温柔体贴；对我，除了每夜叫我充当她的贴身保健员之外，别无他求。面对她那无法根治的腋下毛病，我总是用这句老话来安慰自己：入茅厕之地久而不闻其臭。

次日中午，我们下楼去外面吃烤鸭；路过医务室，恰好碰到羊——手里拿着几小包药走出来。

蛇驻足问道，老师今天身体又不舒服啦？

羊的手连同药躲进裤袋，说身体没事，只是肚子稍有不适。

蛇笑着说，我们去吃烤鸭，本想请你也一道去，但现在看来呀，不能往火上加油了。

羊也笑着说，是啊是啊，油腻暂忌。

我干咳几声，意思是：你们别逗了！

羊转脸望着我，看得出，他的笑容里含有极浓的怨恨意味；那一对无神的眼睛犹如两盏断了钨丝的灯泡，银灰的头发蓬乱地倒竖着，像是一夜没有睡好。

我心里不禁发出一阵感叹：教授啊教授，请把无神的眼光越过我，越过整所讲习坊，落到胡同里的老妈妈身上去吧，她们的手虽然粗糙无光，但是会给你梳理头发，会给你捧来吞药的开水；你觊觎着蛇是美丽的错误，她的手，是罂粟花——你充满知识的头脑怎么被假象愚弄得一塌糊涂呢？

不过，唯有糊涂的人才可以浅尝快乐的滋味。这不，蛇伸手往羊微微凸起的肚皮上抚摸一下，又帮之扣上西装纽扣，说了句“别让你满肚子的学问着凉”，他便笑得合不拢嘴。

我看得难受，毅然快步离去。不一会儿，蛇小跑着追赶上来，挽住我的胳膊，叫我别吃醋；我不吃醋，一点也不，但我心里有点酸——我们都将慢慢老朽，我们都会到“无能为力”的那一天。我说，老师怪可怜的。蛇说，我明白。

中午刮起了风，阳光倒很好。干燥的空气，让人觉得浑身皮肤绷紧。去喝点酒水，活活血，感觉可能会好些。就这样，我们来到了华堂商场对过的“鸭王”店。

找到一个空桌位坐下后，蛇问我除烤鸭以外，还需要什么菜；说实话，爱喝酒的人，对吃什么菜并不在乎；按我的意思，再来盘花生米就行了。蛇不听我的，擅自点了一只烤鸭、一条清蒸鲈鱼，外加三道炒菜。两个人，哪吃得了！在我的反对下，最后她将烤鸭改成了半只。考虑到她也得喝一点，我特意要了瓶低度的白酒。这就对了！她显得很高兴，叫我以后把火辣辣的二锅头拒之门外，光喝这种低度酒。

我俩有说有笑，频频举杯，正吃喝到兴头上，忽然听到一个熟悉的声音在桌边响起——

嘿嘿，真是快活的一对儿！才几天不见，原来你们已经进入了美妙的春天，可贺可喜啊！

这世界有点小，到处能撞见同学——鸡，站立在桌边诡秘地笑，笑容里含有变味的兴奋。

我邀请鸡落座，一块儿喝点吃点。鸡的嘴巴和手势同时启动，综合意思是，他那边有朋友，只能等会儿再过来。

那你快去快回，我说。

鸡刚离开，蛇就对我说，他好像有事找你。

也许吧。我说，反正没什么好事。

倒不一定。蛇说，听说他搞影视剧，发啦……

我没有接茬儿，只管喝酒。

要说鸡，在讲习坊，我比谁都更了解他的现状和底牌。说穿了，鸡不过是一个夹着皮包，奔来跑去的影视剧经纪人。用鸡自己的话来说，他是影视泡沫海洋上的一块浮木，哪里有码头就往哪里靠。鸡刚过而立之年，男女之事却曾经沧海。鸡名义上与我同住一室，其实，有个比他小八岁的白领女郎——魔鬼身材，激情飞扬，每晚在某个小区里对他企足以待，所以他从来不留校过夜。朝北的宿舍两人一间，鸡的舍弃，使 517 室享有鸳鸯房的美誉——我和蛇，都应该在心里向他深表感谢！当然，鸡同影视圈里的部分人混得滚瓜烂熟，这也是不争的事实。因此，鸡常常帮我们有些想写部电视剧而赚一把，却苦于找不到买主的同学推销本子，自己传来送去从中获利。在一伙写剧本的人当中，鸡变得越来越吃香，因为通过他的手，确实搞成过几笔交易。在没有外人的场合，我们管他叫二道贩子。他非但不生气，还嘿嘿一笑，喊出一句差点让我们小便失禁的大口号：作家不插手影视死路一条！

说到影视，鸡自己曾创作过几个轻喜剧电视脚本，据说都被深圳的某文化公司收买，并开拍上演了。这样，鸡就以影视文学作家的身份混进了讲习坊。有人传言，鸡还跟一个开美容院的女老板关系暧昧，学费全部由她提供。此事的真假，只有鸡自己明白。我们只看到，鸡每次来讲习坊，头发总是弄得油亮喷香，西装革履风度翩翩。不过，鸡的上课次数是旷课记录的十分之一。听说那位女老板的丈夫是个文化官员，名头还不小，鸡经常可以拿到高档文艺演出的“赠票”。由是，校方网开一面，就当没有鸡这个学员。鸡可是对讲习坊怀有深厚感情的，他隔三岔五跑回来，楼上楼下转一圈，就像逛农贸市场那样，看看有没有货值得贩出去，同时也想着把什么货贩进来。

现在，鸡向那边一桌上的几位朋友打好招呼，走过来坐在了我的对面。

我给鸡倒上了酒。

鸡说，喝完酒就想去找你，在这里碰上说明我们有缘分。有桩好生意，你想不想做？

我叫他说来听听，看我感不感兴趣。

鸡说，给你写部电视短剧，六集。

怎么，这两天净撞上这种“好生意”！不过，在我听来，鸡与羊不同，鸡的语气多少带有怜悯，犹如上帝播送福音，来自遥远的天边，又好像近在耳畔。可惜，我对剧本写作的套路不熟悉，怕做不好这桩生意。

得知我的忧虑后，鸡嘿嘿笑道，你还算个作家！现在作家哪个不会玩剧本？眼下中国的编剧哪个不是半路出家？再说，写电视剧根本不要你掌握套路不套路，只要你像吹肥皂泡那样吹，吹出情、吹出爱、吹出生生死死，吹得导演眼花缭乱，最后就能让观众看得眼泪汪汪——懂了吗?

鸡像魔术师传授着变戏法的秘诀，而我这个徒弟却不得要领，又提出在他看来易如反掌的问题——什么故事?

鸡说，嗨，小菜一碟！电视剧定名为《震荡山河的爱情》，所谓故事，也就是一条情节线——天上有牛郎和织女，地上有许仙和白蛇，你自己去找书来改编吧。不过，要把握好一条原则：用现代艺术手法来重新编织古代的爱情悲剧，把它彻底颠覆，搞它个底朝天，还有——也是最重要的，就是让人看了觉得味道十足。理解这个“味”吗?

我表示理解。但我不明白“味”的浓淡程度。

鸡说，这个嘛……你先鼓足劲，放手去干，到时候我来定个尺寸。有一点倒要提醒你：自己悄悄地干，千万不要声张。稿酬嘛，每集五千块……我也觉得，这个标准低了些，但本子完成后一次性付清，还是不错的。

稿酬高低另一说。眼前，我最关心的问题是，写剧本应该得到的一部分定金，他付不付?

鸡说，你我是一间屋里的同学加朋友，定金啦合同啦，这些杂七杂八的手续都没必要。这样吧，我们君子协议：二十天后，一手交本子一手付三万块现钞。

我还有疑问，干吗找我这个生手来编写?

鸡说，第一，我精力抽不出，这你也知道；第二，经过我的观察，班上在写剧本的人，编这类故事的水平都没法与你接近——你是编排男女戏的高手，这也是大实话；第三，我发觉你手头不宽裕，给你提供一个挣钱的机会——我们既有同室之谊，又有朋友之情嘛！

我突然觉得，自己好像被剥光了衣服，袒露着瘦伶伶的肋排骨，一副狼狈相，而鸡正盯着我发笑，笑得眼鼻都皱在了一起。我要掩饰自己的狼狈，举杯欲饮，却发现酒杯已空，瓶里也空。鸡立即将大拇指按在中指上，搓出“吧嗒吧嗒”之声，唤来服务小姐，叫她添加一瓶同样的酒。

眨眨眼，杯里又满上了。

鸡说，小姐，把这桌的账记到 8 号桌上去。你俩别见外，我是预祝我们合作成功——来，干半杯……好，我去陪他们了……有什么问题，我们再约时间商谈……再见！

见他妈的鬼！老子最近不缺钱，犯不着去干那种吃力不讨好的事。我向一直冷眼旁观的蛇表明态度，想获得她廉价的赞许。料不到，蛇口气坚定，鼓励我大胆地去干。我提出，万一辛辛苦苦地搞好本子，钱到不了手怎么办？蛇认为，我的担忧实属多余，因为鸡和人家谈好的价格肯定不是每集五千元，翻两番都有可能，他雇我这个没有写剧本经验的人当枪手，目的就是想多剥削一点，所以他不会贪小失大而把自己弄臭。这种分析具有相当的说服力。那好吧，我就看在三万块人民币的面上，摸着键盘去“触电”。

见我不是十分情愿的样子，蛇劝我把目光放远些，思考得更深些。她的意思是说，通过写剧本有望打进影视圈，与名导演或名编剧挂上钩——以后我们的作品改编为影视就有门路了。她还叫我认清一个事实，目前中国有相当一部分人靠写小说起家，又以小说改编影视而出名，继而名利双收，活得有头有脸，满面春风。所以说，我们要利用一切途径爬向名家的象牙塔，否则，混在京城不如一条巴儿狗。

蛇一招手，叫服务小姐再来只烤鸭。

我说，这半只都没吃光……有病啊你?

蛇举起筷子，往我的脑门上轻轻敲打几下，说你呀你，死脑筋一点也不会转弯——既然鸡摆阔包了这桌的账，我们何尝不给他面子——吃不了兜着走!

步入讲习坊一楼门厅，蛇提议去图书室借书；这正合我意，因为我想找几本影视创作方面的参考书。蛇又说，这个点上没什么人，是借书的最佳时机。

后来我才领会“最佳时机”的含义。

当时，图书室女管理员正埋头玩着掌上游戏机。我们把打包的烤鸭放在门口的登记台桌上，管理员说进去吧，连头都懒得抬一下。

果然，图书室里见不到一个同学。我和蛇分头钻进书廊，开始寻找各自所需的书。

一排排高耸的书架以对峙的姿态矗立着，蛇在隔行的书架里通过缝隙向我打手势，我的脸凑上去，她的眼睛正好出现于书顶的空当儿上，于是淡淡的灰尘味顺着她轻声的语气飘送过来——看中的书都拿上，等会儿到里屋去。

印象中，里屋堆放着过期的刊物和破损厉害的书籍，没什么看头。不过，最终我还是捧着自己选中的书跟蛇到了里屋。蛇放下挑选来的一摞书，出来张望一眼女管理员——见她还沉醉在游戏机的娱乐里，赶紧转身向我掀起了自己的衣服，并朝我努嘴挤眼；我一时还反应不过来，不知她想干什么；她轻轻拍一下我的面孔，接着给我做示范动作——放松皮带，掀起内衣，拿来书本，往肚腹间匿藏，随后又向我示意——帮她往腰背后藏书。我恍然大悟，想起“窃书不算偷”，便动起了手。但是，我有些慌张，把棱角分明的新书藏入蛇的腰背后时，有点弄痛其皮肉，使之皱起了眉头。

事后，我才看清，从蛇腰身里掏出来的是六本拉美翻译小说，分别为《帝国轶闻》（二册）《大埋伏》《大使先生》《狂人玛伊塔》和《近乎天堂》。腰围里插上这些书，使蛇在系皮带时放宽了两格；她整理好衣服，很优美地转了一圈，叫我看看有没有露出不光彩的马脚？没有。只是腰肢显得粗壮了些——管理员看不出破绽。于是，蛇脸不红手不慌，迅速撩起我的羊毛衣，把我捧来的那堆书往我怀里揣，同时还冷静地挑选着，最后只剩下《民间故事集锦》和《海上花列传》。就这样，她倒退一步，上下打量我一番，然后自己拿一本，递给我一本，我们一前一后走向门口去填写借书卡。

事实上，藏在我怀里的几本影视创作参考书，总价值也就二三十元，因为都是书店里断货的老版本。蛇解释说，正因为有些书在市面上买不着，她才动脑筋到这里来“拿”的。她还说，其实别人也都在巧妙地“拿”，只是方式方法各有千秋，如果我们不及时下手，不久就“拿”不到好书了。

这天晚上，蛇趁自己的宿舍里暂时没人，便叫我去提一只航空式旅行箱。我原以为，箱子里是衣服之类的东西，想一拎轻松走之，而事实上，我感到非常沉重，拎着上楼都有点吃力。在我的屋里，蛇关起门，打开箱盖让我大开眼界——大半箱“拉丁美洲文学丛书”。加上今天“拿”来的六本，这套已出的丛书终于让她收集齐全了。她认为，每本书上都盖着好几个无法抹去的大红印章，所以转移至我独人居住的屋里比较安全；不过，校内终归不是久留之地，被人发现的危险时刻存在，外面有可靠的场所应马上转移。

看来，我已经上了贼船，理应风雨同舟。

时隔两天，作为对创作剧本的一种有力鼓励，蛇事先不吭不声，独自跑到中关村海龙大厦，花三千六百块钱买了台二手笔记本电脑，叫商家安装好最新的中文软件，背回来供我写作之用。这真是一场及时雨，令人十分惊喜，又大为感动。因为，我桌上的这台破电脑还是租住小屋时的“纪念品”，运行速度慢不说，令人头痛的是，字打着打着，系统就会莫名其妙地出问题，得经常请内行的同学来整理——说是硬盘老化，文件哪天丢失都没准，该扔掉了。

蛇对我如此之好，我得有所表示。于是，到华堂商场买了瓶中档香水、一盒真丝绣花内衣（胸罩裤头各一件）。我想制造一点好效果，把礼品藏进那只装有“拉美文学”的旅行箱——找一个合适的时机拿出来，搞她个措手不及。

这台笔记本电脑有八成新，配置先进，内存很大，用起来方便快捷，令人十分舒心。我不能辜负蛇的厚望，得尽快编写《震荡山河的爱情》。夜里较安静，正是翻翻书，琢磨琢磨爱情故事的好时光。我的思路在古代青年男女身上盘绕，盘算着怎样拿旧瓶子装新酒。按照鸡的提示，我便在《牛郎织女》《白蛇传》上打主意。前者远在天堂，生活环境如同云烟，故事编得再好，恐怕也难以引起人们的共鸣；相比之下，后者近在杭州，葬送白蛇和许仙爱情的六和塔至今仍矗立于西湖边上，风土人情也有资料可查，情节容易编得曲折生动，还是从它入手为好。我想先编出一份分镜大纲，给鸡过目一下；如果得到他的认可，那以后写起来就便当了。

这种时候，蛇一定在六楼大教室里用功。她有台丈夫送的东芝笔记本电脑，当时买价两万多块钱。现在，她每天视宿舍里的情况，背着它楼上楼下变换写作地点；夜里，为了互不影响，她主动将屋子让给室友，自己上六楼写作。据说，她那部前卫小说已到了修改润色阶段，不久即可定稿。

有关这部书稿的出路，蛇已经和亚美出版社谈好了出版意向，具体接洽者是二编室主任——虎的老婆。顺便说一下，在蛇的心目中，虎始终是个谦谦君子，又是位令人尊敬的叔叔；虎十分看好蛇的创作，不单要向自己老婆大力推荐她的第一部长篇，而且还颇有把握地向她表示，以后能一手将这本书炒热，炒得喷喷香；不过，虎在话语里也流露出些许为难之意——他家那位因长期身体不好，所以对丈夫引荐的年轻女作家总要产生某些猜疑——唉，女人嘛！

某些猜疑，指的是什么，蛇心里当然明白。因此，蛇去拜访这位女编辑时，特意拉上我，在进入编辑室之前，突然挽住我的手臂，显得很亲密的样子；到了里面之后，又在我怀里作小鸟依人状——名花有主，且恩爱甜蜜；提及虎，一口一声“叔叔”——显然是隔了一代，难以产生“某些想法”；对眼前的女编辑，循着“叔叔”的辈分顺口称呼其“婶婶”——婶婶长婶婶短，叫得人家的一张病脸都涨红了。我发现，这位来自内蒙古的女编辑，比外界传说的更有看头，要不是被“后遗症”困扰和折磨，那真可谓一个草原哺育出来的天然绿色美人——大小适中的眼睛，高挺的鼻子，小巧的嘴巴，各就各位又相得益彰，使整个脸面可以说完美无缺；更为难得的是，目光幽亮幽亮，就像海参崴的娜佳那样——欣慰地投射到蛇的脸孔上，与之故作亲切的笑容结合得相当默契。这时，我也极勉强地笑着，不过，我感到自己的面容非常丑陋。我说不清当时的感觉，只觉得心里乱得一团糟。我想找个借口回避这种别扭的场面，但我的手臂被蛇紧紧地抓着，暗示我一步也不得离开。出版意向，就是在这种状况下谈出来的。

有天夜里，临近十点，我刚刚理出电视剧分景大纲的头绪，蛇突然闯进来，打断了我那胭脂飘香的思路。她给长篇画上了一个圆满的句号，理应兴高采烈地表现一番。于是，她左手拍击自己的屁股，右手揉捏我的面孔，说好啦好啦，今晚提早收工吧。我当然知道，接下来我该做什么了。蛇开始解衣脱衫，动作从容，神情安详，令我油然而生充当她贴身保健员的神圣感。嘿，这不是制造好效果的最佳机会嘛！

清洗干净之后，蛇打开卫生药品箱，我就像技术娴熟的护士那样，很快帮之处理好了腋下的麻烦事。她正欲拿香水往自己的身上喷洒，却遭到了我温柔的阻止——从床下拖出那只装有“拉美文学”的旅行箱，掀起盖子，拿出礼品（香水和内衣）赠之——祝贺她长篇大功告成！

哇，想不到你还藏着这一手！

蛇一声惊叫，顿时眉开眼笑。接着夸我是个有心人，多情人；爱上这样的人，她真是感到无比幸福。她踮起脚来吻我，使劲地吻！然后，她嗅嗅香水，又瞅瞅内衣，说香水味特好闻，她很喜欢，而这个——指的是乳罩，大小是否合适，就难说了。于是，拿香水往自己腋下和我头上喷来洒去，同时还撒娇似的扭动身子，挺着高耸的胸脯向我贴拢来，叫我帮之解除旧的，穿戴新的——真丝胸罩，试试看嘛。

就这样，一对香人儿，试着试着就上床了。

小铁床吱吱嘎嘎叫几下之后，响起了一阵敲门声。

我们立即停止不动，互相挤眉弄眼——忘了锁门是个严重失误。但谁也没有意识到，还有更严重的失误。

正在擦身，不许进来！我大声警告道，谁呀——有什么事就在外面说吧。

行政处！门外的人说，要看看你的房间。

我有点吃慌，因为敲门声不依不饶，大有破门而入之势。

蛇快速套上了衣裤。我顾不上穿外衣，赶紧下床去锁门。

冷不防，门被扭开了！

羊出现在门口，严厉的目光直逼床铺。

蛇坐在床沿上，红着脸朝羊微微发笑。

羊走进来几步；行政处的一个男人尾随其后。

当着女同学的面擦身？行政处的人问。

我愤慨地反问道，你们凭什么在夜里私闯宿舍？

行政处有权利查房。他说，最近大家对你这间房意见很大……我们不能坐视不管……

我说，我和她坐着聊天，你们管得着吗？

羊说，这副样子……你以为我们是傻瓜！

喂喂，我们在屋里什么模样，是你研究的课题吗？我怒气冲冲地问羊，还想给他的嘴巴吃一拳。

违反校规，态度还这么恶劣，明天等候处理！

别拿处理来吓唬我！……老混蛋，滚，快滚！

我不知羊的某种目的是否达到，反正他被我大骂一通，气得在屋里团团转。门口已被一群闻声而来的同学围堵；见此情形，羊故作镇静地站定，摇头晃脑地自言自语——不像话，实在不像话。行政处的人向同学们挥挥手，说大家都看到了，以后一定要引以为戒……回去休息吧。

别欺人太甚！蛇突然蹦跳起来，冲到门口，一手攥牢我的胳膊，一手指着行政处的人说，告诉你，反面教材还轮不到我俩！我俩在屋里睡觉，你眼痒了，是不是？

呀，还好意思这么说！看热闹的兔惊叹道。

我俩相爱有什么难为情的！蛇说，都在偷偷摸摸地睡觉，偏偏来查这间房，下流坯！

讲话要负责任，我跟谁？兔质问道。

你爱跟谁就跟谁。这里男女不睡觉，除非关大门！

疯狗乱咬人！我……我……我是处女！

三十多岁还是处女，你应该感到羞耻！

蛇的手指点到了兔的鼻尖上。

兔低下头挤出人群，慌忙逃往自己的501室；她把房门摔得哐腾碰响，那一声哐——腾，似乎震天动地。

这时，滞留于屋里的羊理直气壮地叫我过去——手指向地上那只尚未扣上盖子的旅行箱——一本本盖有讲习坊大印的“拉美文学”赫然醒目——我倒吸一口冷气，觉得娄子捅大了。

羊问道，这都是你向图书室借的？

瞄一眼呆在门边，脸色变得煞白的蛇，我便毫不犹豫地朝羊点点头，把事情揽到了自己的身上。

羊逼问道，图书室能让你借出这么多本？

我的回答连我自己也不信——分几次借来的。

平时不读书的人，倒很会偷书……还要狡辩！羊一脚踢上箱盖儿，责令我马上拎下去，拎到他的办公室去说清楚。

这一下，行政处的人来了劲，推推搡搡地催我快走。

被捏住了做贼的把柄，我只好披上外衣，拎起箱子跟他们下楼去。经过门口时，蛇拦住我，轻声说她也去；我一手拨开她，叫她到外面去买些熟食，等我回来我们喝点儿酒。

蛇忽然双手蒙脸，抽泣着说，好的……好的……

走在楼道上，我想我离被开除的那一天不远了。

卷三

透明棺材里的可疑物

——构想部分

兔，请你相信，在我的小说里，我原本只将你当作一个过场人物，就像电影里的群众演员。然而，现在看来，我的小说情节将发生很大的变化——你冲口而出的“我是处女”，让它变化了，这是真的。如你所知，你和蛇发生冲突时我不在场，是因为，我躲在宋庄写小说；一切，都是事后由别人转告的——身心受到很大震动，认为在这部小说里，不将你列入重要角色来写，是自己的一大创作失误。

让我犯难的是，平时你跟我交往不深，我对你的了解非常有限。而当时，我听同学描述，你当场流下了泪水，当然，这仅仅是第一串眼泪，它冒了出来，瞧，那时，在你的脸面上流淌，在众目睽睽之下；我想，这稍微早了点儿，你内心的某一道堤岸，尽管受到猛烈冲撞，但是还不至于决口得如此之快；一定是，因为蛇，在众人面前指着你的鼻子说“你应该感到羞耻”，像一根钢钎，直捅你近乎封闭的心灵，致使不可言说的心声喷发了出来；实际上，很快速，也很简单，你逃进宿舍，逃到了自己的小天地，另一些止不住的心声也涌上来，更汹涌，更澎湃——含纳千言万语，却又无言无语。

这便是痛苦，言语所无法表述的痛苦。

我逃到宋庄之后也这样痛苦过；现在，我回味自己痛苦的同时，揣摩你的痛苦，对比你的痛苦，忍受你的痛苦，从而进入你的痛苦——一个小说家理解别人的痛苦之方式。痛苦，是一个忠诚的伴侣。我到哪儿都会带上它。这不，我回来了，它也跟着来，已经，我已经看见它独特的身影。兔，你呢，你很快逃离现场，不过是让自己更靠近了痛苦。在我看来，你要感谢它。它激起你飞翔的渴望，难道不是吗？你这种蜷缩于自我的习惯，其实心里并不平静；你想从中挣脱，如同一只作茧自缚的蚕儿，渴望春暖花开，化蛹为蝶，在飞翔中圆寂，然后获得新生、自信和快慰。

我是处女——多么漂亮的一句话，兔，即使现在，时隔多日，我仍希望你昂起自豪的头颅，高喊几声“我是处女”，以触发我的灵感，让我的构想插翅高飞，使整部小说达到更高的艺术境界，但事实却令人失望——事实上，听你同室所说，你从此羞愧得抬不起头，经常窝在床上暗自伤神。

兔，这样，我想象的空间就很难在你的静态中拓宽。我想，你既然经常独个儿静静地窝着床上，那么，静悄中必然有你孤伤的心声；问题是，这种心声，谁能听到，并与之共鸣？可能是，每当夜深人静之时，你就睁大凄迷的眼睛，让更为凄迷的眼神穿透窗户，投射到寂寥的星空；你寻找着属于自己的星座，是吗；你企图找到自己永恒的归宿，是吗？我想不是。我想叫你——在我构想的草图上，叫你的目光长上一副彩色的翅膀，在黑夜里穿越时空，飞往高山流水下的家园。

我有现成的依据。兔，你曾出于对我的信任，或者说，对一个生活阅历较深、创作资历较老的人的敬重，满怀希望地（事后我推想）把自己几篇纪实性的小说稿拿给我看，请我参谋参谋，分别投寄给哪几家刊物合适（言下之意叫我推荐）；在讲习坊，同学之间互相看稿、推荐，是再正常不过的事，而有点不正常的是，你在我的宿舍里听了我不大客气的批评意见之后，居然一言不发，羞红着脸扭身就走，连稿子都不要了。也许，我没有顾及你的面子，说得太过分了。我几次想找你聊聊，指出作品的“亮点”所在和提供一些修改方案，以弥补自己的“过失”，缓解你内心的压力——我知道你的精神压力比谁都大，而你每次都说“给人添麻烦的东西，不要啦不要啦”，予以谢绝，弄得我十分难堪，悔不该当初“心直口快”。这些稿件确实问题多多，至今还塞在我书桌的抽屉里。我要增进对你的了解和理解，为以后更好地塑造“这一个”而做好准备，就必须重新翻阅你的手稿……我首先看到的是一种心情，你在《归家》中抒发了你从青年干部管理学校毕业，重返故里时的心情：

……无奈之下，那天晚上，我收拾好行李，独自一人来到车站，踩着拥挤不堪的火车走出了福州的繁华——留于榕城工作和生活的美梦彻底破灭了。孤独的我，感到自己正一步一步走向更深的孤独；我闭上双眼，分明看到，点缀在自己脑幕上的人生星光逐渐黯淡，直至漆黑一片；而外面，身外的世界，车外的天地，却越来越明亮——月光真好啊，孤寂的月亮追赶着闹哄哄的火车，这孤寂之光好得能让人看清江河的容颜——我沿着浑浊的闽江依山而行，那奔流的江水仿佛从我心坎上冲刷而过，带去往日的清纯和遐思；此时，我觉得，自己的心田一片荒芜，不由得全身一阵阵发抖；忽然间，红色的土地好像在车轮下一块一块崩溃，而我的身躯却飘浮起来，被一阵又一阵的嘶叫声吹过隧道，吹过荔枝园，吹过香蕉林，吹过高入云霄的山头，吹进冷清清的县城，吹进死沉沉的土楼，吹进灰蒙蒙的生活——永远也出不来了……

对于这样的描写，在这里没有必要进行文学上的评述；至于整篇小说的优劣，也是另一个话题。我把它放在手上，看了又看，掂了又掂，旨在分析“我”这个人物，也就是说，找到“性格”的起源，为以后“形象”的打造而积累文学泥土。

A. 兔失落于“福州的繁华”。

B. 兔封闭于“灰蒙蒙的生活——永远也出不来了”。

兔，光有这些文学泥土——姑且算它两大把，用来塑造你的人物形象——即使单薄如纸，也显然不够，我还需要到你的另一篇叫《悲剧》的小说里去找寻：

……作为一名年轻干部，我的新生活始于县妇联。事实上，那种生活常常把我压抑得透不过气来。我分管信访工作，每天在办公室里接待众多的妇女上访者，在倾听她们充满眼泪鼻涕、唠唠叨叨的哭诉中，让我逐步体察到身为女人的悲哀、痛苦和不幸。但多数时候，对大部分女同胞的个人遭遇，我感到无能为力。她们多半来自十分贫困的山区，有的在小城里出卖苦力，有的嫁人为妻，有的沦为陪夜女，正遭受着种种的歧视、不公和蹂躏。老实说，在处理实际问题上，我们一条又一条保护妇女权益的条文，十有八九是纸上谈兵。而我，无法消除那些依附于合法婚姻上的丑恶现象，和社会上普遍存在的“阴暗角落”。当然，上访人群中以家庭暴力受害者居多，通过一次次的深入调解，使我看到一个令人心悸的本质问题，那就是女人一旦成为男人的“生活用品”，便失去一生的价值和意义；从此，男人可以在你身上为所欲为，你若不依必将受到精神和肉体的双重虐待。这种现象遍布街头巷尾，是我们小县城的一大特色。

另一大特色是：妇联办公室主任是个已婚男人。他每天上半班。我看到，上午他在办公室里很严肃，从不与女同志们开半句玩笑；下午，他猫在家里一个劲地给我打电话，先是夸我工作如何出色，后又哄我外表虽一般但心灵异常美，最后连肉麻话都出来了——我真想看一看，这个趁老婆孩子不在家，给自己的女部下打电话的男人是怎样的一副嘴脸。上班时低头不见抬头见，见我没什么反应，后来几个下午，他越说越露骨，我感到，电话那头像苍蝇嗡嗡叫个不停，但又驱赶不掉。

一定是，我默默忍受，在他看来是一种默认。

他认为时机已成熟，成熟到伸手可拿的地步。

于是，有一次他约我晚上到江边去谈心，还亮出了喷香的诱饵——准备提拔我，就看我这条鱼儿肯不肯咬钩了；我思考片刻之后欣然答应，又羞羞答答地笑了几声。我猜想，他放下电话之后的心情像奔腾的江水——激动得要死。我们约会的地点在仙女江，流传着美丽动人而又凄伤可怖的故事。仙女江宽阔，平坦，清澈，天空的星光在江底的鹅卵石上闪闪发亮。七月的暖风拂动我的紧张。那时，我隐身于柳树背后，不单紧张，还有憎恶。我披头散发，戴着一副白脸红眼、舌头吐出两寸的面具，等着他一步一步逼近……我突然闪现出来，一边朝江滩飞奔而去——白色的长裙迎风飘扬，一边舞动着涂有墨汁的双臂——嘴里发出嘎嘎的叫声。

他的尖叫声无比凄厉，像鸟儿中了利箭。

我跑到老远的江边，扔掉面具，洗去手臂上的墨汁，喘息一会儿，然后绕道前去赴约。只见他，怀抱树干不声不响，但浑身发抖，额头上大汗淋漓。我问，你这副样子和我谈心呀？不，不不，他说，快离开……快……快快……

一周后，他病死于医院。

同样，我完全可以把上述情节，看成“我”真实生活之写照。重温它，抚摸它。如果“我”没有性格，或者说，没有促使其性格形成和发展的土壤，我就难以获得如下的文学泥巴。

C. 兔的压抑源于那个小县城的压抑。

D. 兔对男性的排斥缘起男性的家庭暴力。

E. 兔洁身自好是因为性骚扰留给她太浓厚的阴影。

从以上的材料来看，兔，你为何迷恋文学，何时开始小说写作，已经不言而喻。需要搞清的是，你来讲习坊学习的背景。当然，要弄清这一点并不难。当时，你急于想离开那个令你既憎恨又惧怕的小县城，通过各种途径打听到，讲习坊的第二把手是你的老乡（彼此的老家间隔一个村子），便给他写了封情真意切的信，同时寄上两篇刊载于《福建文学》的小说，恳望迈进这扇在你心目中十分崇高的大门。更为难得的是，你在信中所表达的强烈愿望，致使第二把手的乡情也变得崇高起来。他不但寄给你入学通知书，而且还专门和分管文教的副县长通电话，强调培养出一个年轻女作家，是父母官的光荣，也是全县人民的骄傲，希望予以大力支持。

副县长在入学通知书上大笔一挥，你就成了班上唯一的公费生，令同学们羡慕不已。到了讲习坊，你遵照毛主席的教导，好好学习天天向上，对文学的虔诚之情溢于言表；你严格遵守各项规章制度，从不缺课、迟到早退，连外出买东西也向身边的同学打招呼。奇怪的是，你严谨的生活作风和诚恳的学习态度，非但得不到同学们的赞扬，反而引来不少的揶揄。私下里说，这里检验好坏学员的唯一标准，是作品的多寡和质量的高低。以这把尺度来衡量，你是个不及格的差等生——小说一篇都发不出，退稿像影子一般跟随着。

我猜想，后来，因为害怕退稿，你的稿子不再往外寄；因为不投稿，你发表作品的机会等于零；因为没有新作问世，你感到十分自卑；因为心灰意冷，你平时总是低头走路，仰脸看天，从来不与同学交流思想和感情。总之，你闭塞于你自己营造的灰暗的小世界里。

事实的确如此。我的思路延伸下去——分析问题，究其原因——与你的现实状况相衔接——双脚一旦离开那块养育你的红土地，身心就像无根之物一样飘忽起来，显得无依无靠，无所适从。说白了，你到了北京之后，整个儿感到茫然无措。从表面上看，你那张期望文学予以增光添彩的脸面，反而被无情的退稿之风吹得异常难看；实际上，你原先十分狭窄的艺术视野，被各种文学流派弄得眼花缭乱，导致你学什么都“四不像”，写什么都不伦不类。你这双被某些现象所蒙蔽的眼睛，只能看到漂浮于生活汤锅里星星点点的小葱和油花，所以会写出《我的感觉在叹息》这种小说——开篇部分：

今晚像一只半生不熟的苹果，所以夜色很酸甜。

难道不是吗，形形色色的嘴巴吮吸着维纳斯的奶汁。

我的感觉在叹息。

（铅笔批点：有你自己独特的感觉，但这种感觉用于小说开头合适吗？改用一种朴实的叙述，让“感觉”弥漫于字里行间，效果会怎样呢？）

鸡和鼠一前一后钻出的士，在校门口公开拥抱；鸡正要返身回去，鼠把肚皮贴于他的腹部上磨来蹭去；于是，鸡的舌头伸到她的眉毛上舔一下，再舔一下……

我的感觉在叹息。

（铅笔批点：这个细节很逼真、生动，但作为短篇小说的首轮出场人物，这样一笔带过就显得简单、仓促了。）

虎蹑手蹑脚地潜入鼠的宿舍，是夜里十二点零六分；这时，鼠刚从卫生间洗漱回来；四分二十八秒之后，510 室拉灭日光灯，开亮了调光台灯；过了七分零六秒，传来虎的哭泣声——接连不断共计四十三秒……

我的感觉在叹息。

（铅笔批点：缺乏必要的人物关系和矛盾纠葛之交代。你是手捏秒表的速记员，还是以旁观者的视角叙述小说故事？）

听得出，龙和蛇在 517 室吵嘴，还伴有拍台桌、摔杯子的声响，但楼里没人站出来提意见，更没人前去劝阻。一点差十分，屋里的风波刚刚平息，又响起蛇肆无忌惮的狂笑声，好像神经病突然发作；龙呢，吹起清脆的口哨清扫着地上的碎玻璃，沙沙之声令人毛骨悚然。

我的感觉在叹息。

（铅笔批点：三言两语就丢掉已出场的人物，信手又抓来新的人物——故事靠人物来演义，你有没有考虑过叙事的连续性和完整性？）

一点十四分，517 室安静下来，整幢楼房岑寂无声，像死去一般。仅仅过了三十五秒，蛇像僵死还魂，爆发一阵叫骂声：操他妈，竟敢骗你，我要踢碎他的鸟蛋！

我的感觉在叹息。

（铅笔批点：你试图用“我的感觉在叹息”来统摄生活的碎片，想法很好，问题是，你赋予统摄的生活碎片何种意味？——任何形式都是为了使作品更富有意味。我们共勉吧！）

一点十八分，一具身影从楼梯下浮现上来，像一股阴风飘移到517室门口，半边脸面贴在门上，侧耳偷听——羊，花白的头发乱七八糟，像是刚从睡梦中爬起来。到底是蛇的叫骂声惊动了214室值班房，还是羊特意选择这个时间来探听龙和蛇同流合污的虚实？真是天晓得！

我的感觉在叹息。

（铅笔批点：随着时间的推移，逐个儿引出小说人物，这个创意不错，遗憾的是，这样“来去自由”的人物如同过眼烟云。）

羊面朝517室呆立了整整八分钟，无声无息的八分钟；在三分二十四秒的时候，他有一个举起双拳的动作，拳头静止于头上的时间是十九秒，往空中摇晃的时间是四十三秒；在他返身下楼去的途中，脚碰着513室门边的铁皮畚箕，木然站立七秒钟之后，咣当一声，畚箕被踢到了楼道的尽头。

我的感觉在叹息。

（铅笔批点：此段描写非常传神——将人物的无奈、悲哀、愤怒，表现得淋漓尽致，尤其是“咣当一声”，使“无言的人物”

顿时活了起来。）

由此看来，兔，你完全可能成为讲习坊男男女女的眼中钉肉中刺，受到群起而攻之。

于是，我大胆地展开想象：那天夜里，当龙和蛇在517室忘情地寻欢作乐之际，羊带着行政处的人将这一对偷情者（偷书者）当场捉拿，跟你及时通风报信不无关系。

事实上，兔，据我所知，517室出事几天之后，很多同学几乎一致认为，班里有耗子，有小人，有奸细——一个专门向领导搬弄是非的长舌妇，一个热衷于暗中窥探男女私秘的变态狂，一个以出卖同学的幸福而获得廉价安慰的失败者。有人公然咬牙切齿地扬言，不将这个耗子捉出来，生活和学习就不得安宁，有人在私下商讨着揪出内奸的各种计谋和实施办法，有人则阴阳怪气地感叹“小人不可得罪也”。总之，对这些人而言，不用怀疑，就是那一个——目标已经死死锁定——501室，平时总是用异样的目光打量热恋中的男女——兔，就差怎样让你吞食打小报告的苦果了。

兔，对这件事，身为一班之长，我岂能不闻不问，让没有证据的猜疑伤害到你。是的，那些要叫你吞吃苦果的人，仅仅是凭借某种现象，充其量发现一些蛛丝马迹，就推断你干下了不光彩的事儿。我想，若不予以阻止，事态发展下去将非常可怕。因此，我逐一找他们聊谈，并向他们发出警告：没有抓住真凭实据，切不可轻举妄动！

他们听从了我的“缓兵之计”，密切关注你的一言一行。

兔，其实，我心里很清楚，你实在看不惯像蛇这样既有老公又找情人还“搔老师痒痒”的生活作风——眼睛都快要看出血了，这是你的原话。于是，你不止一次把花边新闻以聊天的形式反映给第二把手，希望引起领导的高度重视，并采取一些“得力措施”。谁都知道，第二把手靠写口号诗起家，怎么说也有点诗人的模样——你希望一个半吊子诗人采取什么得力措施呢？哦，想起来了，第二把手找我谈过话，说是想通过我，摸清大伙儿的思想动态和生活情况，重点是感情生活；他指出了重点——感情生活的范围可大了，我就带他围绕着“重点”兜话圈子，绕来绕去总也到达不了点子上。后来，他又分别找鼠、龙、蛇谈过话。兔，向你起誓：我绝没有和他们串通起来统一口径，但每一次谈话的结果都惊人地相似。出现这样的结果，真是令人难以置信。

兔，我听人说，那天你挑出两篇自我感觉良好的稿子，悄悄地走进羊的办公室，请老师赐教。我猜想，羊放下手中的活儿，注视你片刻，分明从你的笑靥里捕捉到了希望他推荐的意思；瞄了几眼稿子，他从自己的座位上站起来，逐步向你靠近，说你很有灵气，就是差了点悟性；你倒退到门边，心里才感到踏实；你说你把握不好现实生活，所以对人生的感悟不全面也不深刻；羊停立于距离你半米的地方，双手抱在胸前，说不必着急，更不要焦虑，对生活和人生，只能一步一步体验，一点一点觉悟；创作嘛，有时候很玄乎，但只要坚持不懈，总有一天“柳暗花明”的。这时，你发觉他的眉宇之间像是凝结着睿智，有种大学者的气度，便对自己的退缩感到好笑。

兔，那会儿，应当响起一阵敲门声——咚咚，咚咚咚——振荡着你的心房。你顺手开门是件很自然的事，但令你尴尬，甚至慌张——来者竟然是蛇。可以这样设想，蛇进门的当儿，你整个人正好掩埋在门背后，这就显得很不自然了。于是，蛇的眼珠朝你和羊之间转来转去，转出惊奇、嫉妒、恼怒这样一些东西。你和羊的间距，一定使蛇看到了自己昔日卖弄风骚而留下的影子，而此刻，她的影子仿佛正遭受着四只脚的践踏。蛇简直怒不可遏，大声骂你无耻——往地上连吐三下口水，又骂羊卑劣——抓来桌上的磁化杯，泼过去半杯茶水。羊颓然倒在转椅上，脸面上长流不止——不知是眼泪还是茶水。

接下来，应该是蛇将磁化杯摔在你的脚边，那“轰通”的爆裂声从你心头滚过，于是你的心狂跳起来，你带着恐慌往五楼奔逃，感到脚下的楼梯正在摇晃，你迅速逃到 501 室，你总算躲进了自己的寝室，你正要插上插销，却发现一双仇恨的眼睛迎候着你，它静候你多时了，你转身朝六楼奔逃，而那双眼睛在背后紧追不舍，更可怕的是，大教室门口瞪着一排眼睛，它们同样以仇恨阻挡着你，使你夹在仇恨的中间，你夹在步步逼近的仇恨的中间，你啊，在万般无奈之下，逃往一间布满绿色的屋里，那间屋的主人——猪，对你的突然光临无动于衷；

你说你来看看这些越冬的花木；

猪说看吧看吧，花儿越看越好看。

在我的脑海里，兔，你哪有赏花的雅兴，你不过是看到 602 室的门敞开着，便毫无顾忌地闯进去，你在无处可逃的时候贸然闯了进去，因为你急需一个庇护所，因为你必须避开前后夹攻的无数双仇恨的眼睛，你把这间安宁的摆着许多盆花木的屋子当作最后的避难所，你可以歇脚喘息的避难所；好吧，就这样了；我总不能叫你老是奔逃，逃向虚空；我要让你在这里驻足观望，使你在花木丛中逐渐平静下来，许多幻象被姣美的花姿所取代，还要叫你的恐慌，在猪壮实的背影里不消自灭；由此，猪的动作开始真正进入你的视野，而猪的形象从你的心里走出来，却又回到你的记忆深处；于是，你坐在小床铺上，观赏着猪修剪花木的高超技艺；这张床铺，对，就是这张小小的床铺，将成为悲剧的诞生地，你有没有预感——当我绞尽脑汁设计着你的命运之时，你在干吗，眼皮跳动吗，心速加快吗，手脚发凉吗，头晕恶心吗，来例假了吗；哦，此时，你身居 602 室，只感到一种宁静，一种难得的宁静体贴地呵护着你，搂抱着你；就这样坐着，看着，你的心思不可名状，也无法名状；你想同花木默默地对话——这是可能的，但你又叫不上它们的名字；你轻声地问猪，猪好像一直等着你开口，他用蟹爪般的剪刀一一指点，愉快地向你介绍花名；你的眼前浮现出猪将这些花木从室外一盆一盆搬上来的动人情景——这样合情又入理，很好——我会心地一笑。

是因为，兔，从你的手稿来看，你经常不自觉地回忆有关猪的一些平凡琐屑的事迹，你把这些事迹毫不夸张地记载下来，从中流露出了你的某种心迹：

手稿片段之一——

清晨五点，我的生命从一个噩梦中挣脱出来，便听见咝咝的声音由对面的开水房传来；这时，我分明看到炉火在熊熊燃腾，那咝咝之声驱散我梦后的恐惧，让我感到舒坦。

我知道，那双点燃锅炉之火的粗壮大手，现在正握着拖把擦拭着楼道，那布条擦过水泥地的声响，听起来是那么的柔软和悠扬，犹如催人再度步入梦乡。偶尔的一声干咳总是压得低低的，仿佛用手捂着嘴巴。这是一双勤劳的手，一双干苦力的手，这双手每天从洗漱间的水槽里捞起碎馒头、塑料纸、果皮、茶根、肉骨鱼刺；这双手每天把楼里打扫得干干净净；这双手每天将信件分送到各间宿舍；这双手每天在阅览室里拿下旧报换上新报；这双手有时在花坛里拔草松土、侍弄花木；这双手有时散发着花香和泥土的芬芳；这双手有时送给我一支不起眼的小花蕾；这双手在我身体不舒服的日子帮我灌开水、送饭菜；这双手在我仰天而望感慨秋日短促之际递给我几片红彤彤的树叶；这双手在我感到吃什么都乏味之时塞给我一把酸枣或山楂；这双手有一次捧给我两条小金鱼，活动在大口瓶里的黑色水泡眼；这双手一次也没碰过我。

一双诚实而又亲近的手，我想。

手稿片段之二 ——

602 室的门半掩半开，应该开灯的时候却不见光亮，我正欲退去，却有一缕如诉如泣的箫声从黑幽幽的屋里飘出来。我记得曾在自己的家乡听过同样的箫声，似乎告诉人们一个关于相思的凄婉故事。我轻手轻脚地推门进去，为的是不惊扰屋里的一切；我不是靠视力，而是凭感觉——有个中年人坐在屋中央专注地吹箫。他吹奏的是一支不知名的曲子，感伤的旋律萦绕五官，催人泪下。我又一次感觉到，他双肩宽阔，身板硬朗，神情忧伤而投入。箫声犹如长了羽翅，悠长地破空而去，追寻着有梦的地方——梦是他人生和情感的路标吗？

我看到了一双手，就是那双诚实而又亲近的手，手指在幽亮的竹箫上灵巧地跳动。他的人生故事从箫管里吹出来，飘荡于夜色之中变得更加神秘莫测，捉摸不透。我曾听说，他的老家在百余公里之外的小城，妻子早已和他散伙，留给他一个因吃错药而神经兮兮的儿子——走路前进两步倒退一步，他为此忧心无比却又束手无策。有一天，儿子独自走到铁轨上“跳舞”，奔驰而过的火车带走了他年少的生命，也彻底撞断了父亲对家乡的依恋。他枯坐于铁路一边，吹响竹箫为儿子送行。

送走儿子，他只身闯进这座大城市，来到讲习坊当了一名勤杂临时工。他全部的家当好像就是一竿竹箫。竹箫一定储藏着他毕生的情感，所以现在，他吹得泪流满面。这个时候，他可能忘记了身外的一切，心里只牵挂着远去的儿子。

手稿片段之三——

不知从何时起始，更不知出于何种目的，他想方设法收集一分小纸币。他像乞丐似的挨着宿舍向每个同学索取，还真的让他到手几张；他常常去商店和农贸市场，用硬币换取小纸币，甚至以一角换一分的巨额利润请店主代为收购。

我在儿童公园的草坪上捡来三张黄色的小纸币，随随便便把它送到602室，他接过纸币，向我深深地一鞠躬。我发现台桌上有一大堆同样的纸币，问他准备派什么用场；他说玩，他说没事闹着玩。他能玩什么？他是玩闹的人吗？

手稿片段之四——

有一天——我不想说出确切的日子，是因为这个日子在我心里永不磨灭——他请我到602室去一趟；我到了门口，他示意叫我站立在那儿，自己侧身挤进屋里，然后，只向我伸出来一只手，一只老茧突出的手——手掌上托着一只金黄色的菠萝，有棱有角的菠萝，我们家乡遍地都是的那种菠萝——赠送给我，但捧于我手中的这只菠萝不能吃，因为是用一分纸币编结而成，凝聚着他的心血和智慧。

我的泪水涌了出来。

兔，那个夜晚——在你“心里永不磨灭”的那个夜晚，你躺于床上，一定辗转反侧，纷乱的思绪像丝丝缕缕的菠萝香气，忽而飘向602室的那个人，忽而飞往故乡的房前屋后；你的睡眠断断续续，伴随着一个又一个的梦。

假设以下是你的第一个梦：

你穿着白色的长裙在二楼过道上倚墙而立，双手捂着小腹部，不让裙子飘起来。鼠走出第二把手的办公室，脸色紫黑。鼠朝你吐来一口唾沫，它却像蜘蛛吊在半空中。你大喊一声，只见鼠已拐进了医务室，当她重又出现的时候，脸色变得雪白，比你的裙子还白，她手里有一瓶安眠药，并且当着你的面，把药一粒一粒塞进嘴里。你问她药好吃吗？她说这不是药，而是口香糖。你伸手向她讨口香糖吃。她朝你呸呸两声，这回吐出来的不是口水，而是满口泡沫。

你转个脸，便进入了宋庄——看到白底红字的“画家村”铁皮牌子，一具用黑颜料画上去的骷髅头紧挨着“村”字，骷髅头下坐着一个正在搞手淫的行为艺术家——你一阵狂奔，还大喊大叫，那个露着阳具的行为艺术家追赶上来……你转身猛冲上去，用头脑将木牌撞得碎片飞扬……你脑门上流着血，来到了我借住的屋子里，我就问你要不要喝泪水，因为我的眼泪已流了半碗——是只木碗，咖啡色，你不吭声，只是呆呆地看着我——用一枚鹅毛蘸着泪水写小说。你看不清我写些什么。你问用自己的血能写小说吗？我说不能。你问为什么？我说写完小说人就死了。你说鼠吞吃了一瓶安眠药却没有死，你说鼠被你抢救过来了，你说鼠正依偎在鸡的怀抱里。我说女人和男人在一起是天经地义的，你千万别向第二把手汇报。你说你从来没有出卖过同学，你说你也想跟男同学在一起……你问我，我们在一起好吗？我说你胸脯平平的，我说你凹脸凸脑，我说你两颗门牙露在外面，你哪像个女人！

我是处女，你说。

假设以下是你的第二个梦：

你握着一束沾着晶莹水珠的红玫瑰，你衣服的色泽比花瓣还鲜艳，像是身披一面大红旗帜，你乘着一股轻风飘进摆满圆桌的大厅。这里是食堂，中午时分，应当围坐着许多人，但你只看见虎独个儿趴在桌子上，样子有气无力。你问虎想吃什么？虎说要吃乳房肥美的女人。你凑到他的眼前，你说你的乳房从未被男人抚摸过，非常好看又非常干净，你叫他想吃就吃吧。虎伸手撩起你鲜红的衣服，嘴巴对着你的胸怀呼呼吹几下，两只嵌有红枣的白馒头便滚落下来，还冒着丝丝热气。虎说你根本没有乳房，拿热馒头来吊人胃口，是个十足的骗子，虎说鼠也是个骗子，虎说鼠甩了他一把，跟着鸡游长江三峡去了。你说他才是真正的骗子，你说他骗自己的老婆又骗人家的小姑娘。虎说他和老婆离婚了，他现在没有女人，他现在伤心得吃不下饭。说着，矮矮胖胖的虎就变得骨瘦如柴，嘴唇起皱，脸皮皲裂。你捉来馒头递给虎吃，而他却一把夺去你手中的玫瑰花，挑出一枝有三个花蕾的吃起来，像啃着一串糖葫芦。你想叫喊，大声地叫喊，但你却发不出一丝声响。虎吃得满嘴血红，说他早已看透你的心思，他说你尽管去告状吧，他活到今天这地步什么都不怕了。你捏紧拳头，在虎半秃的脑袋上敲打几下——响起咚咚声，有如击鼓。他一边嘿嘿发笑，一边往嘴里塞着红玫瑰，弄碎的花瓣像鲜血那样滴落下来。

现在，鸡带着鼠正在长江三峡游玩，我们也出去玩玩吧，虎说着抓住了你的手。一转身，你已经和虎在公园的湖泊里荡起双桨，划船畅游了。游船紫红色，像一口棺材。你问我们划到哪里去？虎说左岸。你向左岸望去，那是一片茅草地，蓬蓬松松的，开着一朵朵小白花。虎说我们上岸去睡一觉。

我是处女，你说。

假设以下是你的第三个梦：

你置身于一间灰暗的屋子。在这间屋子里，羊盘腿坐在地板上，面前放着一袋饼干和两只苹果。你问老师怎么不泡杯茶喝喝？羊说所有茶水都含有毒汁，羊说他余生不再喝茶，羊说你不该穿得那么透明。你打量自己，穿一件黑色的长风衣，把身体裹得严严实实，透明从何谈起——可能是，老师年迈眼花，出现了幻觉。你不去理会，只是问老师稿子看了吗？羊用两枚手指夹来一块饼干，插一半进嘴巴，咔嚓咔嚓咬起来——大咳一声——粉末子喷到墙上；他说他靠教书写书吃饭，他不看稿，尤其不看女学员的稿。你叫他归还稿子——两个自我感觉良好的短篇小说。羊说你的稿子失窃了，盗贼一定是蛇，就是和龙合伙偷书的蛇，你去向她要回吧；不给的话，他会教给你一种掐她七寸的方法。你欲哭无泪，却发觉雨水从天而降，一下子打湿了胸襟；你抬头一看，只见天花板上霉迹斑斑、布满青苔，而不停的雨水，正流过你的面颊。

你蒙着被子抽泣，你潮湿的脸蛋在被窝里转动，你看到羊夹着讲义向你走来，他问你丢稿子的事向第二把手汇报了吗？你说，老师也这样看待我啊！羊说，最近龙和蛇还睡在一起吗？老师，别跟我提这种事，你说。羊说，稿子我负责去给你要回来，但龙和蛇再同室鬼混，你必须去行政处报告。

我是处女，你说。

假设以下是你的第四个梦：

你孤零零地站在屋顶上，俯视着不远处的一片沼泽地，发现一群野鸭齐齐飞起，被带上空中的芦苇花像飞雪漫舞——这种迷人的景象在你的家乡是常见的；于是，你的双脚从屋顶出发，轻盈地迈向故乡——水中的芦苇左右晃动，你认定里面有只飞不走的鸭子，它可能长着雪白、墨黑、翠绿三色羽毛，折断了双翅，正在垂死挣扎；不，那是一条奇形怪状的鱼，浑身鳞片是红色的，跟泥土一样红，它来自闽江，出自闽江上游的某条小溪，那溪水蓝蓝的，带着殷红的树叶和洁白的花瓣从你的脚边流过；不，那是蛇，一环黑色紧扣一环白色的蛇，一条会说话的银环蛇。

你听到了，蛇的叫声穿过甬道分散到每间屋里。转瞬之间，你从故乡的路上回来，回到501室，回到淡淡的恐怖之中；这恐怖在你眼里是银白色的，就像飘舞于空中的芦苇花；你听见接二连三的啤酒瓶朝你滚来，在501室门外的墙根上哐哐爆响，满地碎片晶亮，散发着酒香；这是夜里十二点，是连接昨日和明天的时刻；这种时刻，家乡的小城是多么静谧，环抱高山群峦的仙女江流得多么悠然；你舞动双手，像野鸭的翅膀那样舞动，你要穿越窄窄的楼道，飞出去，再次飞往家乡；但你探出门外的半个身子很快缩了回来——517室门口聚集着一帮人，正在朝你摇旗呐喊，为头的是蛇，她挥动黑白二色的手臂，喊叫声像啤酒瓶一样接连爆响——揪出内奸，揍死工贼！接着，人群齐声高呼道——滚出去，不要脸的老处女！

你又探出头去，只见鼠在人堆里钻进钻出，一副大难不死必有后福的鲜活样子；龙靠在墙上满脸笑容，像观赏着一场滑稽戏；蛇扭动腰肢和屁股，怪模怪样地跳起了新疆舞；鼓掌声，起哄声，尖叫声；一个人影慢慢地拔高，在远远的地方鹤立鸡群，你认出是虎，他向你热情地招手，又猥亵地指指自己的胯部，你从地上抓来一把碎瓶片正要抛掷过去，他忽然消隐了。

你的两篇小说稿被蛇撕得粉碎，抛洒到空中。

你眨眨眼，又看见沼泽地了，一群三色羽毛的野鸭腾飞上天，带起的芦苇花洋洋洒洒，好像飘飞的稿子碎片。

假设以下是你的最后一个梦：

一阵清风刮过沉寂的楼道，挟带着一个人亲切而真诚的召唤。你熟悉这个人。你要跟随清风而去，是的，你要安静和休息。在这之前，你一直沿着自己狭隘的思路在逃避；没错，你逃进一片隐形沼泽，陷入了孤立无援的困境；你的求援声是那么的微弱，人们感受不到你的灵魂在剧烈地颤抖，也感受不到你渴望交流的心愿通过梦的形式呈现出来；现在，你模糊了时间，你对前几个梦中的咒骂和恐惧有种隔世之感，你只想跋涉出越陷越深的境地，而你觉得脚下的土地是坚实的，透出丝丝凉意。你想见到阳光，还想得到它的温暖。天亮了吗？好像是。不，那是白光，一道神秘的白光。于是，你又看到了飞飞扬扬的芦苇花；它们形成一条条细长的白线，缠绕着你飘升而去。

你飞翔的姿势非常优美，像鸟儿腾飞上山，飞向属于自己的家园。你在一座绿色的古堡里着陆；好啊，终于着陆了；你踏在柔软的草地上，感到一股温热自脚底传上来，跟你赤脚走在夏天红土地上是同样的感觉；那是家乡的红土地；在回故乡的路上，这种感觉又回到了你的身上；你看到家门口有条小路不断地延伸，最后没于一片时清时浊、有大片芦苇的水域里；不一会儿，你就在那花絮飘摇的芦苇丛里迷失了方向。此时，你发现这座古堡不过是间普普通通的屋子，跟自己的501室相比，唯一的区别是摆着一盆盆花木。

猪从一只硕大的花盆里站起来，手握一把手枪，就是那只诚实而又亲近的手，握着一把暗红色的手枪；他叫你别出声，千万别出声，因为外面有人正在追捕你。你吓得全身酥软，由猪搂着瘫倒在床上。你的手无意之中碰到那把手枪，惊叫声不禁响起。然而，你的叫声只在心里回荡，因为，猪已把暗红色的枪管捅进了你的嘴巴。一阵轻微的疼痛之后，感到有股暖流充溢全身，还有一种怪味在屋里弥漫开来，你便像那只折断双翅的野鸭，再也飞不起来了。

兔，依据上述“小说”、“片段”和“梦境”，结合你的实际境遇，我便可轻而易举地设计出你的结局——周末下午，讲习坊开展冬季防火工作，命令全体学员出动，清扫一楼窗下的树叶，拉扯掉爬山虎——藤蔓有可能成为引燃楼房的导火线。

劳动使人愉快，我深有体会，但这次集体劳动，我是“出工不出力”，因为我对斩除爬山虎颇有意见。在我看来，这幢灰色的楼房，一旦揭去它灵巧身姿的掩饰，便失去了特色和韵味。我不好公然违抗领导的决定，只好以束手旁观来表示反对。就这样，我以身体不舒服为借口，呆立在食堂门外的台阶上，惋惜的目光往楼墙上扫来扫去，发现五楼顶端的窗户上贴着一个人的背影。照此情形，我不难推断，那个背影就是你——兔，你在擦拭窗玻璃、修理着窗帘上的什么——怎么一动不动？后脑怎么朝里弯，脚跟怎么向外翘？——这副可怕的样子，当然是从一本书里看来的——我的双眼顿时露出惊惧的神色。

于是，我向五楼飞奔，带着灾难临头的感觉飞奔而去。

501 室的门扭不开，我只好一边敲门一边叫道——兔，开门，兔，快开门！我意识到，叫也是白叫；我用脚踹门的时候，脑海里浮现出 516 室那幅令人睾丸发酸的画面；这回我真该动用吃奶的力道，但一脚踢开的肯定是地狱之门。

是的，兔，你面对我“站”着，脚尖距离窗棂最多两厘米——

生与死的分界线，面色青紫，舌尖微露，双眼瞪大而又充血，脖颈上套着一圈绿色的尼龙绳，吊结打在窗帘架上。

我搂住你的双腿，往上抱——你发出咕吱一声，我以为你获救了——呼出了生命之气，而事实上，这是你郁积于胸口的最后一声叹息，是留给人间的最后一句独白。接着，你沉默了，你彻底沉默了，你以沉默的姿态看待我，看待整座讲习坊，看待大千世界的芸芸众生。

我一手搂着你的双腿，一手抓来只搪瓷杯，拼命砸着玻璃窗，一块一块地砸——玻璃掉到外面地上的碎裂声，震动了楼下所有人的目光；不一会儿，人群蜂拥上来，但大部分惊呆于门口；他们不敢进屋，是因为我的叫骂声比死神更可怖。

我叫骂什么，此时此刻，什么能让我叫骂?

我不知道。

我只知道，兔，你应当仰躺于床上，躺在这张你睡了将近四个学期的小铁床上，你乘着的士从医院回来的途中，蛇和鼠已把你的床打扫干净，铺得平平整整了。你的两位室友撤走了床铺，蛇和鼠就将你的铺位搬到屋中央，换上新买的床单、被套和枕巾。请你相信，这一切都是她俩不谋而合主动做的。按医院的规定，你本该躺在阴惨的太平间，我和龙坚决不同意，我俩合抱着你走出来时谁也阻挡不住。

这样做是符合人物个性的，也是真实可信的。

校方已开过紧急会议，他们的研究结果同学们不关心，同学们将以自己的方式追悼你。你床铺两边是台桌，桌上燃烧着一排白蜡烛，现在天已黑了，你的脸变得银白色，你的表情很平静也很坦然，给人的感觉你不久就会醒过来，所以屋里没有花圈和哀乐，肃穆的气氛中只有两男两女守护着你。他们的任务是观察你的动静——听说自缢者在二十四小时内尚有喘气的可能——他们代表全体同学默默地向上帝祈祷，祈求万能的上帝将这一奇迹恩赐予你，所以他们不流泪。

后来呢？后来，所有在校的同学在过道上自觉地排成长队，缓慢地走进来，带头人当然是我，我担当着班长的庄严职责，把一部新近发表的中篇放在你的枕边，随后，每个同学都将自己的作品奉献给你——一张报纸、一本杂志、一册书，依次围着你的身躯摆放——你躺在小说、散文、诗歌之中，不会感到孤独，你躺在同学们之中，不会感到寂寞，这样一来，你在另一个世界上，永远不会感到孤寂了。

好像还缺少点什么。对了，通常情况下，还有封你的遗书。好吧，我叫大家面朝我站好，我开始宣读你的遗书：

我选择这样的方式回家，跟谁都没有关系，我之所以走得如此匆忙，是因为这里已没有我的立足之地。

我的所有手稿都留给班长处理。班长，请求你把这些手稿融入你的小说。

应该再补充些什么。这样吧——兔，我想起两天前你来过我的宿舍，坐了很长时间。兔，你当时都说了些什么，我记不得了（以后记起来再说也不迟）。我懊悔——追悔莫及啊，没叫你上馆子吃顿饭——喝点酒之后，你也许会暴露反常的迹象。此时，面对一屋子前来凭吊的同学，我收起你的遗嘱，忽然双腿发软，觉得自己快要哭出来了，但我警告过大家不许哭，谁也不许哭。怎么办——总得对你有所表示吧！我叫大家唱歌，围绕着烛光唱，围绕着沉睡的你唱。但是唱什么呢？此时此刻，什么样的歌曲适合唱给你听？谁能发出第一声歌喉来领唱？唉，我这个大笨蛋——把情节转换一下，这个难题不就解决了嘛——静默了一会儿，蛇说男同学们请回避，我们几个要给兔洗个澡，换一身新衣服。

不是挺好嘛。

501 室的对面就是开水房，此时，让锅炉的沸腾声，还有一阵阵的哭泣声，传过来。

哭声有很强的传染性。我不希望 501 室哭成一团糟。

因此，我可以冲过去，大声呵斥道——不许在这里哭！

而里面的人根本不予理睬，他扑在冷水管上哭，哭得背板一起一伏。

是猪，应该是猪，为兔烧好了洗澡水的猪。

猪哭什么？我想……

卷四

内容简要和修改意见

——有待完善部分

头天夜里女编辑打来电话，约我今天到她家去谈谈。我居住于北郊，女编辑的家位于南四环边上，去一趟得两个小时左右。动身的时候，我还在感慨，北京实在太大了，大得没有一点儿趣味。不过，我喜欢北京的冬天，外面并不太冷，室内又暖意融融。对我这个冬季老是生冻疮（严重时还溃烂）的杭州人来说，这里的冬天简直是太舒适了。下雪也是令我欢喜的一个因素，那种宁静，那种素洁，那种积累起来的美感，无不使人赏心悦目。

昨天晚上，雪花翩翩起舞——二〇〇四年的第一场大雪，我站立在阳台上观赏雪景，觉得许多希望正朝自己飞舞而来——在电话里，女编辑对《暴跌》总体的肯定，使我产生一种欣喜的冲动——把自己的手伸得老长，似乎越过京城的上空，排除浮夸的繁华和灯红酒绿，握住那只翻过一页又一页稿子、撰写一条条修改意见的手，久久不放……

那时，我想女编辑的手不会挣脱，它柔柔地给我握着，让我希望在握；我分明看到，她那蓝幽幽的眼眸里升腾起一种含糊不清但异常美丽的东西；现在，我没有换鞋就踏进了女编辑的书房，只见她泡来一杯茶，细嫩的龙井在玻璃杯里竞相释放绿色，引起我对故乡杭州的某些回忆；我到手的是几张布满蝇头小楷的纸，是她丰富的编辑经验和一片深情厚望。

268—279 页内容简要：

鼠双喜临门——医院确诊她又有喜了；上次在牛的陪同和守护下解决了问题，而这次，她不可能再让牛戴“未来爸爸”的高帽子，因为自从她身体复原以后，牛和她一直处于“冰冻”期，不曾有过肌肤接触；她心里明白，最近一段时期，跟她打得火热的男人唯有虎。让鼠疑惑不解的是，某个夜里，她和虎在床上忙碌着……事后，避孕套悄然失踪，两个人在床上找来找去怎么也找不到。虎对床笫之乐颇有经验，但这种怪事还是头次遇上。鼠说别愁，明天我再仔细翻寻一遍，它不可能生翅膀飞走吧。次日上午浴室开放，鼠沐浴时感到有什么异物从那里面溜出来，便用手指一抠——昨晚一场虚惊，原来，小东西滑落之后又被顶到里面，匿藏于深处。浴室里没别人。鼠觉得好玩，拿它灌满水，但水由顶端渗漏了出来——小头上有三四个针孔……有过上次的打胎经历，这次鼠不慌不忙，也不向虎“报喜”；她闷声不响，准备择日自个儿去医院处理这件事。而就在这一天，虎却向她报喜了——以“中国”冠名，由虎一手张罗、某个大腕提供基金的首届“梨花文学奖”正式揭晓——得主为鼠，全国仅一名，奖金三万元。

颁奖那天，记者、编辑、作家济济一堂。聚餐时，众星捧月，鼠却一口酒也没喝。第二天，她独自去医院做了人流。回到讲习坊，她卧床静养，并开始认真思考起自己与虎的未来。不出几天，全国多家媒体报道了她获奖的消息，使之迅速走红于大江南北。然而，约莫半月后，南方有家大报刊载了一篇署名文章，揭露鼠的两篇小说之主要情节分别从两张光盘里“偷拿”而来，属于剽窃。这时，虎和她的关系，也被人们添油加醋地传来传去。对这些，鼠表现出少有的冷静，不做任何辩解；她认为，一切都是获奖惹的祸——独木出林，必遭风言风语。身体日趋康复，她也做好了回避和“放弃”的思想准备。于是有一天，她拿着这笔奖金，悄然坐飞机到云南散心去了。在机场，她给虎打了个电话，表达了三层意思，一是真诚地感谢——对她创作的关心和扶持；二是再好的宴席也有散场之时——他们不宜公开的关系到此为止吧；三是她决定急流勇退——以后向往大自然，不在“小圈子”里凑热闹了。虎正在家里起草离婚协议，接了她的电话，老半天都没有缓过神来……

修改意见：

一、虎在避孕套上做手脚有何用意，必须交代清楚（供参考：虎不知道鼠已怀过孕；虎的妻子因病而不能生育，而虎要孩子心切——他自以为有把握娶鼠为妻，所以使用这种伎俩让她受孕，以验证其生育能力）；二、鼠身处获奖、人流、剽窃三件大事之中，其心理动态、和虎分手以及抉择出走，都显得简单化，甚至有些戏剧化，需好好琢磨，重新处理；三、虎风流成性，其妻不可能没有察觉，离婚是必然之事，所以不必用大半页（P278）来说明他们分手的原因；四、可增补鼠出门前去了趟牛的宿舍，她很想对牛说些什么，但最后什么也没说（来点潜意识的联想，表现她复杂的心态），是因为牛的漠然令她很失望，同时也加深了她自己的愧疚。

我敬佩女编辑对人物的理解如此到位——鼠确实来过我的宿舍，向我要了本《旅游手册》之后，再也没说什么。

“第一条”我需要考虑考虑（交代得一清二楚，叫读者怎么发挥想象），其他意见我都接受。

282—284 页内容简要：

在龙“等候处理”期间，有天夜里，蛇打扮一新，叩开了羊的家门。羊喜出望外，以为蛇看清了龙的真面目——原来是个令人不齿的小偷（窃书），现在幡然醒悟，来投靠自己了。料不到，蛇二话不说，扑通跪倒在地，一边磕头一边恳求道：老师，你没有女儿，就让我做你的女儿吧；老师，你要认我这个女儿啊！羊顿时慌了神，想把她扶起来但感到没有一点儿手力——整个人都发抖了。蛇坚定地说，不认我这个女儿，我就长跪不起！羊结结巴巴地说，你……起……起来，我……

我认。蛇站起来的同时，一把将羊抱住，把头埋在他的胸怀里，哀哀地哭叫道：爸爸，那些书都是我拿的……他冤枉啊……

然后，蛇陪羊上床，过了一夜。

修改意见：

为了使龙免受处分，蛇能屈能伸，倒有点意思，但接下来，陪羊上床就落入俗套了——改为羊在突如其来的“爸爸”声中，感到既畏惧又得意——这个“女儿”终于拜倒在自己面前而变得乖乖了，于是摆出一副“爸爸”的架子和尊严，拒绝与之上床，更符合其身份和心理。

过去长时间想吃而吃不到，眼下送到了嘴边却一推了之，这合乎人的本性吗?

这个问题暂且放在一边。

287—296 页内容简要：

龙编写出六集电视剧，通知鸡来取稿付款。鸡来了，拿走了剧本，却没有兑现“一手交本子一手付三万块现钞”的诺言。鸡煞有介事地解释道，原来谈好的那家影视公司破产倒闭了，现在他和另一家影视公司的老板正在洽谈；他叫龙耐心等待，并且放心，这笔稿费绝不会落空。龙朝盼夕望，过了十来天，还未等来好消息；他明知上当受骗，但不急于去找鸡算账。在苦等的日子里，龙只好把满腹苦水往蛇的身上喷吐，要是当时蛇不力劝他写这个剧本，他就不会这般倒霉。为此，这对露水夫妻还在517室拍桌摔杯、大吵大闹了一场。之后，眼睛一眯计上心头的蛇，用好言好语安慰龙，并叫他沉住气，小不忍则乱大谋。有一天，鸡夹着公文包又在讲习坊露面了。蛇逮住机会，请鸡到517室喝碗她煲的甲鱼枸杞汤。鸡进屋还未坐下，只见蛇关上门，一把捏住了他的睾丸——稿费呢？问一声，掐一下，满脸杀气腾腾。鸡哇哇叫道——轻点轻点，有事好好说嘛！蛇说，交出三万块稿费，就这事！鸡说，向天发誓，我没到手一分钱。蛇说，不管你拿没拿到，今天必须先付一半，否则掐碎你的鸟蛋。鸡说，好好，我向人家去借借看。蛇松手放了他，并警告道，天黑之前不把钱送来，就叫你吃小刀子！鸡去了趟洗漱间，躲进蹲坑，脱下裤子看了看被蛇掐过的部位——略有红肿……出来时，恰好在过道里撞上鼠——他眼里的小富婆……便向鼠借来了一万五千块钱……

修改意见：

蛇给人印象深刻，但她的行为不大雅观，能否改用别的细节来表现？鸡从此盯上了鼠，而鼠正处于情绪的低谷期，正需要一个男人来抚慰，所以他俩的恋情发展不必过多交代和铺垫（P295 可删去多半），倒可以插述一个虎发短信给鸡的女朋友，揭发鸡另有新欢的细节，以示虎不甘心失去鼠。

好，完全同意（即便有比掐睾丸更好的细节，我也绝不替换），叫虎把鸡的女朋友拉进来，这场戏就能出彩了。

300—303 页内容简要：

（鉴于下述修改意见，内容简要省略为妥）

修改意见：

鸡和鼠有关爱情和人生的空泛议论需大大简略，把一页多的空话转化为一个过度场景即可；另外一页多的床上描写一定要简化，切不可出现性器官、性动作，性用语，以及嘴里嗯嗯呀呀、下面稀里哗啦等粗俗描写，否则将引起麻烦。

（其实也没什么嘛）

唉，看来不修改过不了关。

318—324 页内容简要：

一天夜里，龙应某书商之邀，去商谈编写“神话文化丛书”事宜，十一点左右返回来。当龙跳下电车，低着头往讲习坊赶路，途经一条臭水河之时，一个人影从停在路边的轿车里蹿出来，突然朝他寒光一闪，刀起刀落，干脆利索。凶手旋即钻进尚未熄火的车子，一溜烟逃得无影无踪，龙连大致模样也未看清。那猝不及防的一刀，扎扎实实地刺在龙的右臂上，伤口的长度和深度，当时都不得而知，只见鲜血像河水一样涌流出来。龙撩起半件衣服，紧紧捂住伤口，忍疼走到街路的明亮处，得到一辆出租车的帮助，进了附近的棉纺厂职工医院……

次日上午，局部麻醉的药性一过，龙醒了过来，只见蛇坐于病床边，眼泪汪汪的。昨晚接到那个好心的士司机打来的电话，蛇便火急火燎地赶往医院急诊室，直到现在未曾离开过一步。蛇迫不及待地询问出事经过，龙简单地回答了几句之后，只听得她大声地骂道：鸡——这个狗杂种！她断定鸡和那个书商是一伙人，这桩血案一定是他们合伙设下圈套，出钱叫人干的；她要报警。龙艰难地摇摇头，说报案只会把事情搞得复杂化。蛇不再吭声。她已从医生那里了解到，那一刀虽说刺得不深，也没有伤着骨头，但口子划得较大，祸及了静脉，出血很多，伤者需要输血并住院治疗一段时期。她已缴了一万元的押金，而据医生估计，费用最终将超过这个数。蛇不禁联想到自己的杀手锏——鸡是要叫她付出掐他睾丸的惨重代价……

修改意见：

一、龙的情绪需要渲染，重点是内心的阵痛和感伤；二、蛇还是背着龙报了警，当然，这桩血案是鸡“出钱叫人干的”，纯属她自己的主观武断，因没有丝毫证据和现场可供破案的痕迹，警方只能根据她提供的线索，查询一下出事当晚与龙的接触者，走走过场而已（注意：从中制造出紧张的气氛，以吸引读者的眼球）；三、穿插一个鸡得知龙受伤后，拎着一大袋慰问品，与鼠一道前来医院看望的细节，以体现鸡和龙“既有同室之谊，又有朋友之情”，从而丰富“这个狗杂种”的形象；四、鸡和鼠进入病房不久，恰逢蛇也来探望，“仇人”狭路相遇，蛇恨不得操起水果刀，给鸡一点“颜色”看看，却见鸡从口袋里掏出一个厚信封（内有剩余的剧本稿费一万五千元），放在龙的枕边，叫他安心养伤，这使蛇对自己原先的“推断”产生了深刻的怀疑；总之，这出戏要用心做，做得好看耐看，又令人值得玩味。

“第一、二条”我都能接纳，实施起来也并不难；而后面这两条，哪像“修改意见”，简直是“创作提要”，容我慢慢消化、理解，到时候再与她商榷、探讨。

328—336页内容简要：

鼠挡不住鸡的再三诱惑，打电话向老爸求助，说是要在北京做些事，往她的银行卡里打上十万元；乖女儿要钱，即便再加个零，老爸也会毫不犹豫地汇出；然后，被“爱情”冲昏头脑的鼠，把这笔钱如数打入了鸡提供的账号。因为，鸡制订了一个令鼠十分激动和欣赏的计划，鸡要包下讲习坊三间没人敢住的空屋子，即501—503，注册成立“明天创作传播中心”，业务是“做书出书、兼营影视剧本”，纲要和细则有三十几条，打印出来并复印五十份，发给每个同学——鼠为未来的“中心副主任”。总之，鸡和鼠联手在北京大展宏图，指日可待。

然而，有一天，鼠一觉醒来，发现鸡失踪了；不管她用什么方式，都没法跟他联系上。鸡留给鼠一个五彩缤纷的美梦。很显然，十万块钞票被鸡卷走了。讲习坊领导不管这件事，因为他们没有一点责任。对此，鼠不甘心，硬着头皮找到了鸡原来的女朋友。不料，那个小姑娘把鼠骂得狗血喷头；鼠又去了趟某美容院，向那个和鸡关系暧昧的女老板打听其下落；谁知，女老板一边打哈哈一边鼓动她做个美容套餐——脸色太难看了。鼠一无所获，灰溜溜地回到讲习坊，而迎接她的却是一双双“看好戏”的目光。有人透露，鸡在大连有情人。有人直言不讳地指出，鸡欠了一屁股债，他本来就是个文化掮客，进讲习坊是为了伺机捞外快。经查，鸡于入学登记表上填写的是假地址，他在京城无一处属于自己的固定住所。总之，鸡像个不念经但化缘的商业和尚，敲着文学的木鱼云游去了。

几天后，鼠丢弃“跟讲习坊有关”的一切，打点一个旅行包、携带一台笔记本电脑，独自悄然出走了。当然，她离开讲习坊之前去向牛道过别；牛问她去哪里，她说也许是西藏，也许是兔的家乡——闽南，也许回苏州去弄个护照，然后出国，也许此一走成永别；牛决定送送她……

修改意见：

删去牛送鼠和牛到女编辑家这两段，补充鼠在路上对往事的追忆和联想——下雪天，意念跳跃的幅度大一些，使人物置于一种恍惚的状态，这样更具有悲剧的美感。

不，我不同意。那两段原文如下：

这是个风雪交加的日子。

牛并没有在鼠面前表示要为她送行的意思。不过，等鼠离开讲习坊之后，牛跑出去拦住一辆的士，叫司机抄近道，抢先赶到了北京站。在车站广场，牛躲藏于广告牌后面，观望着有票贩子的地方；大约一刻钟后，鼠弄到一张高价票，随后走向了候车室。牛从票贩子嘴里得知，鼠到手的是张去往苏州的硬卧票。于是，牛放心地回来了。鼠在风雪飘飞的下午彻底告别这座城市，带着一颗破碎的心去梦游四方，她的梦做起来一定惊恐不安，因为她背叛了自己的也是我俩共同拥有的梦。路上牛想道，一个心里有梦的人，不论做什么梦，都需要真诚。

孤独而伤感的牛，没有直接返回讲习坊，他打了个电话之后，便来到百花新村女编辑的家。牛急需跟这位亚美出版社的女编辑谈谈自己正在写作的一部长篇小说之构思，是因为，从第三学期开始，女编辑担任了他的创作辅导老师。说实话，当时牛并不知道，女编辑刚离婚不久，目前独人居住；牛只知道，女编辑在电话里表示欢迎他去，而且对他将要谈的“小说构思”很感兴趣。这样，牛就可以在女编辑面前敞开心扉，无所顾忌地将“故事”娓娓道来。路上，牛有种预感，女编辑一定会认真倾听，就像听她自己的故事。

怎么能删掉呢？肯定不能。我心里坚持。

340—341 页内容简要：

现在，对虎而言，离了婚，鼠又不辞而别，可谓鸭飞蛋打。这位曾在风月场左右逢源，文坛上呼风唤雨的“红顶文人”，眼下的处境可有点不妙——由于种种原因，执行主编的位置岌岌可危，还因在一篇批评文章中伤及他人人格，被告上法庭，官司缠身。好像是脑子受到一些刺激，他经常在办公楼走廊里哼唱抒情的“怀旧歌曲”。不过，他已于私下里放出风声，官司一旦了结，便马上辞职，去上海接受一家“富得没法说”的外企之聘请，出任“文化形象大使”。

修改意见：

点明一下，虎辞职赴沪，不乏鼠在苏州之因素——从上海坐车去苏州只需一小时，是他周末度假的好去处。

难道虎对鼠动了真情，非她不娶？我要好好想想。

344—353 页内容简要：

龙出院了。输血费、医疗费总共花去一万三千四百多元。

为此，蛇幽默了一下，说鸡支付的这笔稿费，还有盈余。当晚，两人到火锅城里痛痛快快地吃了一顿。第二天下午，蛇专门坐飞机赴新疆，给亚美出版社的女编辑、虎的前妻购买治疗后遗症的特效药——野牛黄；它还在一个猎人的手里，是她以前工作过的中药材（畜牧）收购站里的同事帮之联系的，因为价格问题，需她亲自前去面议，银货两讫；她那部实验长篇小说放于女编辑的案头已有半年之久，尚未出版的原因是市场前景十分黯淡，幸好，最近由女编辑尽力帮忙，一个财大气粗的书商愿意与之合作，出书合同已经签订；蛇对女编辑感恩戴德，便要想尽办法弄到野牛黄，予以答谢。临去机场之前，蛇拜托牛照顾一下刚出院的龙。牛发现蛇哭了。龙不在场。蛇在牛的面前无声地流泪。牛没有空洞地宽慰蛇。牛说，如果弄不来野牛黄也不要紧，我打电话叫家里汇钱，我们包销它一千册，算是给女编辑减轻点压力——你的书一定要出！蛇放声哭了起来。蛇的哭声跟她唱歌一样动听。牛握了握蛇的手；蛇就扑向牛拥抱了一下。牛感到巨大的信任留在了自己的身上。

晚上，牛来到 517 室陪龙聊天。龙的右手还不大好使，写作自然成了问题。牛到同学那里找来一副哑铃，叫龙锻炼臂力。龙显得灰心丧气。龙觉得自己拖累了蛇，想与之分手，征求牛的意见。牛想把蛇离开前的情景告诉他，但想了一会儿却没有说。牛只说，这种时候可要团结，万万不可分离。

是啊，龙感叹道，看得出她很爱我，但我太倒运了！

两人正聊着，只见羊推门进来，抱着一沓校样对龙说，你闲着也难受，帮人校对一部书稿，挣几个小钱吧。龙问，着急吗？羊说，慢慢校好了，排得还不错，我想你的手偶尔划几笔应该没问题。这次羊是真心实意地帮龙解决实际困难，使他心里充满感激。他请羊坐下来聊一会儿。羊披露一桩内部消息，讲习坊将要把半幢楼租给一家公司，以后这里只办小规模的短期培训班，所以你们是我最后一批学生了。羊的神情一片惆怅。羊又说，我身体不好，打算提前病退。龙吃了一惊，看着坐于一边的牛；牛的脸上并没有显露什么异常之情，但心里却开始一阵接一阵地发痛——这次在他眼前直线暴跌的不是股票指数，也不是爱情指数，而是维系着他生命的文学指数。牛突然起身而去。文学是作家灵魂里放射出来的光芒，而作家的灵魂是用任何东西都套不住的，所以他走得从容不迫。

牛到外面去吃些夜点心，因为夜里还要赶写那部长篇小说。但他的脚步在楼下滞留了老长时间——听到一阵阵箫声从六楼某个窗口里吹出来，连绵不绝的箫声分明倾诉着一个哀怨的故事，蕴含着几分悲痛和忏悔。牛想起了兔，想起兔出殡那天同样的箫声从六楼某个窗口里吹出来，那时的箫声是为兔送行，而现在的箫声将为谁送行？牛抬头大声喝道——喂喂，别吹了好不好！凄婉的箫声依然不绝于耳……

修改意见：

民间有种说法——夜晚的箫声能唤来阴间的亲人，所以吹箫人夜复一夜地吹；牛不理解，上去一把夺来竹箫，折断之后抛出窗口；过几天，吹箫人买来一支铜管箫，每夜吹奏的时间比以往更长。

读者会喜欢吗?

卷五

在暴跌中升腾

——书评（邀读者互动）部分

我们要进入陈锟的《暴跌》而不激烈思考是很困难的。您瞧，正常的秩序化世界已从这个处于社会边缘的讲习坊流走，只剩下一片令人不忍目睹的破碎空壳。从实质上讲，《暴跌》是浪漫主义的最后沉默，也是文学漂泊者最后的一曲挽歌。可以看出，陈锟委婉地要求您——亲爱的读者，如同他笔下那位眼眸蓝幽幽的“女编辑”，面对这个行将没落的讲习坊，在悲观的本性的激动中与世界达成谅解。

您会满足陈锟的这种要求吗，亲爱的读者?

不过，应该看到，陈锟为我们开辟了一块狭窄但极富有隐喻意义的区域,许多年轻的未来写作者发现这个区域是允许自己进入的。当然，进入的代价是极其高昂的——自我价值的“暴跌”，说不定还会像“兔”那样被葬送性命。

您认为“兔”死得合乎情理吗？合情合理的话，有何感想？反之，有什么办法使之合乎情理？亲爱的读者，您一时难以回答，可以用笔记下所有问题。

记好了，就让我们接着往下走。请看，我们在《暴跌》中随意游走，企图寻找某些隐秘而有意味的东西，而随手捡到的恰好是“暴跌”二字。应当承认，这是陈锟的发现，也是当代人最本质的表征。亲爱的读者，您不妨少抽一包香烟或少吃几袋零食，买本《暴跌》

回家去看看，讲习坊里的“这一群”人，正是通过外在世界不间断的无可奈何的“暴跌”现象来揭示自身存在的。

事实上，价值的暴跌比人们想象的迅猛得多，挡都挡不住。一旦某种您原以为是根本的东西价值暴跌了，您就会发现其他东西都在暴跌，以后又有更多的东西将一个劲儿地暴跌——亲爱的读者，您在实际生活中遇到过类似的情形吗?

当“牛”听说讲习坊准备把半幢校舍租给一家公司时，“心里却开始一阵接一阵地发痛,这次在他眼前直线暴跌的不是股票指数，也不是爱情指数，而是维系着他生命的文学指数。”在这样的“暴跌”之中，“牛”不但走得从从容容，而且还要去“赶写那部长篇小说”，是不是阵痛的心里正有种温热的香气在徐徐升腾，使他陶醉和迷狂?

这个问题至关重要，亲爱的读者，请慎重判断。

我们不难发现，陈锟是位甘于寂寞却不甘于墨守成规的小说家，他汲取诸多现代小说的表现手段，将《暴跌》营造得支离破碎，百孔千疮，既原始又诡奇，既浑浊又迷乱。走进讲习坊510或517室，您会遭遇昼夜出没的“牛”“鼠”“龙”“蛇”们，您将发现如同进了一个哈哈镜厅，您变成无数个自己，或变成了牛、鼠、龙、蛇、虎、羊、兔、鸡……您注定要体验到一种伪造感、孤独感，还有恐怖的悬吊感——不过，亲爱的读者，相信您不会望而生畏，更相信您充满想象力和创造力——穿越作家有意设置的一间间迷宫般的屋子，亲历一场精神磨难，获得非同一般的阅读快感。

话说回来，您有只翻不读和读一部分便弃之的权利，不过，亲爱的读者，麻烦您说明为何不读或读到哪个部分而弃之。

因为，这部长篇小说的前三个部分虽有独立性，但彼此却是紧密联系，互为补充。卷一（小说部分）以第三人称叙述“牛”“鼠”“虎”特殊的恋情故事；卷二（纪实部分）以第一人称讲述“龙”“蛇”“羊”罕见的感情纠葛；卷三（构想部分）以第二人称、用假定、臆测的手法叙说“兔”的内心世界和悲剧命运。三个部分的人称、视角、语气和氛围虽说截然不同，但人物都是同学或朋友关系，且以讲习坊为基本活动背景，总体上呈现出“这一群”人的生存样态。

再提醒一点，在这部长篇小说里，叙事人既是作者，又是像您一样的读者，而且还是故事中的主人公，虚构与非虚构之间的界线模糊了。不管您怎样看待，亲爱的读者，我们不得不吃惊地意识到，这部“女编辑”正在阅读的小说不是世界本身，也不是世界的一种反映，而是关于虚构的虚构。更且，这个虚构的虚构文本一直在修订、改写。小说卷四（内容简要和修改意见）是不容忽视的——实事求是地说，这是陈锟最具独创性的部分，是陈锟为文学注入的新成分。这个“女编辑”，即，像您一样的读者的出现，使三个相互独立彼此关联的“部分”获得了开放性的意义。陈锟分身有术，一边结构，一边拆毁；一边肯定，一边怀疑；一边定稿，一边设想；这样，整部小说就变成了自我生成的有鲜活生命的东西。

所以，恳请您——亲爱的读者，在饭后茶余，利用电脑或手机，把上述各项问题的答案，以及对《暴跌》的总体印象整理成一个文件，发送至chku328@sohu.com（必有回复）。

多谢合作！

一稿于北京

二稿于舟山群岛之定海